U0470088

HIGHGROVE
王子的花园

HIGHGROVE
A GARDEN CELEBRATED
王子的花园

H.R.H. THE PRINCE OF WALES
〔英〕查尔斯·菲利普·亚瑟·乔治·温莎 著

BUNNY GUINNESS
〔英〕邦妮·吉尼斯 著

徐玉虹 译

人民文学出版社
PEOPLE'S LITERATURE PUBLISHING HOUSE

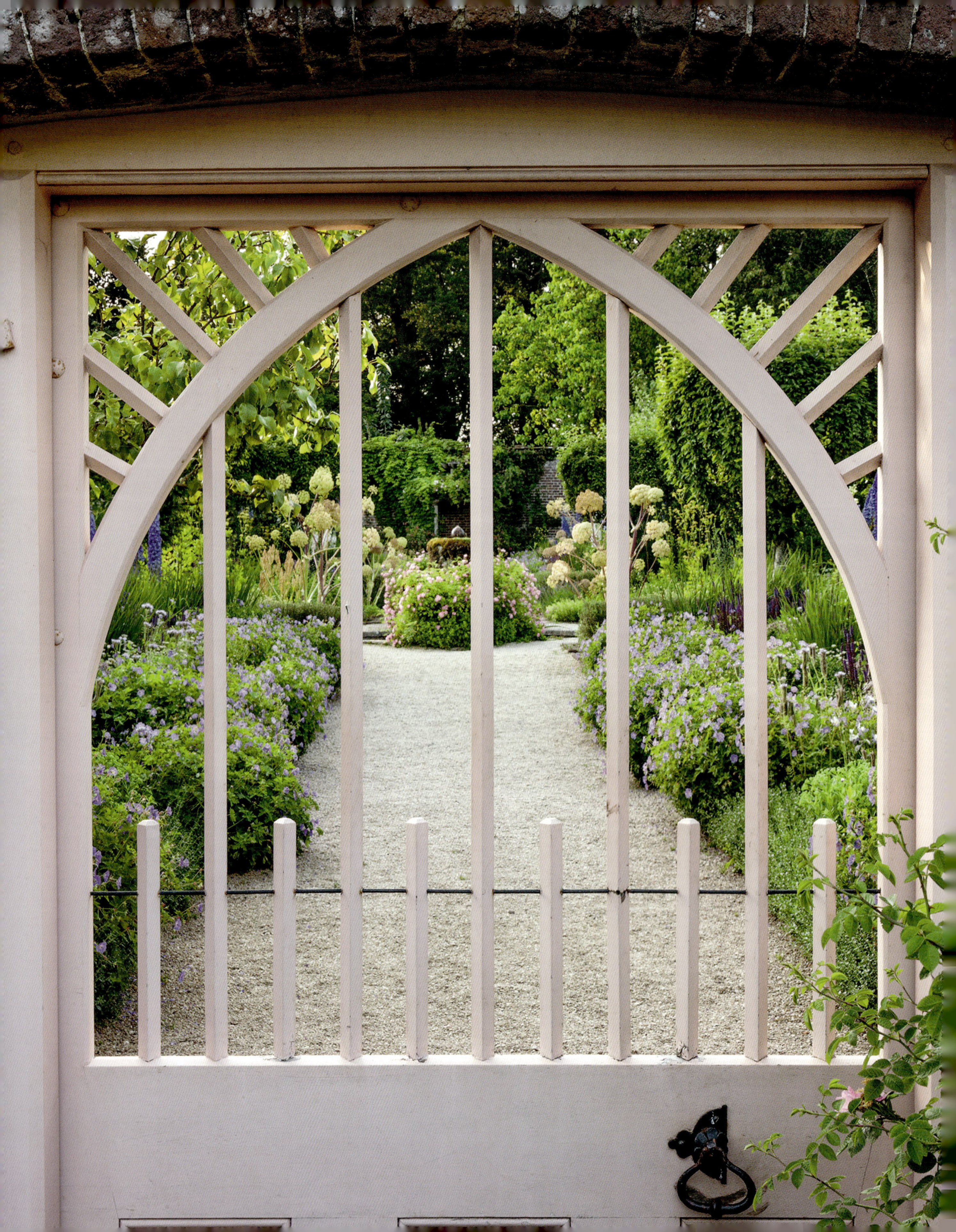

CONTENTS

目录

前言

一月	1
二月	17
三月	27
四月	43
五月	61
六月	85
七月	113
八月	133
九月	151
十月	169
十一月	189
十二月	203
植物名录	218
园艺家&雕塑家名录	224
鸣谢	225

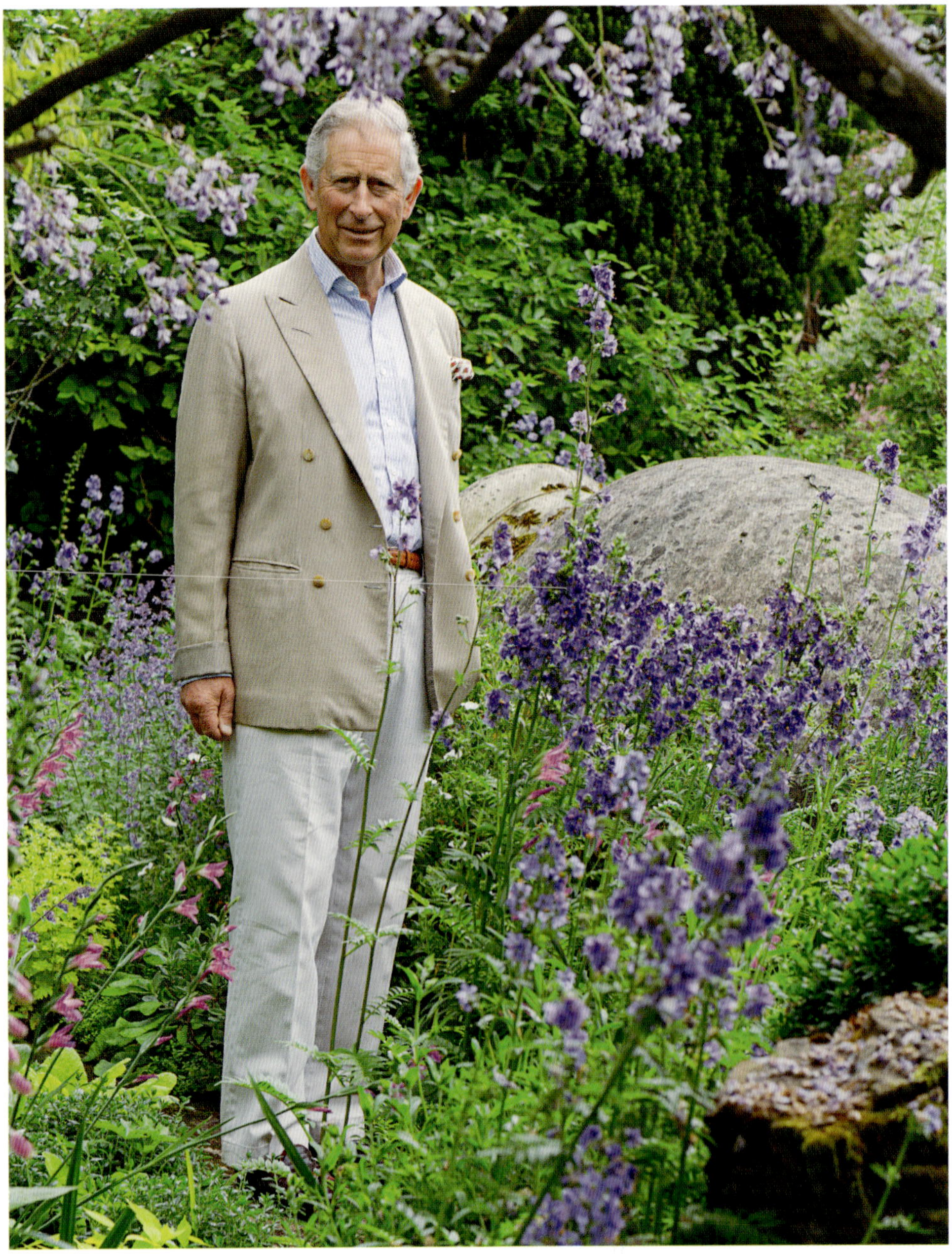

前　言

回想起来，一切是那么难以置信，在这本书出版之前，我居然已经在海格洛夫生活了三十四年。我一直都致力于优化宅邸周围的空间，培育各种植物，努力使树篱、林荫小道和修剪灌木布局合理、搭配协调。打造美丽的花园不是一件容易事，有一半的功夫是为了在冬日里能有一些东西让人欣赏，所以几何形状和图案的运用会令花园增色不少——尤其是从窗户向外眺望时。在我看来，冬日暖阳的照射下，林荫小道和灌木树丛投下的长长的影子，可谓这幅风景中最精华的部分。

我想我的花园经得起画家这样专业眼光的打量。花园的每一个部分都是一幅独立的画作，或者说是随着光线的变化，漫步于花园中所观察到的绝美瞬间。正是在这样的时刻，灵感才会突然涌现，懂得该种下哪种树木、灌木或花卉，并由此呈现出吸引人的建筑美。

我想我领悟得相当快的一件事，就是把任何一样东西安置在花园中都可能是一个错误，因此我从不计划或设计，而是静静地等待瓜熟蒂落时"灵感"自己到来。这样做很有效，比如当我为了放置某件雕像而犹豫不决时。这些年来，我幸运地收到个人、团体、社会组织以及手工艺者和雕刻家赠送的礼物。如何放置它们，我需要仔细考虑才能安排妥当。也许，注意到以下事实本身也很重要，即这个花园有很大一部分是由我提出构想并且在各方的支持下发展起来的。一些组织非常友善，对我保护濒危植物、菜蔬、水果、树木、灌木或者家畜的行为给予了极大的支持。值得一提的是，我培育的是那些经过几千年的试验和失败而被冷酷地轻易抛弃的濒危物种，在这个过程中，我自己也经历了成长。感谢上帝，在这个国家有许多目光长远的人不惧艰辛，成立了各类保护组织。当然，现在有许多人逐渐认识到这些生物所具有的内在价值，对我们人类的持久生存起着重要作用。我的花园逐步成形，无论是在稀有品种苹果树园的建立、在罕见的蔬菜品种的栽培上，还是野花花圃的培育和对山毛榉和玉簪属植物的种类收集上、在濒危家畜的保护上，都得到了这些团体和个人的共同帮助和支持。

在很多方面，海格洛夫花园都代表了一种非常粗浅的尝试，希望弥补那些因为可怕的短视而对我们的土壤、地貌和灵魂所造成的伤害。有人可能不喜欢，还有人可能会嗤之以鼻，认为这不是"现实世界"，仅仅是代价不菲的嗜好。无论如何，我衷心希望到来的访客可以在花园中找到一些令他们兴奋、着迷或是慰藉人心的东西。

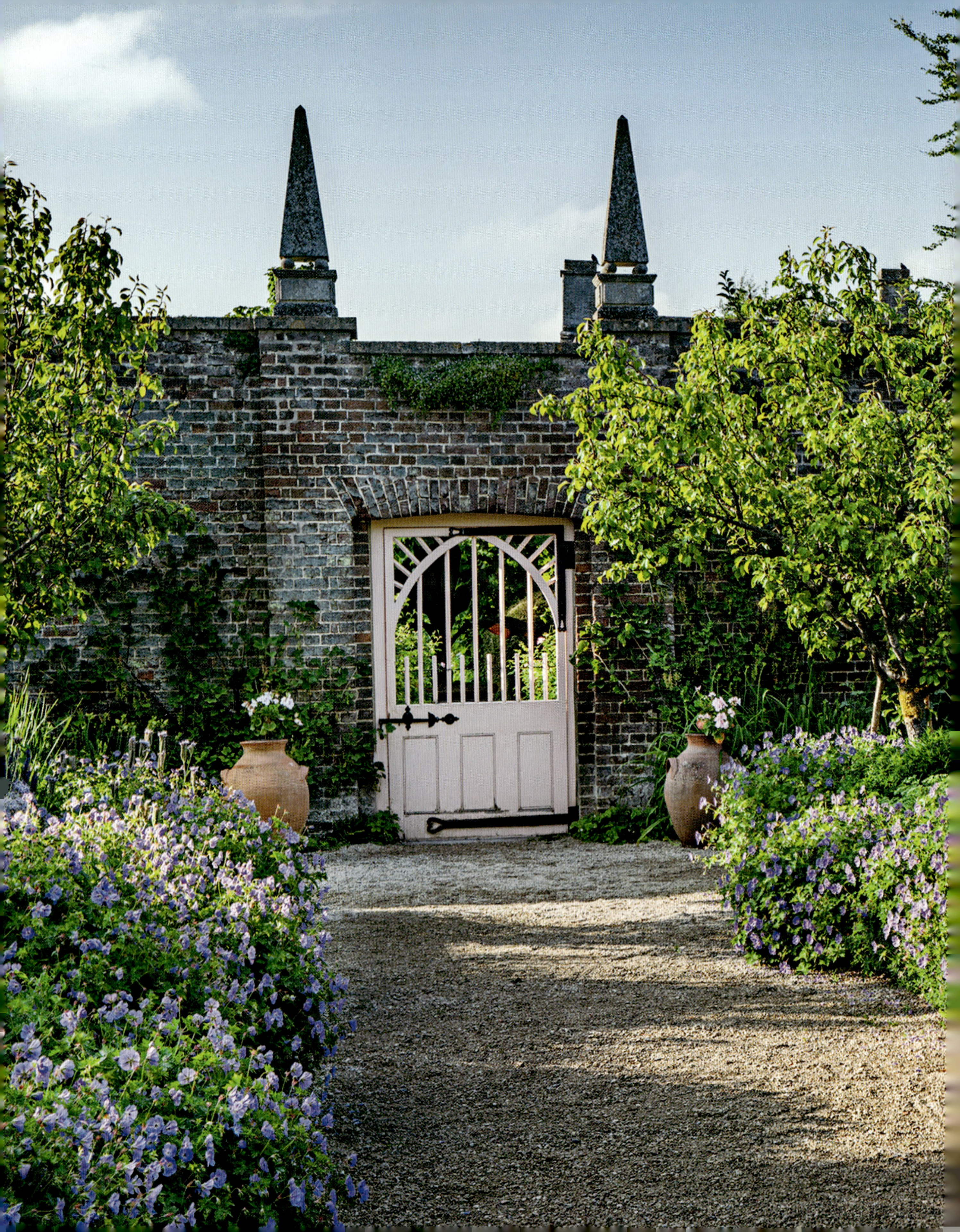

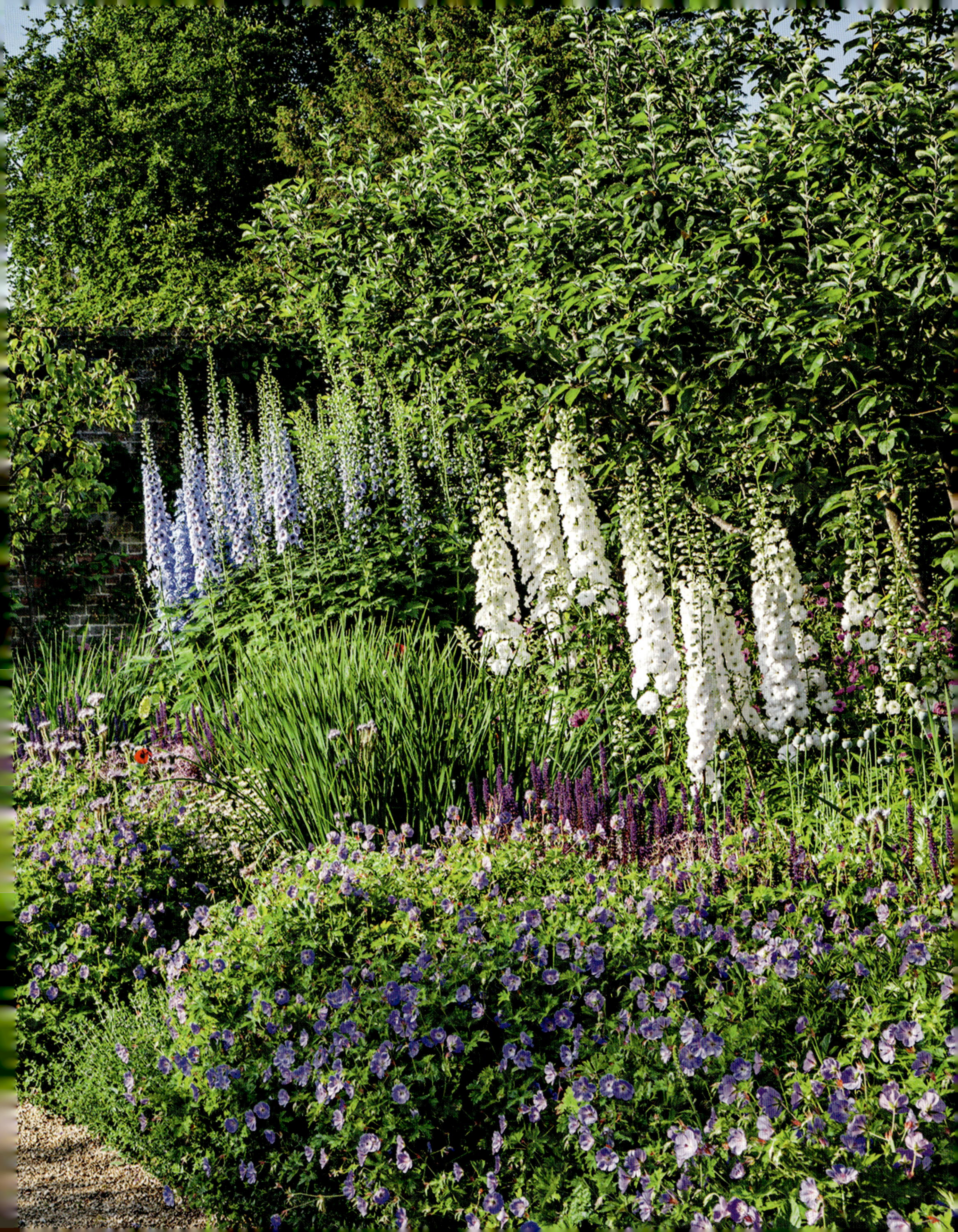

雪花莲

JANUARY
一月

> 每一种植物都处于休眠期，花园和四周的颜色都消失殆尽，没有一线生机。这是安插树篱、疏植树木和种植新树（假如土地没有冻住的话）的最佳时机。我坚信每拔出一棵树，就必须重新种回去两到三棵树。假如足够幸运，奇特的雪花莲已经在树桩花园里展现笑颜了。

下图：金黄色紫杉一年到头都引人注目，而在冬日白雪的装点下，它们呈现出最美的姿态。

右图：浅粉色的园门，两边是赤褐色的墙，为厨房花园寒冷的冬日景色增添了一丝暖意。

一月的清冽天气常常让人想去外面走走，从海格洛夫高高的窗户看到的风景也给人以鼓励，它为这个本来非常沉闷的季节增添了色彩和生机。

其他部分还处于休眠期，厨房花园却仍是一个重要且多产的地方。这里依然生机勃勃，日常可以采摘苗圃中的芸苔、芳草和韭葱。这个功能性花园在冬季看上去非常美丽，低矮的冬日光线照耀着精心布局的空间，突显此处的立体设计：地垄、人行道两边精心修剪过的苹果树以及弧线优美的棚架。树桩花园呈现出另一番景象。此时，夏日的树叶已凋零，林中空地上造型奇特的树桩和栎树木搭建的神庙都显露出来。即使在最阴沉的白天，造访睡莲池花园都会令你心情愉快，水波漫射冬日的阳光，反射着不断变化的一月的天空。

厨房花园

　　海格洛夫的厨房花园常年多产并且布局得当，是围墙花园的典范，一年到头都有东西可看。从踏入园门开始，你便发现自己不知不觉地沿着小径行走。有许多条这样的小径，它们构成了花园的骨架。这些小径既有实用功能，也有美学功能；可供园丁行走，并且分隔出几何形状的苗圃。由于设计时考虑了高度，花园获得了生动的立体感。底层苗圃种着蔬菜，被修剪过的树木、弯曲的地垄和棚架间隔开来。那些在夏日里从棚架上垂下的累累花果都已经凋谢，棚架却依然美丽，充实了空间。那些古老的墙也是设计的一部分，将黄昏温暖的夕阳牢牢地捕捉。

　　无论是否从事园艺活动，花园的几何形状设计都有一种永恒的美。农作物整齐地种在地上，一行行的韭葱、卷心菜、抱子甘蓝和绿叶菜，上方是苹果树和密布的其他果树。带围墙的厨房花园本来主要是为庄园的主人提供蔬菜和水果，而一旦进入这里，被坚固的砖墙包围，家的感觉油然而生。砖墙主要是为了防止兔子、鹿和其他食肉动物糟蹋蔬菜，亦为那些脆弱的农作物遮挡风霜。墙上辟出的门色彩亮丽，着实吸引目光。砖墙白天可以吸收太阳光热，然后慢慢地释放出来，所以厨房花园的温度总比周围的区域要高。

跟其他王室领地相比，海格洛夫的厨房花园规模相对适中，只有不到三分之二英亩，但是在丰收季，它能够养活差不多八个人。与之相比，一八四四年为维多利亚女王在温莎建造的厨房花园一开始就超过 22 英亩，后来扩大到 31 英亩，需要 150 名园丁来维护它。

农作物和鲜花不仅为了美观，更为了家用，无论殿下住在海格洛夫，还是住在伦敦。在这里我们看到了活生生的历史，厨房花园恢复了原初的功能，而种植法却是现代的，这里比其他各处更能反映王子对于有机园艺的热忱。

帕迪·怀特兰是为殿下工作多年的王室侍从官，也是庄园总管，记得在恢复原貌前，厨房花园曾用来喂猪。怀特兰回忆道，当查尔斯王子于一九八〇年第一次来到这里时，花园正处于"衰败的状态，建于十八世纪的砖墙饱经风雨，被午后阳光染红。我立即想到去实现我内心深处藏了多年的梦想——一座有围墙的花园，种满鲜花、水果和蔬菜，有修剪整齐的黄杨树篱"。

那时他的梦想似乎很遥远，他的面前只是一个小小的果园，里面种了些年代久远的果树，中

心有废弃的蓄水池，砖墙已有部分倒塌，需要修葺。这个宏伟计划并没有吓住王子，他拜访了莫莉·索尔兹伯里夫人，一位狂热的园艺爱好者，也是有机种植运动的支持者。他们花了几个小时细心研究了这个"野心勃勃的计划"——微型的法国维朗德里花园。查尔斯王子承认："但是我很快发现，从实用和经济的角度考虑，我不得不克制这样的野心。"

运用小径将围墙内的花园分隔成几个部分，中心布置水景（常常是实用的，比如蓄水池、可以装满水罐或水车的水井），这样的传统设计可以追溯到早期的波斯花园。厨房花园的布局也是如此，在今天依然可以看到：用两条主道把几乎方形的空间一分为二。方形布局是为了呼应圣乔治十字，而三角形布局是为了呼应圣安德鲁十字。

中心的池子也得到了修整。起初，每年冬天都会排干喷泉、包裹好，抵御英国严重的霜冻，但这样做会导致附着在石头上的苔藓层干枯。查尔斯王子喜欢这层苔藓，蜜蜂和黄蜂也喜欢喝苔藓上的水，最后决定不再包裹石砌喷泉。现在全年都可以看见它，这是值得的，对结构造成的损坏只有一两处。

左图：形成拱门的铁架隐藏在日益繁茂的苹果树枝下，它们已经成为花园建筑的组成部分。

上图：冬天的喷泉不再被包裹住，因为蜜蜂喜欢从湿苔藓上喝水。

下图：日晷花园沐浴在冬日的斜阳下。

右图：紫杉树篱上的扇形开口可以使人欣赏花园内外的景色。

日晷花园

　　海格洛夫见证了查尔斯王子对园艺的热爱，在过去三十余年间，他不断地改进各个区域的面貌和功能。其中一些花园经过了彻底的改造，而日晷花园的布局一直保留了下来。

　　虽然布局没有改变，里面的植物却换了一茬又一茬。起初，日晷花园主要用来种蔷薇，而且是色彩柔和的品种。后来，这一传统的安排有一段时间让位于更强烈的黑白风格，即只种近似黑色的花。今天，这里混合生长着开艳粉色、蓝色和紫色花朵的草本植物。日晷花园的变迁说明海格洛夫绝不是时间静止的花园——恰恰相反——正因为王子喜欢试验花色的深浅浓淡，才使得花园不断地改变样貌，始终令人着迷。

　　日晷花园朝南，既避风又光照充足，从一开始，它的特点便利用得上。从窗口能望到日晷花园的大部分景致，树篱和大门组成醒目的建筑线条，这些因素令它成为经常造访的花园——即使是在冬季。赶上晴好的天气，愈发吸引人来这里散步，享受此处的光线，欣赏树篱上的白霜和长在黄杨树篱与凸起的石沿之间那不畏严寒的雪花莲。

　　殿下第一次到这里时，跟这处房子的其他地方一样，这里并没有花园。这处荒凉之地仅仅是公园的延伸，从东面一望就望得见，终日吹着西南风。站在这里，可以望见泰特伯里教堂。但是因为缺少建筑物，所以隐私性欠佳。为了实现这一目的，最先种下的就有如今已颇有名气的紫杉树篱。已故王太后在桑德灵厄姆庄园种了紫杉树篱，这影响了查尔斯王子，他自己的设计又有所不同，树篱上挖出较深的壁凹。树篱于一九八二年冬天种下。沿着树篱又有编织的围栏形成的防风墙，辅助支撑树篱，同时也成为了另一道保护隐私的屏风。

　　接下来，注意力转移到了其他地方，犹如空白的油画布。这是此地吸引查尔斯王子的主要原因之一。一九八〇年，殿下三十二岁，希望获得一块土地，去辛勤耕耘，打造一个完全符合他的需要和审美的花园。查尔斯王子对这个计划充满热情并且进行周密的思考，"我想我喜欢从零开始"。

　　首先要做的是为这个花园设计一个总布局：

上图：寒冷的冬日清晨，落下的白霜突显了这座南面花园的布局设计。

右图：盖着茅草屋顶的树屋，架在石柱上，已做了整修，如今完好如初，等待下一代人来玩耍。

"我要设计游览花园的路径……我希望设计出移步换景的感觉。"希德科特花园（由劳伦斯·约翰斯顿设计）始终是王子最喜欢的花园之一，巧妙的划分创造了很强的空间感，令一年中的大部分时间都有欣赏的乐趣。这一理念对查尔斯王子的布局设计产生了重要影响。

另一个对海格洛夫的发展产生重大影响的是"所有我参与过的组织，或担任主席或提供资助的组织……我都十分留心"。草地种植、遗传品种、自然保护、建筑和有机园艺都是他热爱的主题。这些组织对他的花园都有重要影响。

这里以前被称作南园，一座石头日晷的到来才令它有了现在的名字，日晷亦成为此处空间的焦点。这座优雅的石雕是博福特公爵、外部员工、园丁和侍从送给威尔士亲王和王妃的结婚礼物，由极具天分的本地石匠沃尔特·克朗雕刻。走近了看，你就会发现这个看似简单的作品展示了石匠的高超技艺。在矩形的四边上，沃尔特描绘了四个季节，用雪人代表冬天，用伞代表春天，用兔子代表夏天，用挖马铃薯的人代表秋天。其边缘处还刻着："太阳追随时光的步伐，在我的脸上留下它的影子。"

日晷的安置对王子来说十分重要，因为这是花园里第一处按照他的设想规划的区域。日晷决定了围绕在周围的花圃的形状，为这个板正的空间带来柔和的效果。

树桩花园

　　树桩花园是一处不同寻常的空间，在萧瑟的冬天反而别具魅力——裸露出优雅、均衡的架构。这里离屋子相当远，离路最近，是最后建造的区域之一。它是庄园最冷、最吵闹的地方，也是最容易遭受霜冻的地方，因此改造起来非常困难。起初是打算建"玉簪园"，玉簪是王子最喜欢的植物之一，他收集了许多品种，但是这个计划因班纳曼夫妇的介入而改变。朱利安·班纳曼和伊莎贝尔·班纳曼是由王子的朋友坎迪达·莱西特-格林推荐的，他们为坎迪达设计了在奇彭纳姆的常春藤花园。查尔斯王子承认，在他们来海格洛夫之前，"这片林地真有点儿乱"，尽管王子从二十世纪八十年代末期便开始修整林地，那时到处生长着黑莓、荨麻和月桂树，与人工种下的植物争夺生存空间。

　　如今主要种了西克莫槭、落叶松、山毛榉，也有一些栎树和由查尔斯王子种的胶白杨。原本有更多的树，二十世纪八十年代的一场冬季暴风刮倒了不少树木。随之增加的光照是非常有益的，同时促使罗斯玛丽·维里帮助查尔斯王子引进了新的植物，那时这里还被称作林场花园。

　　但是在此之前，他们必须处理沉重的黏土。首先铺入成吨的发酵肥料，再种下老鹳草、毛地黄、堇菜、香气扑鼻的白色花烟草和多种鳞茎植物，它们只需稍加维护便能存活。和罗斯玛丽一起工作的景观园丁约翰·希尔回忆起当时帮助王

右图:"礼物之墙"的前景,颜色斑驳的草地,到处是一月盛开的雪花莲。

子种植的场景:"有天下午,我和殿下一起在一处灌木丛生的地方干活。他比我年长几岁,我也一直认为自己的身体很棒,却不能和他相比。他似乎不知疲倦,我要努力使劲才能跟上他。"

起初是想把树桩花园建成有三个入口的环形,这个想法是从巴斯的环形广场得到的启迪。班纳曼夫妇也从日本人在海岸线建的树桩一样的金属海防工事、托马斯·赖特于一七五〇年左右在巴德明顿建造的隐士之居(二级文物保护建筑)得到启发。在和王子讨论之后,大家一致同意树桩是最理想的元素,可以用来打造入口和边界。

起初那个庞大的树屋位于树桩花园的中心,但是现在它已经紧邻边界(树桩花园后来不断地扩大,成功地增加了一个水池和其他设计)。设计者威利·伯特伦把树屋称作"冬青树屋"。树屋建造于一九八八年,当时威廉王子五岁,哈里王子三岁。威利对查尔斯王子说:"树屋是为了兄弟二人建造的,请允许我问问威廉有什么想法。"查尔斯王子也赞成这样。在交谈中,小王子说:"我想让它越高越好,这样我就能躲开所有人;我还想要一副绳梯,我把它收上来的话,就没人能爬上来了。"

树屋就这样建造起来了——冬青叶形状的栏杆柱,冬青浆果般的红色围栏,冬青叶形状的入口,以及茅草顶。它被安置在一棵大约十米高的冬青树上,正好于一九八九年六月二十一日威廉王子第七个生日时完工。查尔斯王子拿来"王室专用"彩带隆重地为它剪彩。

令人伤心的是,一年半后,这棵树由于感染了蜜环菌而死去。整个树屋搬到了离现在的位置几米远的地方:在神庙附近。它不再搭建在一棵树上,而是建造在十根粗粗劈开的威尔士石板上,由斯蒂芬·弗洛伦斯设计。茅草顶由马修·海厄姆这位茅草造型大师重新制作,他是在那里参加青年培训计划时第一次为树屋制作茅草顶。冬青树叶状的栏杆被栎树材质的栏杆代替,等待下一代的王子和公主。

植物把各处建筑很好地融入了风景中。在隆冬季节里偶遇鲜花和浆果,令人感觉十分奇妙。在树桩花园这片区域,这个季节珍贵的鲜花和微妙的香气都得到了保护,免受冬季寒风的侵害。一月,铁筷子,尤其是东方铁筷子(*Helleborus orientalis*)在河岸边一簇簇盛开,害羞地垂下头。王子把它们种在高高的河岸上,这样就免了它们的低头礼,人们还可以看到它们精致的"脸蛋"。

跟铁筷子挤在一处的还有其他在冬季颇受喜爱的花,如雪花莲,几年下来它们形成了厚实而健康的花簇;又如繁茂的早花仙客来(*Cyclamen coum*),'莫里斯·德莱顿'早花仙客来(*C.c*

'Maurice Dryden'）尤其引人注目，不仅仅因其开着传统的白色花朵，更因为花朵下面那些绿镶边的灰色叶子。

种植计划希望增加一点点额外的高度，本土的假叶树（*Ruscus aculeatus*）形成低矮的"树篱"，点缀着鲜亮的红色浆果，在冬日里望去非常美。围绕着结冰的池塘边长着香蜂斗叶（*Petasites fragrans*），它那粉紫色的花朵高出下面心形叶子很多，整个冬季都不时地开放，使树桩花园的空气中充满了柔和的香草味。

灌木在种植计划中也扮演了重要的角色。树桩花园里充满了精心选择的、以美妙香味而著名的林地植物。优雅的'黎明'博德兰特荚蒾（*Viburnum* × *bodnantense* 'Dawn'）高高耸立。冬季，它那高直的茎上叶子都已掉光，裸露的枝上覆满淡粉色和白色的花朵，香气袭人。旁边，长

下图： 河岸边上的东方铁筷子，邀你欣赏它艳丽的颜色和斑纹。

右图： 甜栗树桩高踞在树桩花园岸边的小丘上，周围覆盖着苔藓和蕨类。

着一丛丛光滑的深绿色叶子的常绿灌木羽脉野扇花（*Sarcococca hookeriana*）给人以低处的观赏乐趣。你可能看不见它那小小的白花，但是浓烈的香气在林中空地弥漫，吸引你四处寻找香气的来源。

冬季是树桩花园一年里最美的时期，也是香气最浓郁的时期，在这几个月里，需要精心的照管来维持这个状态。在深冬和早春，扩建过的植物区域都铺着厚厚的、由腐烂的木头和树皮制成的覆盖料，衬托着花期早的植物，同时也是完美的深棕色羽绒被，可以保护那些勇敢的早春使者。

多年来，王子一直努力创造树桩花园神秘的气氛和有机的形象，当你在隆冬季节徘徊于香气扑鼻的林中空地时，你会不由得相信它一直都在那里。

冬日，连接厨房花园和日晷花园的大道，锥形鹅耳枥成为这条使用频率很高的道路的亮点。

柱子和道路

假如你背对海格洛夫庄园大门站着，朝几近正北方看去，你会看到那壮观的椴树大道穿过绿地，通向一根精致的柱子。这些椴树于一九九四年种植，由康沃尔公爵理事会成员赠送，以纪念王子成为理事会主席二十五周年。

这条大道给人留下深刻的印象——长度超过半公里——在冬日的早晨或者傍晚，一棵棵椴树投下长而清晰的影子，在草地上移动，突显了大道的设计效果。约翰·怀特，著名的温斯顿伯特植物园的前任园长，帮助王子设计了这条大道。他认为这个地方是"建设一条主干道的理想位置"——有 15 度的坡度，在大约 12 点 15 分时，太阳照射大道，椴树投射出两条线型的影子，场面值得一看。

之所以选择椴树，而不是栎树或山毛榉（其他备选品种），是因为它相对而言生长速度快，也不像山毛榉那样易遭松鼠啃咬而变形，栎树则生长得过于缓慢。选取的椴树品种，是'鲁布拉'阔叶椴（*Tilia platyphyllos* 'Rubra'），不会长出休眠芽（一般来说树干底部经常会冒出一丛丛新芽），因此满足了形成一条笔直的林荫大道的条件。

很多人以为所有的林荫大道都是树对着树种。当你沿着椴树大道行走，你可能不会注意到两旁的树是错开的，或者说按照人字形种植。树木需要阳光，树根需要伸展空间，这样才能长得好，因此错开排列可以使它们更有可能健康生长，寿命也会延长。

建造这条大道一共用了 67 棵树，大道横宽以及树木之间的距离都是 16 米。道宽和树木间距能使 150 年后的参观者在 1.5 公里之外就能看见一个 12 米高的方尖树塔。当然，前提是定期修剪低处的树枝。

为了确保获得这个效果，设计者画下树的高度，以及它们在 10 年、20 年、30 年和 150 年后的外观。如果把长满嫩枝的幼苗种下去，它们在最初的 10 年会长到 5 米高、3 米宽。到 20 年时，它们会达到理想树塔的高度，即 12 米；到 30 年时，从屋子处望去已经望不到方尖树塔，此后，为了恢复这个景观，树冠必须被抬高。

大道目前还不足 20 年，离预期的在 100 年时形成"树墙"效果还需时日。树干都被近乎水平的木料保护着，这些木料缠绕在支柱上，组成了耐用的格子框架。

走过这两排尚属年轻、树叶落尽的椴树，你可以看见一根高高的柱子，吸引着你往前走。柱子立在一块干砌的石基上，可以在此休息，欣赏

周围的绿地。这是由王子和威利·伯特伦共同设计并于一九九三年建造的。柱顶上立着约有3.5米高的镀金凤凰,由伊莎贝尔·班纳曼和朱利安·班纳曼夫妇设计并制造,是阿曼国苏丹送给王子的五十岁生日礼物。王子请班纳曼夫妇设计完成这个石柱,他们想到了凤凰。凤凰与太阳相关,神秘又神圣,能浴火重生,他们觉得这是一个恰当的选择。

凤凰和身下的巢都是手工镀金制作,一共花了六个月建造。完工的时候用起重机把凤凰安装在生铁柱子上。柱子是在伦敦维多利亚火车站拆除时回收利用的,由威廉·麦卡阿尔平爵士送给王子。柱子底部的纪念牌写着:

为了纪念威尔士亲王殿下担任康沃尔公爵理事会主席二十五周年,康沃尔公爵理事会全体成员于 1994 年赠送了这些椴树。

你的注意力也会被另一条更新的道路吸引。这条路上交错种着英国梧桐树(*Platanus* × *hispanica*)和北美鹅掌楸(*Liriodendron tulipifera*),从柱子后方一直延伸到果园。这条引人入胜的步道在成熟季节的景致更美,那时梧桐树长出了典型的剥落灰和米黄色图案的树皮。

种植梧桐树时,保留了在种植路线上原本就有的树木,并且注意与新树的距离,这不是件容易的事情,但是为了保护这些品种,值得一做。植物保护一直是花园的关键所在,反映了主人的环保理念。

睡莲池花园

冬日的傍晚，沿着百里香路向北走，你可以看见那低低的红日的余晖掠过睡莲池的水面。真人大小的角斗士铜像令人印象深刻，立在由紫杉树篱形成的两段弧形中间。它是一件复制品，真品（大约可以追溯到公元前 100 年）有着非凡的历史。这座铜像是由乔蒙戴利勋爵送给王子的，边上有两只巨大的瓮。这两个高傲地站在紫杉树篱边的空的雪利罐也是送给查尔斯王子的礼物，它们是由意大利阿西西花园的主人送给王子的。当时还有一段好笑的插曲。礼物的收件人简单地写着：泰特伯里威尔士亲王收，卡车司机便把它们误送到了附近的酒馆，令店主大吃一惊。

这一设计正符合查尔斯王子的想象。当他来到海格洛夫的时候，此处有一个池子，根据王子的描述，"是个相当乏味的方形池子，中间有个同样乏味的石罐"。殿下非常想保留这处水景，但是希望设计得更出彩，因此他联系了威廉·派伊——享有国际声誉的水景设计师。

一九九二年，派伊来到海格洛夫庄园，与他的王室客户一起吃午饭，被问到有没有好的想法。后来威廉·派伊和威利·伯特伦合作，一同提出了在弯曲的十字形水池里搭建"一个抬高的水面"。这个被"抬高的水平面"中间有一个微微凹陷的水池，水池的造型是一朵高于池子 30 厘米的四瓣花。伴随着轻缓的潺潺声，水从四个青铜坝流出。起承托作用的方琢石（约克）边缘非常窄，刚超过 2.5 厘米，并且仅仅比外边的水体略微高出一点，确保观赏者的注意力一直在水上以及水中不断变化的倒影上。在把坝铸成青铜前，威廉·派伊自己为它们做模型，设计出了鹦鹉喙喷口，使水沿着银色曲线被"抛"出来，这也为宁静的氛围平添了动感。

为了使水能捕获更多的阳光、反射更多倒影，这个抬高的设计是经过深思熟虑的。外面的水池由威利·伯特伦设计，他巧妙地把边沿的顶部突出，这样就为鱼提供了黑暗的、独立的壁龛来躲避鹭和其他捕食者。

围绕着睡莲池的紫杉树篱和修剪过的灌木赋予此地强烈的造型感。你观察得越久，就越会发现树篱的布局反映了原先那个长方形水池的位置和形状，布局亦经过些许调整，来突出曲线优美的新水池。

池子两边各有一把凳子，背靠着造型起伏的树篱，时而上升，时而下降。两边都有高高的、修剪成旋涡状的紫杉。开口处的紫杉被修成悬垂状，就像一个石头顶。部分树篱的高度比主树篱要低，仅一米多高，这样就可以轻易看到草地和周围的美景。

在本地栖居或偶尔来访的鸟儿都喜欢这处水池，它们把它当作是连绵不断、一年到头都可以喝到的水源——即使是在最寒冷的天气里。当周围的一切都已经结冰的时候，最小的鸟儿也能在石沿上停留，饮一口流淌的水。

左图：铜像博尔盖塞角斗士是一件复制品，真品现藏于巴黎卢浮宫。

右图：水池的水位很高，即使在白雪的覆盖下，小鸟也可以在水池边饮水。同时，这也增强了水面的反射功能，使冬日的阳光在花园中四处雀跃。

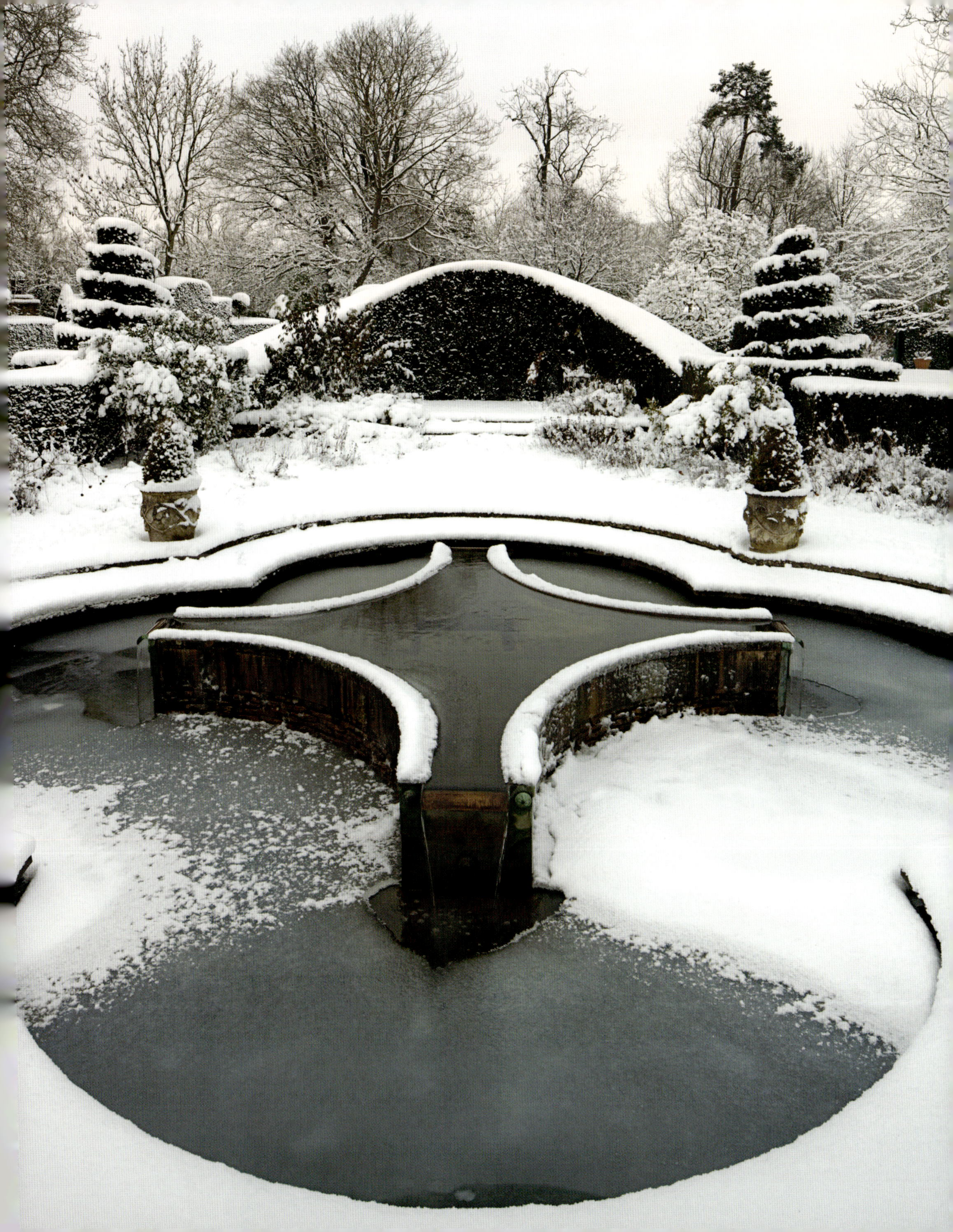

菟葵

FEBRUARY
二月

> "白昼慢慢变长,随着日光的微妙变化,冬日的沉寂被清晨窗外鸟儿那最美妙的合唱打破。冬日里因为光照不足而不再下蛋的母鸡如今又开始产下深棕色的蛋。到现在为止,花园的各个部分都已被整理、修剪,并且用我们自己做的堆肥护根。在我看来,大量高度发酵的牛粪是花园的秘密成分。我喜欢的深紫色番红花已经在树干底部探出头来;植物园中粉红色和紫色的仙客来已经盛开,让人对春天的到来愈发期待。"

当寒冷的天气在二月徘徊时，许多花园看上去仍然很荒凉，这让对冬天深感厌倦的心灵更觉得煎熬。然而，在海格洛夫却有一种不断攀升的希望，因为这里的很多地方都已从季节的束缚中解脱出来，显现出生命的迹象。

在树木较多的花园里，比如植物园和旱谷，有无数鳞茎类植物，尤其是雪花莲、菟葵和黄水仙。在树上的叶子长出来之前，它们充分利用高处照下来的光线，在阴沉的冬日里，为花园铺上一层多彩的拼接地毯。这些区域相对而言也比较温暖，因为有密集的树木形成遮挡，并且滋养着初春的生命。温室和工作区是一派繁忙景象，园丁正抓紧时间整饬花圃，并且不停地播撒种子。农舍花园有朝南的墙，吸收了每一寸阳光，这是当季鳞茎类植物和鲜花绝好的生长场所。

下图：这只罐子（一对中的一只）被送到了本地一家酒馆，因为收货人简单地写着：泰特伯里威尔士亲王收。

右方下图：这扇色彩轻柔的门通往农舍花园，配色新颖而巧妙，在明亮的日光下愈发显眼，也为沉闷的冬日增添了活力。

右方上图：查尔斯王子喜欢亲自照看小鸟喂食器的工作。鸟的数量和种类在最近几年有了迅速的增长。

农舍花园

  农舍花园是使用频繁并且深受喜爱的花园，一年里大部分时候都不闲着。在威尔士亲王搬到海格洛夫之前，这里是家族几代人都喜爱的地方。

  很难相信，这个花园的大多数区域直到最近几年都毫无遮挡。王子到来后，对房屋和花园进行不断的修整，农舍花园也可以抵挡严酷的东风，才变得相对比较温暖。如今农舍花园约100米长，20米宽，和汽车道平行，位于房屋到马厩的路边，进出非常方便。

  二月，漫步在宽阔的、蜿蜒到远处的青草路上是一件多么令人振奋的事。花坛里种的大多数是多年生和一年生的植物，但是只要你沿着这个直线花园往草地走，深冬开花的鳞茎类植物和灌木都会在夹道欢迎你。所有贴着墙和建筑物边上的宽阔花坛都是朝南的，又受到上方树荫的庇护，使这里成为深冬花朵理想的生长环境。

  作为一个经常被光顾的花园，这里的种植计划需要精心安排，以确保整年都有花朵观赏——可别忘了冬天。此时，花园已显现勃勃生机，生长在印度门边上的欧茱萸（*Cornus mas*）已开放。尚且光秃秃的绿色嫩枝上，开着一串串挨在一起的花，每一朵花都有四片淡黄绿色的花瓣。另一种令人喜爱的花是郁香忍冬（*Lonicera fragrantissima*），半常绿灌木忍冬，又称"一月茉莉"（虽然它的花期远远超过一个月）。

  农舍花园中心部分的景色简单而奇妙，尤其是你从印度门进入的话。那棵姿态优雅、倾斜的冬青栎，和旁边由黄杨木制成的"领主的长凳"完全占据了中心位置。园丁把这棵珍贵的栎树低处的树枝修剪掉，使更多的阳光穿透树叶照到下面的水仙花和深紫色的番红花。大多数访客从果园经过印度门进入农舍花园。从这里走比从车道的入口进来更不引人注意，令访客更有眼前一亮之感，同时，也把它和周围的科茨沃尔德景色分割开来。

  从车道进来，你首先会看见一道坚固、简朴

而又宽阔的门，它被漆成海格洛夫的蓝绿色并且爬满了常春藤。一段短短的小路，两旁是由巨大的石头砌成的一米高的墙，这些石头取自赫里福德教堂。穿过小路后，你会来到二〇〇六年从焦特蒲尔运来的雕刻精美的双门。查尔斯王子在国外旅行的途中发现这些被丢弃在路边的门，他把它们安装在了一幢亚洲风格的建筑物上。这个建筑物由庄园员工建造，上方是用桑德灵厄姆栎木板做的双层屋顶。

农舍花园现在也包含了地中海花园：在新凉亭附近更加传统的花园，拥有深深的岛礁和一棵桑树，在冬青栎、扶壁花园和月桂树边上的僻静处。这些花园是在一条长长的紫杉树篱北边的一小块狭长的土地上发展起来的。

二十世纪八十年代中期紫杉树篱刚开始种植的时候，在新树篱和车道之间空出了一条狭长的、没有开发的土地。查尔斯王子意识到它的潜力，决定与罗斯玛丽·维里联系，寻求一些建议。查尔斯对她的帮助非常感激。"她的建议、她的天赋——能够找到合适植物种在合适的位置上，为一年中不同的季节创造不同的景致，都十分宝贵。"他评价道。

之后不久，罗斯玛丽便第一次造访海格洛夫。在这期间，查尔斯王子为他的"农舍花园"、新紫杉树篱后方蜿蜒曲折的花坛规划了大致的蓝图。右边已经有一片灌木丛，几棵大树一路点缀，包括那棵至今存活的栎树和寻状的紫杉。

总览一下农舍花园，此地包括传统的农家树木、灌木、若干一年生、许多多年生及鳞茎类植物。基于此，罗斯玛丽设计了弯曲的花坛和花坛里种植的品种。这里鲜少体现罗斯玛丽设计中的形式和结构，相反，呈现的是自然

左图：'回忆'番红花引种成功，它的绿叶上有白色的条纹，在周围还是光秃秃的时候为我们带来了色彩。

上图：印度门——雕刻精美、有饰钮，是查尔斯王子在焦特蒲尔的路边发现的。大多数访客由这扇门从果园进入农舍花园。

流畅的风格，包括一盆盆的'紫苑'银扇草（*Lunaria annua* 'Purpurea')、单穗升麻（*Actaea simplex* Atropurpurea Group)、茛力花（*Acanthus mollis*）、绵毛水苏（*Stachys lanata*）、'伊伏琳'钓钟柳属（*Penstemon* 'Evelyn'）、'班斯莱'花葵（*Lavatera*×*clementii*, 'Barnsley'）、'安娜贝尔'亚木绣球（*Hydrangea arborescens* 'Annabelle'），以及各种翠雀花。其中的许多花至今仍然为查尔斯王子所钟爱。

在长长的一天结束的时候，罗斯玛丽和跟她一起工作的约翰·希尔准备好了要种的植物，查尔斯王子和鲁珀特·戈尔比来把它们种好，小王子偶尔也来帮忙（四岁的哈里喜欢浇水，威廉对此并不热心），一切都完成得很好。天色逐渐暗了，雨滴开始轻轻地落下。从那年拍摄的照片中可以看到刚造好的花坛边上那些造型随意的扁石（数量跟现在一样），草坪上到处都是供小朋友玩的玩具，看上去真是一座亲和温馨的花园。

下图：石头长凳（一对中的一条）边上各有一只希腊式的瓮，里面种了圆锥绣球（*Hydrangea paniculata*）。

早花仙客来，鲜红色、粉色和白色花朵的仙客来在半阴处盛开。

植物园

无论一个花园的大小如何，在花园里长期耕耘的人都会有一种成就感，仅仅几年之内这个花园就可能会发生戏剧性的变化。创造者和花园之间形成了不断增强的纽带关系，总是有更多的潜力和希望来创造一个更瑰丽的空间，一个更美好的花园。从这个角度看，海格洛夫最大的改变发生在植物园。

当亲王殿下刚刚搬到海格洛夫的时候，此地约半英亩大小，是一个乱糟糟的落叶松植物园，到处是荨麻和低矮灌木。如今，你跨过厨房花园的大门，穿越杜鹃花步道，就进入了一个有树木遮荫的奇妙之地。即使在二月，这里也有景色可以观赏：遍地开着粉色和紫色的仙客来、金黄色的菟葵（Eranthis hyemalis）以及蓝色的星星状的黎巴嫩蚁播花（P.scilloides var.libanotica）。中间层是小型树木和大型灌木，主要是落叶类，有些也会在深冬时节开出花来。

它们包括花期早的李属千萨樱，深粉色的碟形花朵开满了枝头，讨人喜爱。刚长出来的叶子最初是红铜色的，而后变成鲜绿色。

波斯铁木（Parrotia persica）也是一种非常棒的树。在神庙旁的关键位置上就长着一棵。随着一月变为二月，它那像蜘蛛脚一样细长的深红色花朵会把你吸引过来，注意到这种鲜为人知却表现出众的树。显然，它的木质极其坚硬——这也是它名字的由来——但是种它的主要原因是它有着无可匹敌的秋天的颜色——从黄色转成橙色，再到红色。

不那么戏剧性却非常受欢迎的，为深冬的景色作出贡献的是巨大的圆形黄杨灌木，在那些基本上光秃秃的枝干（虽然很匀称）中间增加了令人愉悦的坚实感和颜色。在杜鹃花步道东面高高的墙边，还有几棵修剪过的高大紫杉，是老紫杉树篱残留下的。其中的一两棵已经长成漂亮的紫杉树，其他的被修剪成各种形状。有巨大的野猪头，还有青蛙和松鼠，都栩栩如生。这些紫杉和黄杨灌木不仅造型优美，而且作为本土植物，在冬日里散发着令人愉悦的气息，又可以抵挡严酷的寒风，是小型哺乳动物和鸟类的栖息地。

植物园里种的都是极其吸引人的植物，同时这里也有一件重要的艺术品——《敖德萨的女儿》，从杜鹃花步道中间进入植物园，可以看到黄色杜鹃花一路延伸，尽头处便是这件艺术品。这件精美的铜雕是美国人为了感谢亲王殿下对于艺术和建筑的支持而送给他的礼物。它是由雕塑家弗雷德里克·哈特制作，于一九九七年揭幕。"女儿"是指阿纳斯塔西娅、塔季扬娜、奥尔加和玛丽亚，即沙皇尼古拉斯二世的四个女儿。她们代表了在二十一世纪已经被淡忘了的素养："坚守信仰、保持希望、感受美的变革性力量、坚守纯真。忠诚、希望、纯洁和美丽，这是敖德萨的四个女儿。"

雕塑旁边还有一条木头长凳，也是花园的组成部分，是斯蒂芬·弗洛伦斯为切尔西花展所做的设计，并献给了王太后伊丽莎白。长凳随后被移到此处。

亲王殿下多年以来一直对树木有着强烈的兴趣，希望有人为他在绿地树木种植、农场树木带和花园中的个别树木品种提供建议。他也从近邻温斯顿伯特植物园壮观的槭树种植得到了启发。

那时，帕迪·怀特兰在海格洛夫工作，查尔斯王子这样评价他："没有帕迪的话，我在海格洛夫计划的一切都不可能实现。他是最好的，恪守本真，我永远感激他。"

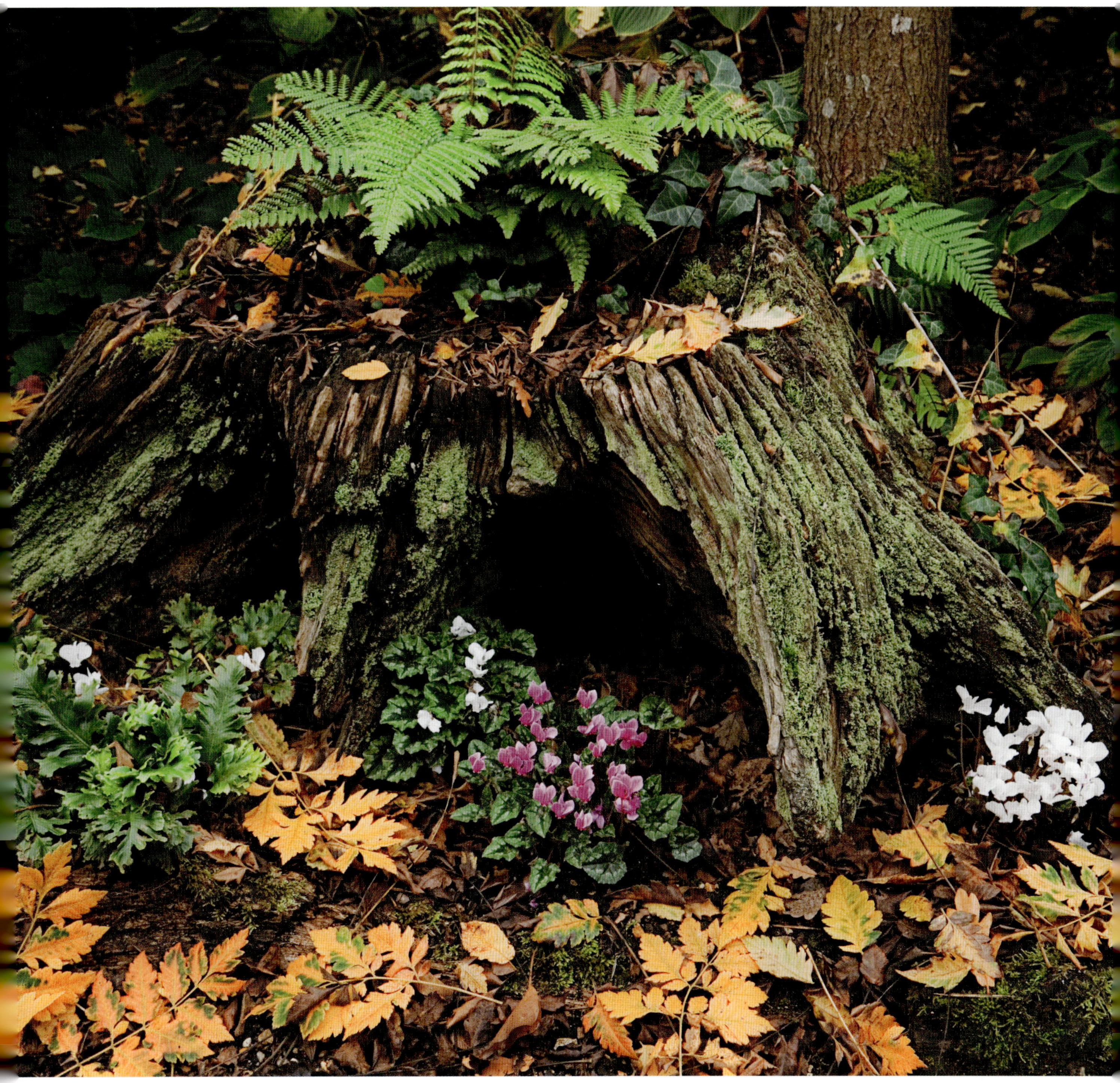

帕迪在本地人缘很好，并且认识约翰·怀特，即温斯顿伯特植物园的园长。帕迪把他介绍给查尔斯王子，以便二人交流树木方面的知识。一天，查尔斯王子和约翰·怀特连根挖掘出雪果灌木，他们一致认为这里可以打造成一个很好的植物园。

怀特提出了一些建议，要求专注于几种树，用于实现王子的设想——在春天有明亮的颜色，在秋天有火红的颜色。他认为应该把注意力放在选择特殊地区的树种或精选出的少数品种，或有明显特征的树种上，否则随意选择的结果就是杂乱无章，不能展示树木的最好姿态。

查尔斯王子最喜欢的树包括日本槭树和樱桃树，是这一地点的最佳选择。这里的土壤类型是沙质的林地硬土，居然有1.5米深，下面是石灰岩。庄园里其他大多数地方找到的是石灰土，这里的土质竟然是酸性的（大多数日本槭喜欢中性至酸性土壤）。达成意见一致的最终条件是植物保护，植物园恰恰提供了完美的机会，可以囊括那些真正有趣的品种，尤其是山毛榉的全国性收集。

旱谷花园

从前被称作南半球花园（里面有许多来自南半球的纤弱植物），于二〇一二年三月被重新命名为旱谷花园，因此需要重新制定种植计划。这个花园现在是一片繁荣景象；一些外来品种，如棕榈以及桫椤被保留下来，许多硬质灌木也被列入种植计划。二月，却是番红花和黄水仙开得旺盛。

二〇一〇年和二〇一一年，一连经历两年酷寒，给这里带来了相当大的损失，也因此引起种植风格的巨大改变。旱谷花园的故事非常有趣，反映了园艺爱好者如何应对他们无法控制的变化，以及如何把变化转化成益处。

旱谷花园位于厨房花园北面和草地之间，许多年前是要在此造主路巴斯大道的。如今，当你漫步在这个阴凉的、长着些许树木的地方，看不到一丝从前生活的痕迹。北面，厨房花园高高的砖墙与旱谷花园平行。这道墙为种满植物的旱谷花园遮挡阴凉，也起到了界定和对比的效果。

在一道高高的北墙边培育植物是极好的机会——有了这道墙的庇护，温度不会过高或过低，柔和的光线为这里带来了凉爽的空气。亲王殿下非常喜欢在不同光线条件下观察这一空间。傍晚，夕阳令这里显得尤其具有戏剧感，并且烘托出这种布局的立体。

此地的规划要追溯到二十世纪九十年代中期，发现这里适合种植不那么耐寒的植物，当时已有一些成熟的高大树木，还有桂樱树丛，能从低处抵挡从东面吹来的风。种植较为奇特的、柔嫩的植物，如桫椤和棕榈，是受生长在怀特岛奥斯本宫的外来植物品种的启示。它们中的一些被带到海格洛夫的南半球花园试种，比如智利钟花（*Lapageria rosea*）、垂管花（*Vestia foetida*）以及丝兰龙舌草（*Beschorneria yuccoides*）。

左图：冬天，大多数树还是光秃秃的，《敖德萨的女儿》成为植物园里的焦点。

下图：尽管看上去纤细、脆弱，雪花莲抗霜冻能力很强，即使盛开时也不畏严寒。

此处的种植仍然具有一种强烈的戏剧性元素，引入了热带风格，一道令人着迷的天然水流使这种氛围愈发浓厚。花园因旱谷河流流经此地而得名。之所以被称作"旱谷"，是因为它在冬季流动（来自于盎格鲁-撒克逊语，burna，意为"河流"），在大多数夏季干涸。这是一条狭长、宁静的河流，在长满蕨类植物的暗墙下流过。但是当冬去春来，大根乃拉草（Gunnera manicata）、报春花——巨伞钟报春（Primula florindae）、粉被灯台报春（P.pulverulenta）和'绯红米勒'日本报春（P.japonica 'Miller's Crimson'），以及郁郁葱葱的金色驴蹄草（Caltha palustris），所有喜欢这潮湿、阴暗的地方的植物都纷纷盛开。花园的这一部分，即暗墙和旱谷河流上方的花园是在清除了大量杂乱的月桂和冬青树后才创建的。

花园中石头的重复使用是为了巧妙地呼应手工砌的墙。河流边上石头砌成的墙中嵌着五道拱门，看上去像五道华丽的石头扶壁，沿着墙一路点缀其中。这些砖石雕刻精美，是回收再利用，来自赫里福德教堂，它们的形式与率性流淌的河流形成了美丽的对比。其中一块扶壁被当作一座桥，让你可以登上更高处，观察位于草地边缘的更密集、更广阔和造型更自然的植物群。另一处惊喜是三只制作精美的板岩罐，其轮廓有着陡峭的弧线。它们是由雕塑家乔·史密斯制作的，用的是水平的板岩（类似干砌石墙的建造方式）。

在这个经过重新规划的花园里，桫椤仍然占据重要位置，虽然跟几年前相比数量少了许多，那时，我们能够享受更温暖的冬天和更炎热的夏天。那些存活下来的桫椤四处点缀着这个地方，既有 4 米高的，也有 60 厘米左右的。大多数是桫椤中比较耐寒的品种，如澳大利亚蚌壳蕨（Dicksonia Antarctica），引人注目。二〇〇八年十一月，为庆祝查尔斯王子六十岁生日，澳大利亚君主主义者联盟送来了一件令他喜爱的礼物——60 棵桫椤。冬天，树干被粗麻布包裹，树冠用草包住，以防止霜冻。

当南半球花园郁郁葱葱时，棕榈、桉树、新西兰麻、聚星草（Astelia chathamica）和智利钟花把你带到了世界的另一端。查尔斯王子称这里是"我在格洛斯特郡的小外国园"，并和大多数狂热的园艺爱好者一样，乐于挑战在英国花园里种下没种过的植物。

东方铁筷子

MARCH
三月

> 假如你想画风景的话,这个月恰是时候。光线开始变化,就像天空开始蜕去老皮,换上一层闪着光泽的新皮肤。在前车道下方,一丛丛早开的'二月金'和'詹妮'水仙令人心花怒放。同时,草地上勇敢的黄水仙冒着晚雪和不期而至的冷空气的风险为自己戴上了黄色的防水帽……植物园里,我在约十五年前种下的槭树对一道道温暖的阳光表现出非凡的热情,结果却要经受霜冻的严酷考验。

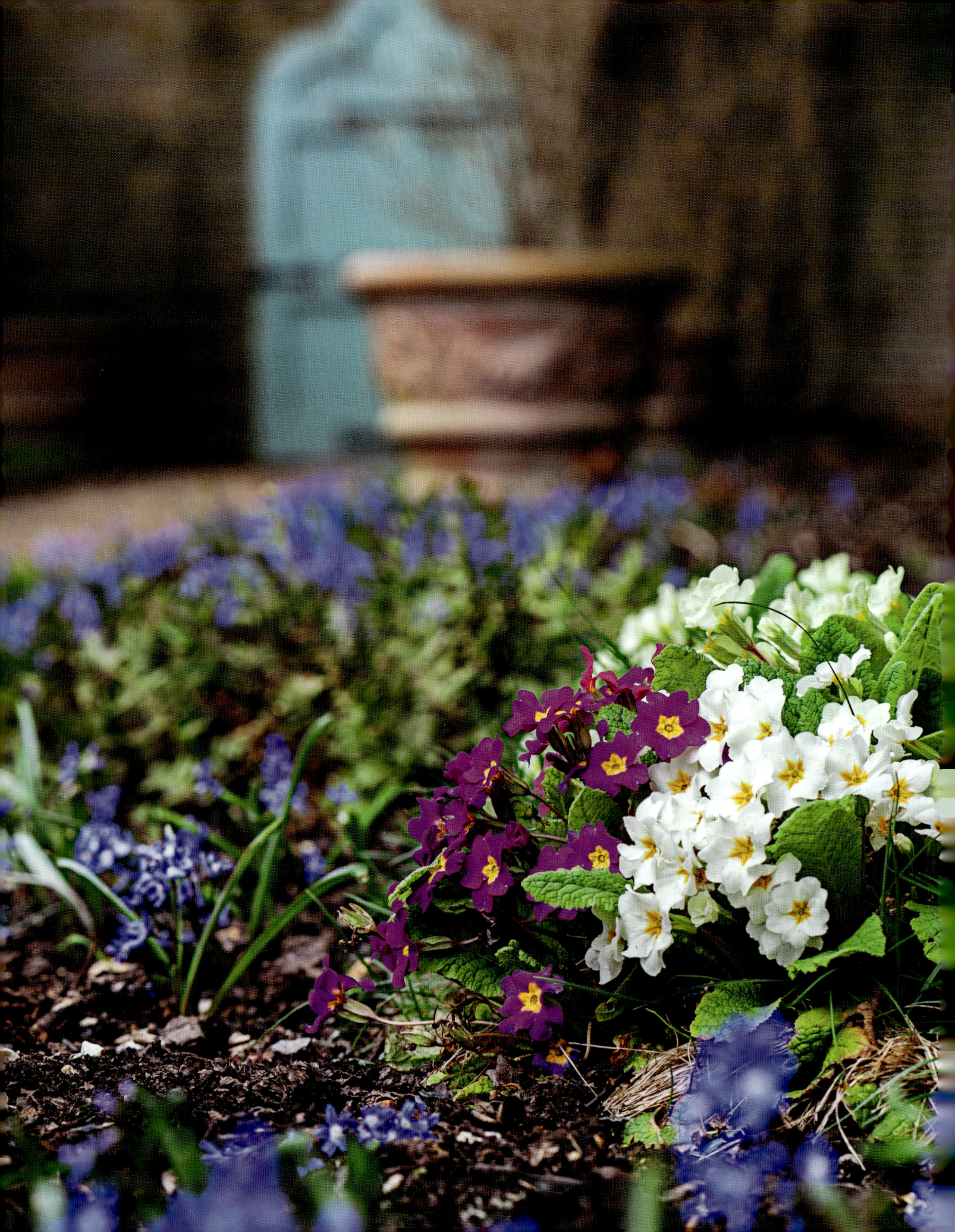

前车道

三月的到来令我们开始期盼春天，这在整个花园都有所反映，尤其是日晷花园，看上去愈发生机勃勃。在一个温暖的春日，坐在日晷花园里，享受太阳的温热和早春花朵的芬芳，令人心旷神怡。沿着主车道和前车道漫步一小段，你可以欣赏到横越草地更为广阔的风景，这里有一股能让你明显感受到广阔的力量；鳞茎类植物正破土而出，小草四处萌发，小鸟和蜜蜂忙个不停——蜜蜂在稍有暖意的时候就出现了。在厨房花园里，一行行生菜、豌豆、胡萝卜以及其他鲜嫩蔬菜充分利用温暖潮湿的天气，一天天地长大。此处的墙壁可以散发热量，厨房花园正卯足劲为海格洛夫厨房提供王室喜爱的优质蔬菜。

左图：花园中有很多人工栽培、杂交的报春花，香气扑鼻；中间夹杂着一列列的蓝色棉枣儿，它们使整个杜鹃花步道显得活泼起来。

下图：春日里，两边长着椴树的前车道蜿蜒穿过成片的黄水仙，路上的青草更是令这个入口的田园气息愈发浓厚。

来海格洛夫的访客很少使用前车道，即使是亲王殿下本人也几乎一直使用后车道。一对优雅且不过于威严的金属门安装在方琢石柱间，有一个小小的门卫室守护主路的入口。这实在是一个不起眼的入口，仅仅在一片科茨沃尔德石墙上开了一个相对较小的口，安装了一九八一年泰特伯里居民作为结婚礼物送给威尔士亲王夫妇的一对大门。昂然开进去，车道有些弯弯曲曲，穿过椴树大道，一边有一排树篱。在飞快地驶离周边植物投下的阴影前，你可以看到奇妙而宽阔的海格洛夫绿地。

访客很快就能意识到此处地产属于一个对园艺和景观有着明确设计的人。草地开始与车道边上修整过的草皮区别开来，大片大片的番红花、苋葵、报春花和黄水仙在此时或开或谢，要看处于哪个具体时间，它们增添了早春的气息。铺着砂砾的浅黄色车道从草地蜿蜒而过，大片厚厚的绿草在车道的中心延伸下去，帮助车道融入周围

的风景，而不是破坏这年代久远的绿地的格调。

　　车道的两边各种了一排椴树，有 10 米左右的间隔，方便到访的来客欣赏草地的优美风景。当你愈发驶近的时候，还能欣赏到主宅的倩影。这些是小枝下垂的椴树，垂银椴（Tilia 'Petiolaris'），虽然当时没人知道，因为这些树处于休眠状态。当它们长大了一点儿，才弄清楚只有最接近主宅的两棵树是垂银椴，其余的都是另外一个品种。

　　意识到这个错误之后，不是垂银椴的要换成垂银椴，因此，现在大多数树会小一些。如果你在三月从前门进入海格洛夫，会经过一组稀有的烹饪用苹果树，树上漂亮的粉色花朵正含苞待放。右边的山毛榉树篱大都还保持着冬天的黄褐色，但是这一切将被春天吐出的嫩芽打破。去年留下的干树叶在和煦微风的吹拂下发出沙沙的声音，树篱中有细枝构成的巢，显然是经常有小鸟出没，忙着筑巢、掩蔽和喂食。

　　树篱的高度略低于水平视线，使个子高的人可以眺望远处的绿地。顶部被修剪成倒转的"A"字形，巧妙地打破了这条直线。对那些不能眺望远处的人，可以穿过偶尔出现的多赛特门，进入绿地，欣赏风景。入口的每一个细节都经过仔细考虑，会立刻令你觉察自己走进了一处不同寻常的地方。抬头望去，"威尔士亲王"的旗帜迎风飘扬，你就会知道"园艺首领"正居于此地。

后车道和前车道在鸡舍处汇合，鸡舍后方设有椅子，人们可以欣赏绿地和远处的柱子。

后（主）车道

　　从每天都使用的主入口进入，访客立刻会意识到海格洛夫对风格和细节的要求之高。从门卫室门上涂成"海格洛夫式"浅蓝绿色的橡子尖顶饰，到为警察提供荫庇的高高的石屋，很显然，这块地产的每一个细节都用尽心思。

　　从较为简单的后车道驶入海格洛夫，与从显赫的前门进入一样令人愉悦。这个故意造得狭窄的单轨车道非常方便，蜿蜒向前，一路上可以瞥见花园的各个关键部分。右边是混合树林，包括树桩花园，接着是老暗墙，为花园划定了界限。继续往前，你可以看到草地，三月里已是鲜花的海洋，到处盛开着深紫色的番红花和黄水仙，欢快地昭示着春天正当时。

　　穿过通往果园的门和主停车场，便来到了马车洗池。王子初到这里时，池子已经被填平，一个小小的缺口周围有一些大树，证明这里曾经有过什么东西。池子有一段迷人的历史，不久以前应当还在发挥作用，因此王子决定将它挖掘出来并且恢复原貌。在十九世纪，马车被赶下斜坡，来到这片很浅的水域，冲刷一路的泥土和灰尘。水面比周围土地低了一米，用石头砌墙围住，周围有本地老鹳草、常春藤、蕨类植物以及其他的本地植物。还有冬青、山楂以及其他自己生发的树木。

　　马车洗池现在得到了基本的维护，它本身就吸引人驻足，它的历史背景又增加了这种魅力。那根可以让哺乳动物轻松接近水源的枯木，以及丰沛的"天然"水源让这里成为一个很少被打扰的栖息地，野生动物也随之丰富了起来。自然环境下的水源总是很快被占领，除了蝾螈、蟾蜍、青蛙和其他两栖生物，还有许多鸟类，比如黄褐色的小猫头鹰、翠鸟、棕柳莺都来过。

　　后车道跟前车道相通，中间有哥特式鸡舍和围栏。围栏外边围着用栎树木做的栅栏，栅栏木高达 2 米，相邻的木板略低，使栅栏看上去高低错落。这种有趣的设计使鹿和狐狸感到迷惑，因此它们不会跳过栅栏。鸡舍是威尔士亲王在五十岁生日时为观赏性家禽建造的。他养着不少母鸡，别人经常把母鸡当作礼物送给他。理查德·克雷文设计并建造了这个鸡舍，材料大部分用的是绿栎树木，铰链和门栓由当地的铁匠打造。"鸡舍上方还有一个钢制尖顶饰，是一只好斗的 4 英寸高的小公鸡，由雕塑家朋友戴维·豪沃思制作。小公鸡似乎总是控制欲旺盛，它们控制着所有的母鸡，雕塑家把这个场景诠释得聪明。"理查德·克雷文经常问客户："你希望你的建筑给你什么样的第一感觉？"王子不假思索地回答："我想要一件让我大呼'喔——'的东西。"这是在暗示理查德可以设计得稍微新奇一点。在这里你可以欣赏到广阔的绿地，望得到远处的柱子；可以复归安宁和平静，看着家禽咕咕叫着，悠然地踱步。养鸡的人都知道这是一个排解生活压力的绝佳休憩地。

日晷花园

日晷花园与一九八一年至一九八二年最初布局时的样子基本一致。三月，容易养活的常绿月桂荚蒾（Viburnum tinus）仍然开着细小的、星星状白色花朵，这些花朵在整个难见阳光的冬季都开着。淡蓝色的常绿爪瓣鸢尾（Iris unguicularis），花朵香气扑鼻，从隆冬一直开到初春，被安置在温暖的墙脚下，再合适不过。其他散发芳香的植物，还有开白花的茉莉和茁壮的墨西哥橘（Choisya ternata）。

起初的设计包含了一个铺砌的平台，就在主宅的前面，十分方便。平台前面就是六片几何形状、四周围着黄杨树篱的花圃。在一年的这个时候，黄水仙和铁筷子纷纷冒出来；茂盛的黄水仙看上去像与大道旁的黄水仙相连，勾勒出通往厨房花园的草地小路。安排在主宅边上种植的是胖胖的、深紫红色的'伍德斯托克'风信子，其微妙的香味一直弥漫在空气中。

这个平台是由弗雷德·因德建造的，他在海格洛夫已工作很久。在环保意识强烈的海格洛夫，弗雷德把约克石板从后门抬出、洗净，然后把它们铺成日晷花园的平台。日晷外几米远处的草坪上用石砖铺了一个圆环。这一坚硬质地的景观突显了日晷作为此处焦点的重要性。

这个怡人的花园有一种隐蔽的氛围，那些精心布置的花圃、草坪、树篱和攀缘植物所占的比例远远超过坚硬质地的景观。所有这些都愈发增添了这一空间柔和、悠闲的氛围；这是一处你想坐坐、走走和享受享受的地方，可以品味一下花圃内精心选栽的、色彩缤纷的植物。

上图：这样的门都是威利·伯特伦设计的，它们都具有完美的细节，非常符合花园的建筑风格。跨过这扇门便可以从日晷花园进入草坪。

右图：日晷花园里早春色彩缤纷的植物在自制的柳树枝和榛树枝编的花架中间绽放。

六片花圃周围都围着低矮的黄杨树篱，转角处是修剪过的紫杉造型，都是由查尔斯王子设计。它们很强壮，也很奇特；顶部是扁平的梯形，底部呈圆形。亮绿色的黄杨衬托出紫杉深色的叶子。紫杉造型对称地排列在中心入口的周围，这条路从主宅一直延伸到厨房花园。

布局日晷花园是一项任务，但是为将来考虑所做的维护工作和植物种植又是另一项艰巨任务。查尔斯王子刚开始在海格洛夫耕耘时，还是一名新手，但是他热衷于学习。整个花园不断地发展，一直到现在，有许多活要干，而且不间断的维护也同样重要。

大家认为为了花园的进一步发展，王子需要一名有着丰富种植经验的总园艺师。戴维·马格森当时只有二十七岁，直接从兰开夏郡农业与园艺学院的迈尔斯科夫大楼来到海格洛夫。他很快明白工作并不总是能按计划来。"有一年，"戴维回忆说，"我订购了足够数量的鳞茎植物，但是忽然间好像世界上的每一个人都决定送给王子鳞茎植物作为礼物。巨大的仓库放满了，我们花了好几周的时间去种它们。当查尔斯王子旅行回来时，没有看到我们种植的过程，还在怀疑我们到底干了什么。但是第二年春天来临时，他看见了一片花海，就什么都明白了。"

年复一年，海格洛夫的花园慢慢成形，许多对此有兴趣的园艺专家都来过这里，给出意见和建议。其中有帕梅拉·施韦尔特和西比勒·克罗伊茨贝格尔（二人曾担任锡辛赫斯特城堡的总园艺师），他们为团队展示如何用榛树枝为一丛玫瑰灌木制作拱形花架，这是查尔斯王子特别喜欢的。

他们在三月或更早一点的时候收集刚过一米长的绿色榛树枝条，把它们弯成一连串互相重叠的圆环，盘在玫瑰边上。玫瑰花枝会攀附在圆环上生长。结果，你会得到一株拱形的玫瑰，而且因为花枝是弯曲的，会开出多得多的花朵。

现在，海格洛夫的园丁们用自种的矮柳树编成各种各样的花架结构。每年春天，海伦·隆贝格，柳条编织高手和雕刻家，会来海格洛夫一两天，教新学生或园丁柳条编织的传统方法和技巧，从而提高团队的编织水平。他们编织漂亮的环形柱子，用在各处做植物支撑，包括日晷花园。这里，它们用来支撑香豌豆，打造出颜色纷呈的花塔，绿色的空间充满令人沉醉的花香。

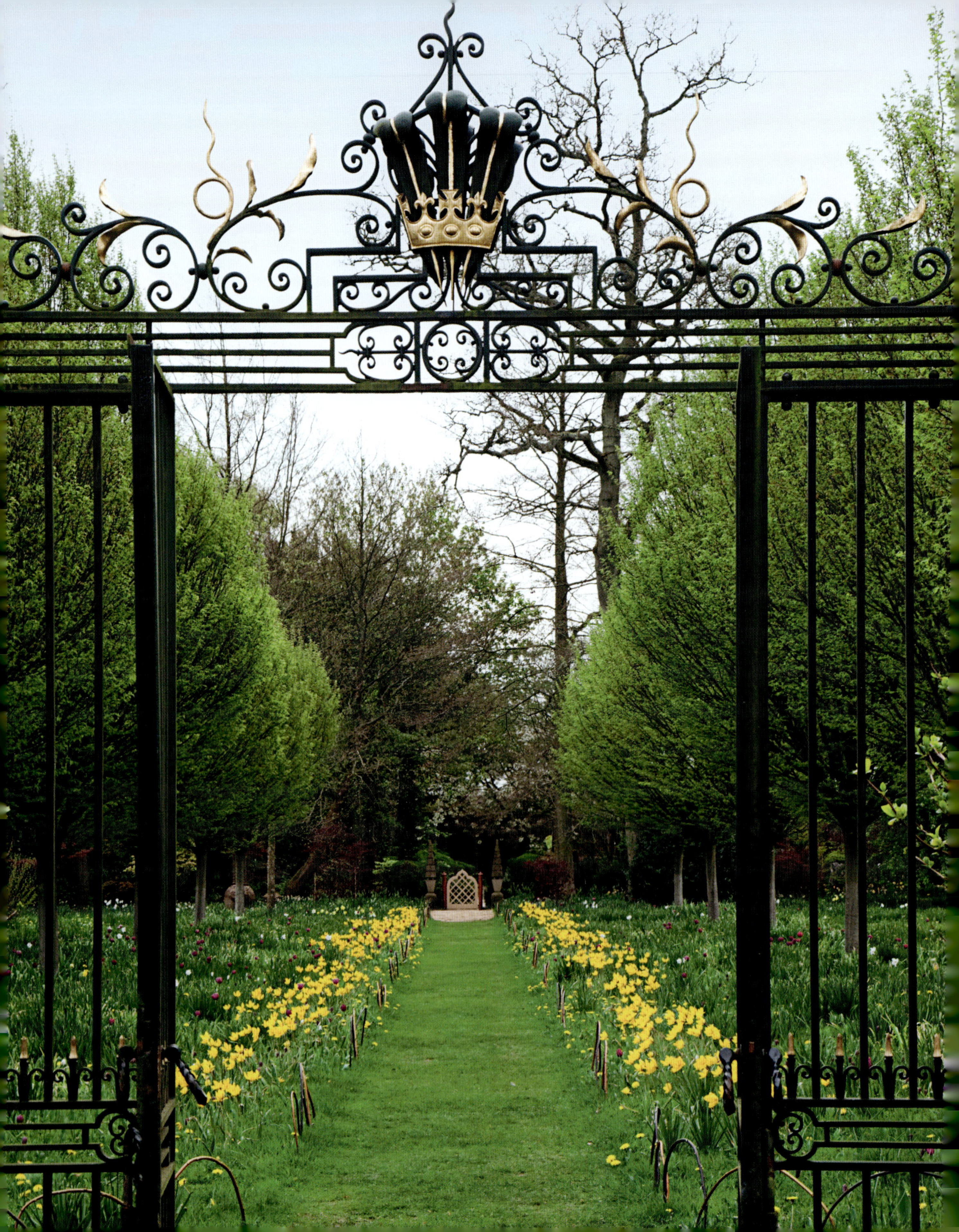

草地

毫无疑问，海格洛夫因点缀着鲜花的草地而著名。草地令人感觉轻松惬意，与主宅经典的建筑式样和周围装饰华丽的树篱形成了鲜明的对比。广阔的面积（几乎有 6 英亩），可以畅快呼吸，与花园其他更繁忙的地方互为补充。从二月到仲夏或夏末草地被修剪的这段时间里，草地以一种不断加快的步伐变化着。春天，小鸟和昆虫忙忙碌碌，相比之下草地始终是静谧的，动静结合，愈发让人流连忘返。

三月，草地上的为数不少的树木周围纷纷开出了一圈圈的紫色番红花。这些圆圈有 3 米宽，密密地种植着淡紫色的'回忆'番红花和深紫色的'花之记录'番红花。以这种巧妙方式种植的番红花看上去与随意种植的番红花很不一样，视觉上更加吸引人。

水仙使步道熠熠生辉，大多是明黄色的'二月金'和'詹妮'。从睡莲池花园到椴树大道之间的草地上开着大量的喇叭水仙（*Narcissus pseudonarcissus*）。它们在三月里开花，这就是为什么以前的地图把这里称为"黄水仙草地"。

当查尔斯王子开始在海格洛夫打理花园的时候，他愈发关心那些逐渐减少甚至消失的野花（比如麦仙翁和矢车菊）。越来越多的人意识到，从前的草地和林地都变成了耕地。人们担心这种做法打破了自然环境的平衡，对环境产生了不利影响。

因此，查尔斯王子决定开始探索如何恢复乡村景色，他向索尔兹伯里夫人询问该撒什么样的野生混合种子，可以种出一片草地。他还想找一位在这方面知识渊博的专家，能够提出建议，使这块草地变成富饶而美丽的栖息地。索尔兹伯里夫人于是向他推荐了她的朋友米里亚姆·罗思柴尔德，她研究跳甲、蚯蚓、蝴蝶和野生花卉，是知名的科学家。米里亚姆随后与查尔斯王子进行了多次互访，带他参观自己重建的自然栖息地、

左图： 这扇回收的门经人发现，经改装后装在海格洛夫。一面是较为正规的日晷花园，另一面是野生草地的景色。

右图： 雕塑家乔·史密斯制作的板岩罐，使用了类似干砌的手艺；位于草地和旱谷花园的边界上，周围是一片黄杨。

她的植物和种子收割系统，提出了使用混合种子和一套方法的建议，同时也推荐和提供海格洛夫可以使用的种子。米里亚姆曾被告知要想重建一片中世纪的干草地要一千年的时间，她回答说她会在十五年内打造出合理的复制品。

用于重建主宅边上的旧绿地的草种最初是从北安普敦郡"特殊科研价值保护地"选择的混合种子。它们经过精挑细选，包括了海格洛夫本地的种子类型，那些花可以从五月初开到七月。这些混合的种子包括一系列一年生和多年生的植物，如牛眼菊、黄花九轮草、鸟足拟三叶草、夏枯草、梯牧草、绣线菊、小鼻花。最初的混合种子被称作"格洛斯特郡农夫的噩梦混合物"，因为让农夫在适于耕种的土地上种植这些特殊品种会令他们十分头疼。

种子被直接种入草地，一开始的结果却让人失望。土地已维护了很多年，虽然它没有非常肥沃的表层土，但是已经扎根的草肯定比新引进的野花更适应这样的生存条件。

慢慢地，过了两到三年，查尔斯王子发现了一些春白菊；一年又一年过去，出现的花朵越来越多。在肥沃的土地上，草一般会超过野花的生长速度，而每年进行的除草步骤会慢慢地降低土地的肥沃程度。

查尔斯王子与威尔特郡野生动植物基金会一起，每年都对草地做物种统计。二〇〇八年，统计数字显示植物种类有了极大增长。即使是野生兰花也长得很好（一天下午，王子发现了四百多株，而二〇一三年的纪录差不多有两千株）。现任总园艺师德布斯·古迪纳夫说："查尔斯王子知道每一丛花的位置，每一年他都期待发现新的品种。"

沼泽掌根兰、紫斑掌裂兰、峰兰、绿翼兰，它们是迄今为止发现的遍布草地各个区域的兰花品种。再过三十年，在同样的管理体系下，它们的品种和数量都会增加。

利用青干草来增加草地的野生花朵的多样性是一个屡经实践的方法。克拉廷格农场草地（由威尔特郡野生动植物基金会拥有并管理）和海格

左图：草地上种了许多鳞茎植物（此处是'冰清玉洁'水仙），同时会控制数量，主要使用单一的栽培品种。

上图：'大花紫苑'番红花和'回忆'番红花，加上奇特的白色番红花，一丛丛地生长在草地上。如果长出橙色番红花，就把它拔除。

洛夫有一项约定，即由他们提供的青干草，含有比干草更高比例的能存活的种子。有着丰富的培育和管理野生花朵草地的经验（包括怀特岛奥斯本宫的草地）的德布斯·古迪纳夫解释这一应用的重要性："在草成熟之前就收割，通常是在七月中旬以后，紧接着就捆扎好，送过来。我们收到后立刻解开草束（以防止水分蒸发），然后把草四处散放。这种做法看上去可能有些奇特，却很有效。"在青干草到来之前，海格洛夫的草地必须修剪完毕，以确保获得最好的效果。

米里亚姆·罗思柴尔德又建议查尔斯王子在车道旁种下植草路肩，一年生植物，如矢车菊、麦仙翁、淡甘菊、珍珠菊、虞美人这些有特色的品种都在种植计划内。这种混合种子是今天非常有名的"农夫的噩梦"的另一种定制品种，查尔斯王子又要求再加入一些多年生的植物。

这个混合品种非常成功，在头几年中开出了许多色彩令人印象深刻的花。然而，维持这种平衡状态的关键在于，为了维持它们的种群，需要进行有规律的土壤改良和培植。在路肩这样的条件下很难做到，有几年，团队解决此问题的办法是在里面开垦一条条狭长地带来促进漂亮的一年生植物的生长。现在，多年生植物生长得如此茂盛，不再需要一年生植物花朵的颜色作为补充。大自然可以设计自己的种植计划，很少需要人工干预。

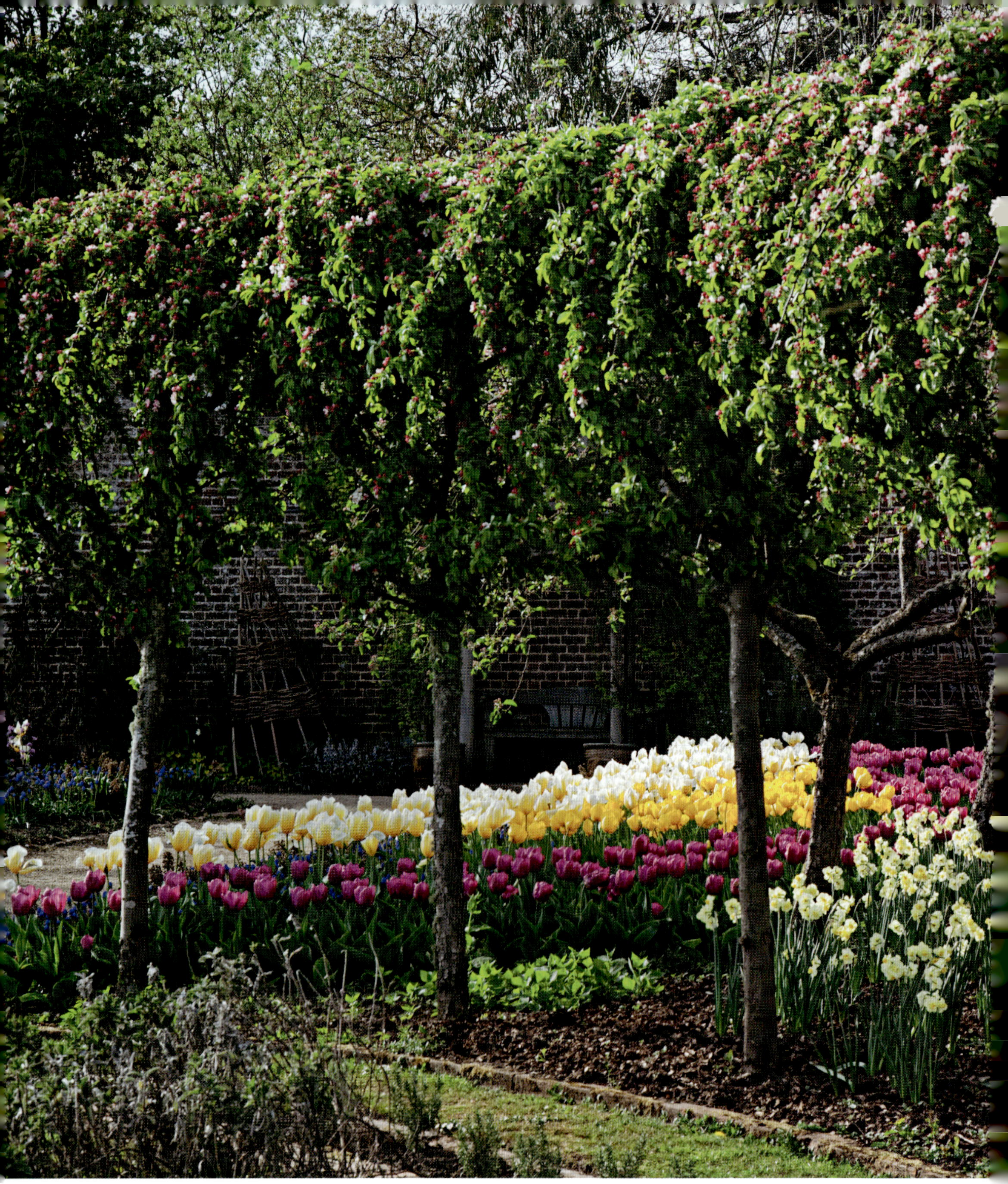

'金色大黄蜂'海棠树，树枝连在一起，在春天形成环状花团。

厨房花园

在一年中的这个时候，厨房花园愈发生机勃勃；三月的末尾，它看上去跟月初时很不一样。自从王子第一次把他的蔬菜种下，这里也发生了翻天覆地的变化。凉亭里的蔷薇现在已经成熟；修剪成酒杯状的果树已经长出处处粗节；附墙生长的果树与老墙融合在一起，看上去就像是整个建筑的一部分。

在一个寒风料峭、令人振奋的春日早晨，你可以看见蔬菜上面覆盖着白霜。三角形苗圃里的两棵成熟的西洋李子树上开满了小白花，过段时间就会结出累累的果实。在海格洛夫，经常会收获满满 20 箱黑紫色的李子，一般都会做成节日里喝的李子果酒。

经过冬天仔细、专业的修剪（除了那些会在七月修剪的核果类果树），附在墙上的果树现在看上去非常完美。经过整枝的樱桃和青梅子亦类似，在砖墙上伸展出一串串色彩柔和的花朵。三月下旬的晚上，梨树枝上的花蕾开始变得厚实，许多已经开出一簇簇雪白的花朵。这些花朵都紧紧地依偎着砖墙，这些砖墙因为吸收了傍晚那富有能量的阳光而散发出暖意。

这些墙的结构非常有趣；朝南的墙要比朝北的略高一些，大概是因为遮阴在这里不成问题。砖墙上密密麻麻布满了历代园丁钉的钉子和安装的电线。最近，电线都被重新布局了。三月，所有的果树和玫瑰都被重新系好，看上去就像艺术品。水平的枝条都用 5 厘米宽的粗麻布系好——这是查尔斯王子最喜欢的方式，既结实又自然，而且不会擦伤树枝。

朝特定方向生长的梨树深受王室成员喜爱，这便是有那么多的品种沿着南墙和西墙生长的原因。'超级鳍'梨树是最优质的，这个少有人知

39

道的品种很好吃，果实饱满，生脆多汁，又不会过于甜腻。令人吃惊的是，在它们生长和成熟的春夏季，这些梨子也是某些野生动物的食物。有一年，梨树枝繁叶茂的时候，一对鸭子显然是被池塘和花园的氛围所吸引，决定在这里筑一个巢。也有一些不怎么受欢迎的动物会偷偷地溜进这个封闭的花园。一只大胆的兔子曾乘着门偶然打开时溜了进来——园丁们花了近六个月的时间才抓住它。

花园中最迷人的地方之一就是中心主路边上大致南北朝向的混合花坛。道路两边的花圃互相辉映；四月，它们开始苏醒过来，一列列色彩浓烈的水仙（'黄色欢欣'和'老山鸡的眼'）沿着后方一路盛开，满目是一大片强烈的、大胆的春天的颜色。'黄色欢欣'最急切，比其他花开得都要早，每一枝上都开着多达四朵散发芳香的金黄色花。紧接着是无比鲜亮的'老山鸡的眼'反卷红口水仙（*N.poeticus var. recurvus.*）。微风吹拂下，镶着红边的小黄杯嵌在洁白的大花瓣上，但是，美丽的花不是它们唯一的贡献，它们还在这个受到保护的地方散发迷人的芬芳，香气弥漫在春天的空气中。

园丁们花最多时间做的事情就是收割，厨房花园一年四季都很高产，他们没有时间休息，即使是在冬季。每周，都会有一辆独轮手推车被推过花园的门，车上装满打算送到屋里或伦敦的农产品和花朵。三月，手推车里可能满载抱子甘蓝、韭菜、各种芥蓝、拉维纪草、欧芹、迷迭香、百里香，或者还有一些黄水仙。所有的农产品都经过清洗和包装，送到厨房时，它们既新鲜又诱人。

厨师们、负责厨房花园的园丁埃德·勃勒姆，当然还包括殿下本人，都对种什么蔬菜有发言权。有一些王室特别钟爱的品种自然是要种的，如紫色的'红宝石'抱子甘蓝（强烈要求种植）以及紫色的'紫雾'胡萝卜。种这些品种不仅仅是因为它们不常见，还因为富含抗氧化物花青素，并

且王子觉得它们味道更鲜美。

三月，园丁们开始种植罗勒、蚕豆、西兰花、花菜、大白菜、生菜和豌豆，主要是扦插在温室里。如果天气好的话，还种上土豆，仔细地用织物盖好，促进它们生长并抵抗霜冻。查尔斯王子喜欢自家种的土豆，因此一整个苗圃都用来种土豆（每年轮流更换一批）。'红色约克公爵'始终深受喜爱，它有着粉紫色的外皮和软糯的口感。另一种深受喜爱的是'粉红冷杉球果'，三整行都种着这种美味的马铃薯，吃法多样，可以煮、蒸、烤或者用来拌沙拉。它是晚熟品种，有着特殊的疙里疙瘩的粉色外皮，尽管外表粗糙，吃起来却有坚果香，非常美味。

左图：王子来到海格洛夫的时候，这里已经盛开着水仙，后来又有许多人赠送了不同的水仙品种，均种在这里。

上图：厨房花园一年四季都开着颜色不同的花朵，令人叹为观止。此时，郁金香和水仙正在蔬菜和香草中间随风摇曳。

'埃德蒙爵士'
杜鹃

APRIL
四月

> 春天，花园复苏了。树篱和柳树上蒙着一层绿雾。突然之间，小草从一种洗褪的卡其色变成了刚刚被切割的翡翠色。弥漫在空气中的是树胶杨树神奇的味道，它们那有黏性的芽散发出一种悦人的香味。我自己在花园四周的关键位置上栽种了这些树，就是为了将这异域芳香送给那些早到的访客。现在正是等待樱桃树和花期早的海棠树开花的时候，同时，勿忘我和郁金香开始装扮日晷花园。平台花园里，柔软羽衣草一改死气沉沉的样子，恢复了生机；'黄叶'西洋山梅花又开始穿上它金色的华服。

四月的到来，意味着更温暖、更漫长的白天，也意味着春天的来临。这是心怀希望、努力干活的月份，大自然也雀跃着行动起来，迅速进入一个色彩缤纷、充裕富足的季节。春天的植物园美得令人惊叹，在老落叶松树荫的庇护下，不同品种的枫树呈现出亮丽的色彩。为了庆祝春天的真正来临，农舍花园变得异彩纷呈。当你经过它的时候，叶子轻轻地触碰你的腿，诱使你去注意它那彼此融合的香气和质感。远处的低地果园里，蜜蜂正在苹果树间穿梭；白昼渐长，母鸡获得了足够的光照，开始不断地产蛋。呼吸着从平台花园吹来的新鲜的空气，你可以看到附近被架高的花圃中的杜鹃花，闻到杜鹃花的香气。徘徊在充满生命力的花园里，各处不断变化的景色都值得驻足领略。

下图：四月，母鸡开始下蛋，同时啄食虫子，可以帮助控制低地果园果树上潜在害虫的数量。

右图和 46 页跨页图：在枝繁叶茂、多姿多彩的花圃装扮下的狭长形农舍花园。

农舍花园

四月，农舍花园发生着巨大的变化，但是如今气候变化无常，意味着四月的天气也是无法预测的，每一年都要面对不同的气候条件，和不同的挑战。大多数年份，在这个月里就能看见郁金香、毛地黄、矢车菊和勿忘我，有蓝色、淡蓝色、粉红色。农舍花园中许多深受喜爱的花都开了，银扇草亦在其中，为春天增添了明亮的色彩。藏在印度门附近墙边的是一个宽阔的苗圃，里面种满了金色的植物，包括黄色的'普林斯顿金'挪威槭（Acer platanoides 'Princeton Gold'），它的金色叶子会在晚些时候变成绿黄色。早开的'金丝雀'月季（Rosa xanthine 'Canary Bird'）正在孕蕾，不久就会在它长着蕨状叶子、绿中带红的弓形花茎上开出花来，一次就开得出许多亮黄色花朵。强壮的金黄色墨西哥橘、斑驳的金色胡颓子和连翘的色彩被周围草本植物叶子的葱翠所调和。

花圃设计得蜿蜒曲折，点缀着狭长的草径，令你无时不刻不被植物包围。关键位置上种着构建框架的植物；一丛丛拉凯长阶花（Hebe rakaiensis）在花圃前面的主要位置形成了一个个穹顶，对比和烘托着一年生植物。起伏不断的长阶花，新长出来的和之前的完美地混在一起，遮住了光秃秃的成熟枝干。

当你从离主宅最近的花园东端漫步而来时，会发现右侧掩藏在朝南墙边的地中海小花园。边上阳光充足，是一个利用充分的地方——查尔斯王子的户外办公室，如果天气适宜的话。它坐落在一堵矮石墙前，这堵墙把游泳池和农舍花园隔开来。在多阵雨的夏天，来回搬垫子、椅子和文件很麻烦，因此作为必要的应急场所，一座绿色的栎树凉亭开始建造，并于二〇一二年四月建成。

再走过去一点点是独特的圆形长凳，里面雕刻着六个独立的座位。中央是紫杉柱子，凳腿里填着修剪过的黄杨树篱。这是二〇〇六年由班纳曼夫妇设计、赫里福德大教堂的石匠雕刻的。

继续向北走，狭长的空间变得较为宽阔，不断有岛状花圃出现，树木和花园的轮廓也变得更为突出。一棵桑树长在青草的中间，有一根木头支撑着它的一个矮枝。它是从汉普顿宫的一棵桑树上剪来的，由亨利八世种植。虽然高贵而美丽，它却很少结果。

继续向北，经过冬青栎（Quercus ilex），就进入了农舍花园倒数第二部分。这里蛇形小路继续延伸，路两边直线形的花坛被分阶的紫杉扶壁隔断。这八片花坛的都各有自己的颜色主题，冷暖色调搭配得当。

上图：'马里耶特'郁金香，一种浓艳的百合花形郁金香，为农舍花园增色不少。

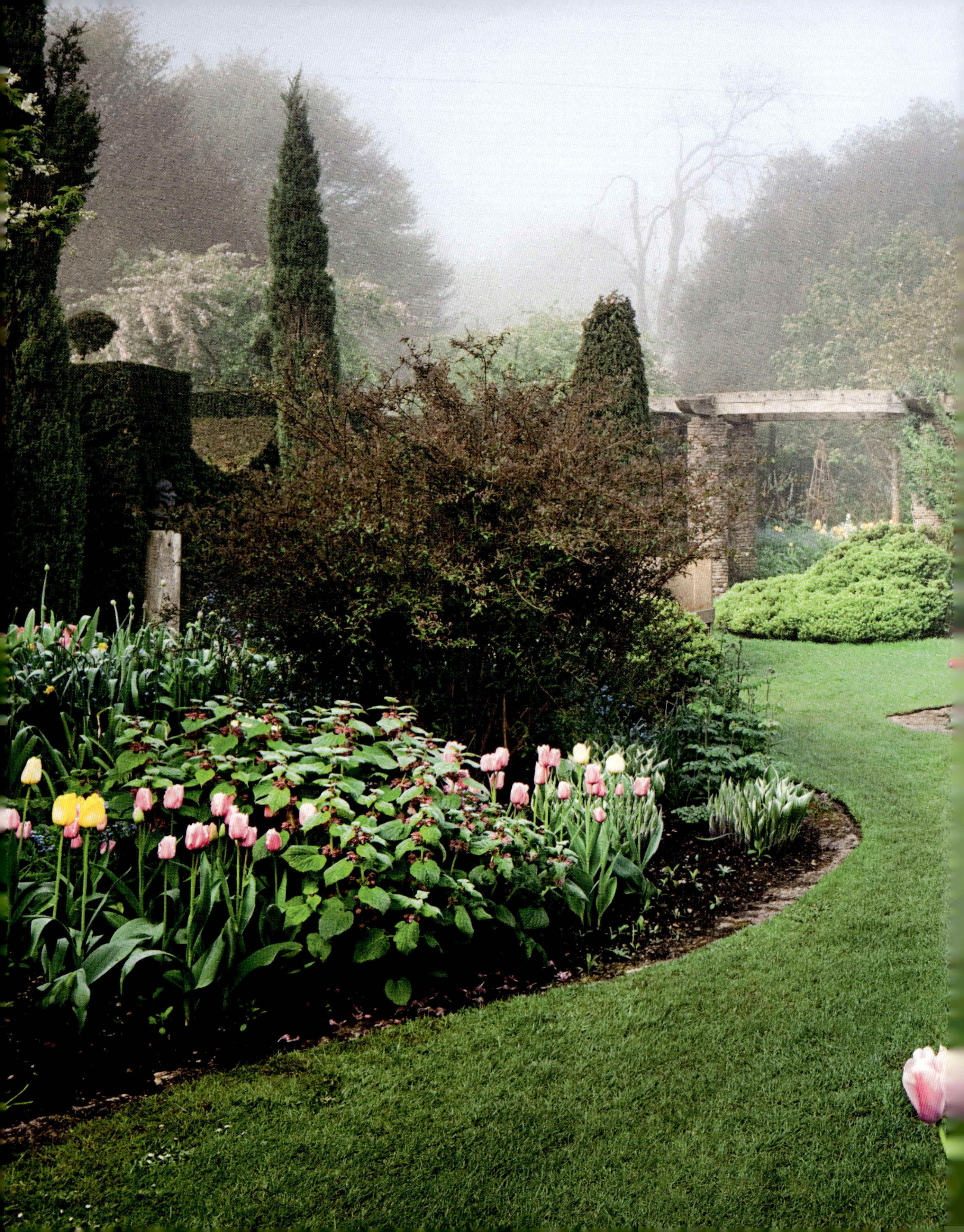

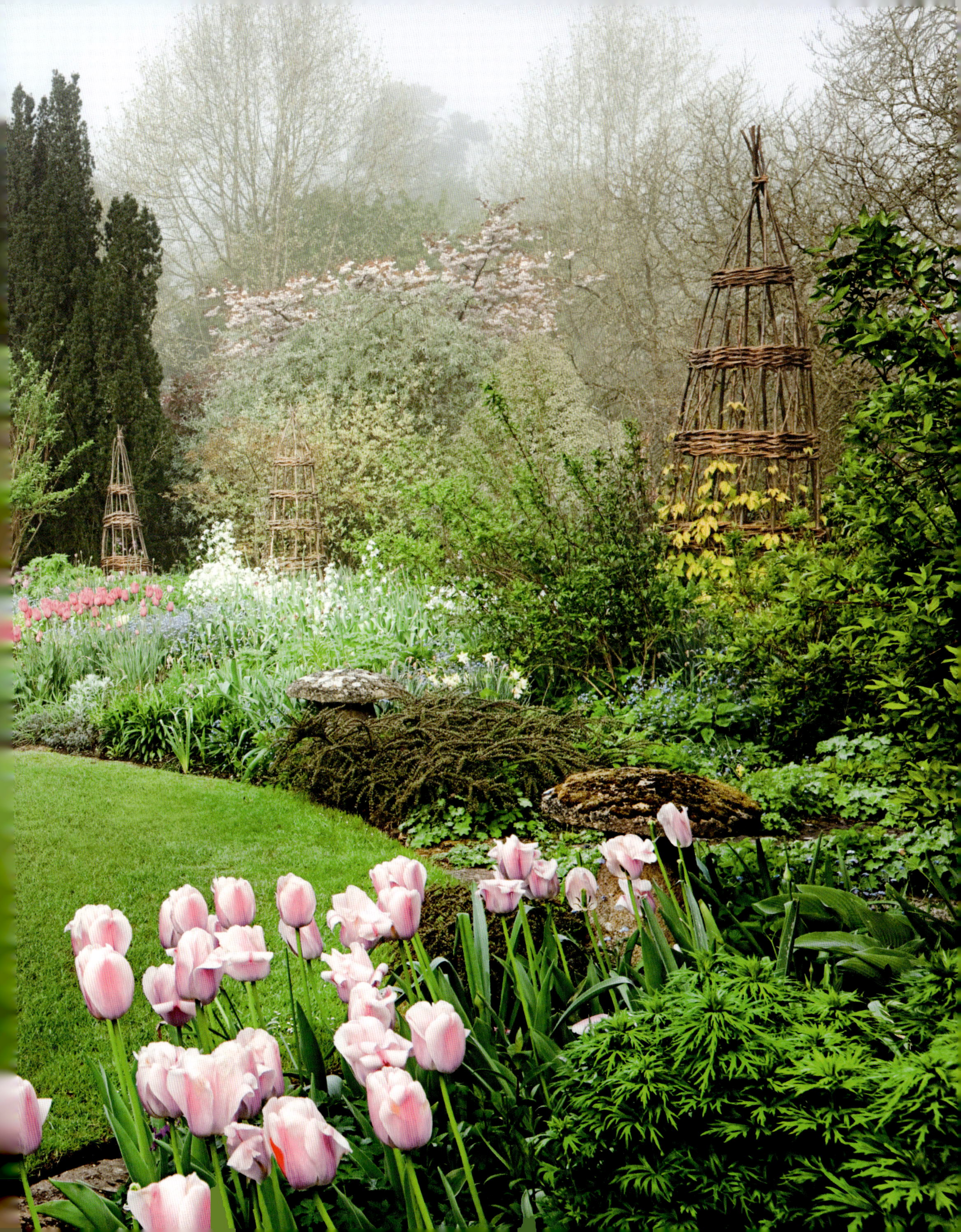

最近，受一些特色纺织品的启发，查尔斯王子正在试验混合粉色和黄色。从三月到五月，山茶花、丁香、茶藨子、荷包牡丹、报春花和连翘都开花了，那将是色彩缤纷的时候。海格洛夫一直是喜欢试验和变化的地方，查尔斯王子说："那可能会非常古怪——但我们拭目以待！"

在另一个区域，种着会在七月盛开的翠雀花、醉鱼草、飞燕草，到时候会以蓝色和紫色吸引人们的目光。这些花圃就像是艺术家的调色板，王室艺术家和园艺师在试验各种色彩搭配。

很多戏剧性效果从花园里无生命的物品上产生。用于遮阴的朝南紫杉树篱边的木椅被漆成了亮黄色，树篱在木椅的对比下看上去几乎是黑色的。在木椅被漆成亮黄色之前，查尔斯王子觉得这里"相当阴郁"，他决定使用不同寻常的亮黄色，立刻改变了这一空间的视觉效果。

近几年，还有更多的结构和设计上的改进：比如造一座木头绿廊引导访客从平台北端不远处走到马厩，这样就有了进入新农舍花园的第三个入口；横向沿着农舍花园还有一些木头拱门，把花园分成两个部分。这些拱门后来被查理·莫里斯设计的石头绿廊所替代。

海格洛夫的这一角落说明了艺术家和园艺师可以多么成功地结合：房屋作为出色的背景，访客的目光可以掠过弧形树篱，欣赏到建筑物和草地的优美风景。

下图：把椅子漆成黄色，这样紫杉树篱的北面便处于强烈的对比下，打造出了一片出色的背景。

右图：樱桃树深受王室喜爱，四月，枝头开满了白色和粉色的花朵。

草地

四月，海格洛夫的草地焕然一新。这时，黄水仙开始凋谢，草本植物和野花加速生长，一丛丛广受欢迎的黄花九轮草（*Primula veris*）展示迷人的色彩。这些植物很高（在全盛时期会达到 30 厘米），托起芳香的明黄色花朵，俯瞰周围的青草。草原老鹳草（*Geranium pretense*）的叶子不断生长，遮住了一片片的绿草，为六月开出大片的淡蓝色花朵积蓄着力量。百脉根（*Lotus corniculatus*）争着发展自己的地盘，积蓄力量在五月开出黄花来。这是一种广为熟悉的植物，也叫作鸟足拟三叶草，它的分布如此广泛，以至于它还拥有大约 68 种其他常用名。许多其他的野花也加速生长，一些已经稳稳扎根，另一些是自播的实生苗，或是在夏末直接播种，或是从在草地上铺开的绿干草间漏出的种子。

形成草地的野花和鳞茎植物就像一片片的织锦，成为这块 6 英亩土地的亮点之一。草地边上其他空间的巧妙搭配意味着它从不同的角度看上去都像一幅镶了画框的画：无论是沿着紫杉树篱看去，还是从构成树桩花园、植物园或旱谷花园的林地看去，亦或是从穿过它的两条道路看去。整个空间都种上了树，来呼应主宅周围的那几棵参天大树，包括一棵老栎树和甜栗树，为景致增添了历史感。在过去的三十年里，在查尔斯王子的建议下，一直不断地种植新树。新树一般都种在宽阔的中心部分，以方便除草，也能促使它们长出很好的形状。其中包括树胶杨（*Populus balsamifera*），散发出一种香脂味道，是查尔斯王子最喜欢的树。它长满了黏性的树芽，是昆虫的天堂，寄生着昆虫的幼虫。在草地上，还种着奇特的七叶树（*Aesculus*）和其他著名的品种，如"博斯科贝尔栎树"（*Quercus robur*）。树下有一块匾，写着：

这棵树是查理一世的儿子、后来的查理二世于1651年在伍斯特战役后，为了躲避克伦威尔的兵士而藏匿的那棵栎树的后代，由林业委员会和树木理事会赠送给威尔士亲王，以纪念1981年7月举行的王室婚礼。

四月，可以看到鼹鼠忙碌的踪迹，"忍受鼹鼠的存在，但并不鼓励"：它们并没有被粗暴地赶尽杀绝，尽管一堆堆的凌乱的小土堆显得不好看，但是鼹鼠确实翻松了草地，这样就为野花的发芽提供了空间。

邻近树桩花园的草地点缀着一个由埃玛·斯托瑟德编织的柳枝塑像，她在王子非常喜欢的杰克拉西尔獐"蒂嘎"死了之后立刻拜访了海格洛夫。她从柳树上收集材料，然后寄回了一个编织得栩栩如生的塑像，以感谢王子的基金会给她一笔贷款，帮助她开始自己的事业。边上是另一个特殊的礼物，由一位北约克郡农场主用海格洛夫的栎树木雕刻的伞菌。

草地试验获得了巨大成功，受此鼓舞，王子决心培植更多类似的草地。二〇一三年，英国举国上下准备庆祝伊丽莎白女王二世登基六十周年，查尔斯王子早已决定用何种方式来纪念这个具有历史意义的时刻：在进行中的五十周年纪念树林项目的基础上，建设六十片"加冕礼草地"。王子亲自策划这个草地项目，并召集了他提供赞助或担任主席的相关组织，以便获得它们的建议或帮助。其中包括国际植物组织、"照管上帝的土地"、康沃尔遗产基金会、有机园艺、皇家植物园基金会、环境保护之友、国民托管组织、苏格兰野生动植物基金会等许多组织。这个项目会在英国全国寻找六十片物种丰富的草地，以它们为母体，为发展新草地提供种子。

这突显了王子积极投身环境保护的一面，为了实现他的目标，他会持之以恒地做下去。他想达到这样的目标：不仅是创建物种丰富的草地，而且实施精心的管理，更要让它们成为未来的人类和野生动植物共同分享的遗产。

不论是矮矮的蓝色克美莲，还是高高的淡蓝色克美莲，都驯化得很好，在草地上开出一片蓝色的海洋。

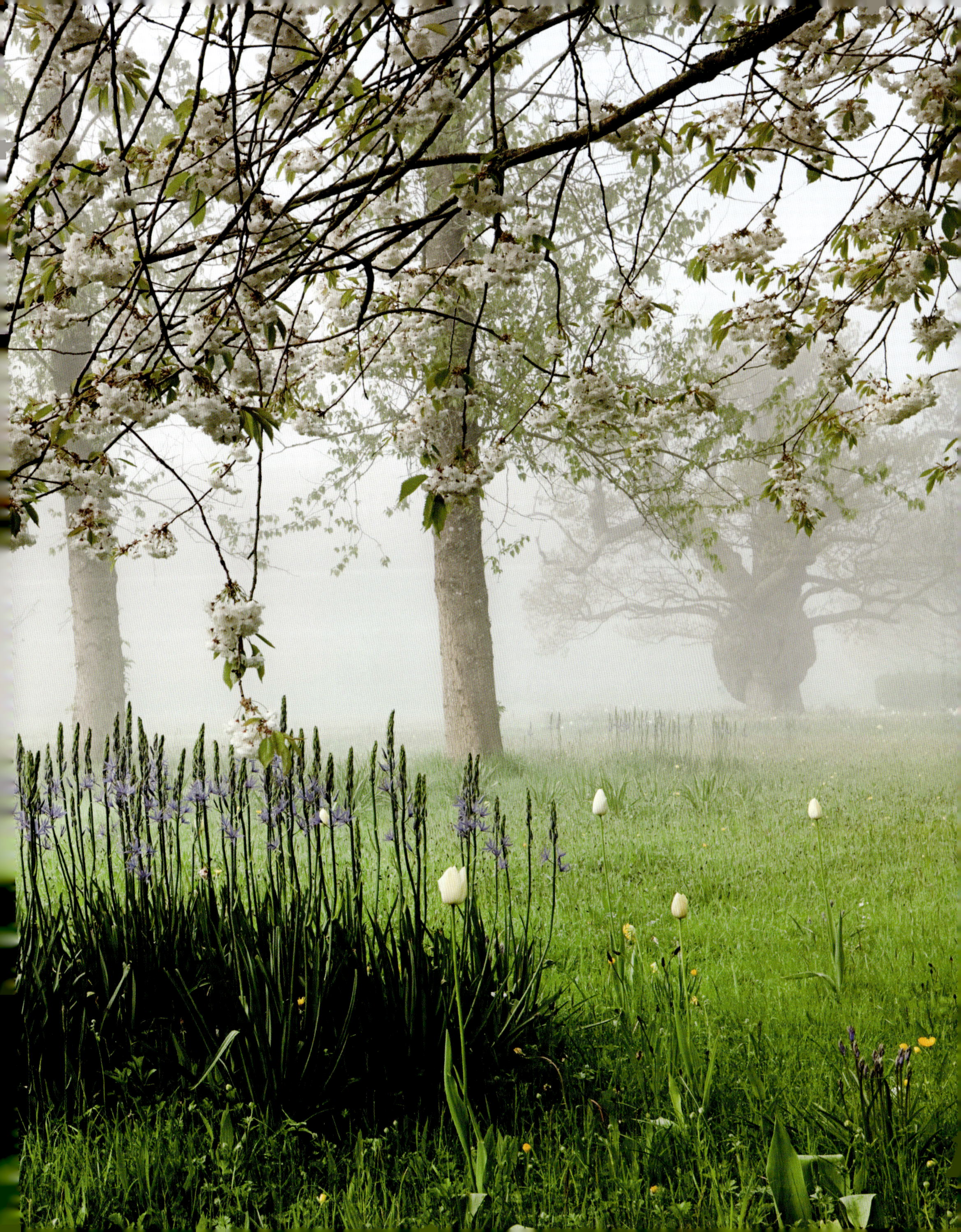

平台花园

从平台花园望去，景色非常壮观，显示了查尔斯王子在设计花园时受到绘画和园艺的双重影响。海格洛夫庄园的各处景色，尤其是一些重要区域，比如这个西边的平台，都是精心构建，像在欣赏一系列迷人的镶框画。这里景色开阔，同时安放了一些雕塑，栽种了植物，以期获得更好的视觉效果。强调的不仅仅是眼前的效果，还包括中景甚至延伸到花园最远端的角落。

站在平台花园中，离法式门超过三分之一公里远的鸽房正对着你的视线。正是在这样的前景衬托下，你看得到部分封闭式的平台花园，种着查尔斯王子选择的一系列散发芬芳的植物，以及四棵盘枝错节的橄榄树，树下是一丛丛低矮的地中海植物。

这些树看上去有些年头了，事实上，它们是二〇一〇年才种的，是一位邻居（亦是朋友）赠送的礼物。四月对这些树来说是一个特殊的月份，因为此时它们的冬季绒毛外套已经脱去，而它们特有的银灰色叶子已经再次萌芽，尽管还是春天，但叶子看上去已很饱满。四棵橄榄树围绕着一个小小的装饰性水池，它将太阳光反射到花园中，又使这些树木的倩影倒映在水中。

四级石阶将你从法式门带到这个轻松、友好的花园。尽管此处视野开阔，景色别致，却令人感到安全，因为四周围着低矮的石头墙，它们的高度正好能让人舒服地坐着。

殿下决定在石头墙后面种上低低的黄杨树篱，为它打造一个背景，就像给长凳装一个靠背。紧挨着墙的那些造型自然起伏、茂盛的植物营造出受到庇护的感觉，使平台花园感觉就像是主宅的延伸，像是一间漂亮的户外阳光房。

一些特征鲜明的植物成为花园的标志，如一丛丛葱翠的墨西哥橘（Choisya ternata）和金色的山梅花都种在这个平台花园里。还有殿下最喜欢的'普吉特蓝'美洲茶（Ceanothus 'Puget Blue'），每隔一段距离就会出现。这种花一般被称作加利福尼亚丁香，在四月的末尾，它美得令人惊叹，一簇簇小小的、深蓝色的花朵完全绽放。当这些花朵开尽后，干净的深绿色小叶子就成了周围颜色更鲜艳的植物的绝好衬托。

平台的中间是一座八角形浅池，它的顶部与路面齐平，底部铺着鹅卵石，鹅卵石在清澈的水里清晰可见。几颗亮晶晶的鹅卵石放在一块老磨石上，一小股水流缓缓地从它的中心冒出来，冲刷着石头，令它在太阳下闪闪发光。这成为生活在这里的鸟儿理想的饮水钵和洗浴池，经常能看到鸟儿在鹅卵石上畅饮、梳洗。

沿着主宅的墙走几米就能看到一个抬高的花圃，专门种植喜酸性土壤的植物。王子多年以来一直很喜欢杜鹃，这可能源于和他的外祖母，即伊丽莎白王太后在温莎城堡一起生活的快乐时光，那里有着令人印象深刻的杜鹃。

已故的埃德蒙·德·罗思柴尔德于一九八一年赠送给查尔斯王子一批珍贵的杜鹃，作为他的结婚礼物。埃德蒙·德·罗思柴尔德恢复了汉普夏郡的埃克斯伯里花园，培育出几种新的杂交品种杜鹃，令埃克斯伯里索伦特地区落叶杜鹃开得繁盛。一开始，这份瑰丽的礼物种在林地里，但是长得不好，所以得为它们找一处新家。解决的办法就是在主宅边上建造一个抬高的花圃。

许多园艺爱好者在人工环境中种植喜酸植物的时候都会遇到类似问题，这个花圃建成已有很长时间——从多处窗户都能望见——看上去很壮观，尤其是在早春。在这些引人注目的植物中，有许多落叶杜鹃，春天的空气中充满它们美妙的香气；杂交的矮种'蓝山雀'杜鹃（Rhododendron 'Blue Tit'），只有60厘米高，在四五月里开出一簇簇蓝色的花朵。另一种大一点

左图：围绕着平台花园中心水池的盆栽'艾尔弗雷德'杜鹃一簇簇，开得繁盛。

上图：春天，'春绿'郁金香和'范·德·内尔'郁金香，特别古老却强壮结实的品种，种在平台花园的罐子里。

的'黄色榔头'杜鹃（R. 'Yellow Hammer'），可以长到刚刚超过 1 米，也种在这里。正如它的名字所暗示的，到了五月，它会密密地开出黄色的花朵来，等到了秋天，它又会夺回自己的地盘，再次开花，展示它那美丽的色彩。

不幸的是，花圃开始流失它的酸性，并且因为海格洛夫是有机花园，园丁们对于如何提高土地的酸性所知甚少。解决方法是，在生长季节，用一种富含铁的海草每两周施肥一次。除此之外，总园艺师德布斯·古迪纳夫为这里铺上从植物园运来的酸性泥土和许多腐叶土，并用捣碎的欧洲蕨厚厚地铺在上面来护根，从而提高土壤的酸度。一旦土地养精蓄锐、准备就绪，就种了更多的杜鹃，包括从苏格兰的住所处挖来的品种和一些新的品种，如'柯尼希施泰因'杜鹃（R. 'Königstein'）和'罗西内塔'杜鹃（R. 'Rosinetta'）。德布斯还计划种植在最近培育的印卡荷根砧木上嫁接的各种杜鹃，因为它们更能忍受遮阴少的暴露环境和石灰土。

通过所有这些工作和努力，这个有着王子最喜欢的植物的花园，在二〇一三年春天华丽转身，恢复了从前的辉煌。

下图：矮黄杨树篱将平台花园与草坪分隔开来；胡椒瓶形建筑和栎树亭占据外延地带。

右图：年初，番红花填满了路面的缝隙；之后，羽衣草出现了，再后来就是铃兰和其他珍贵植物。

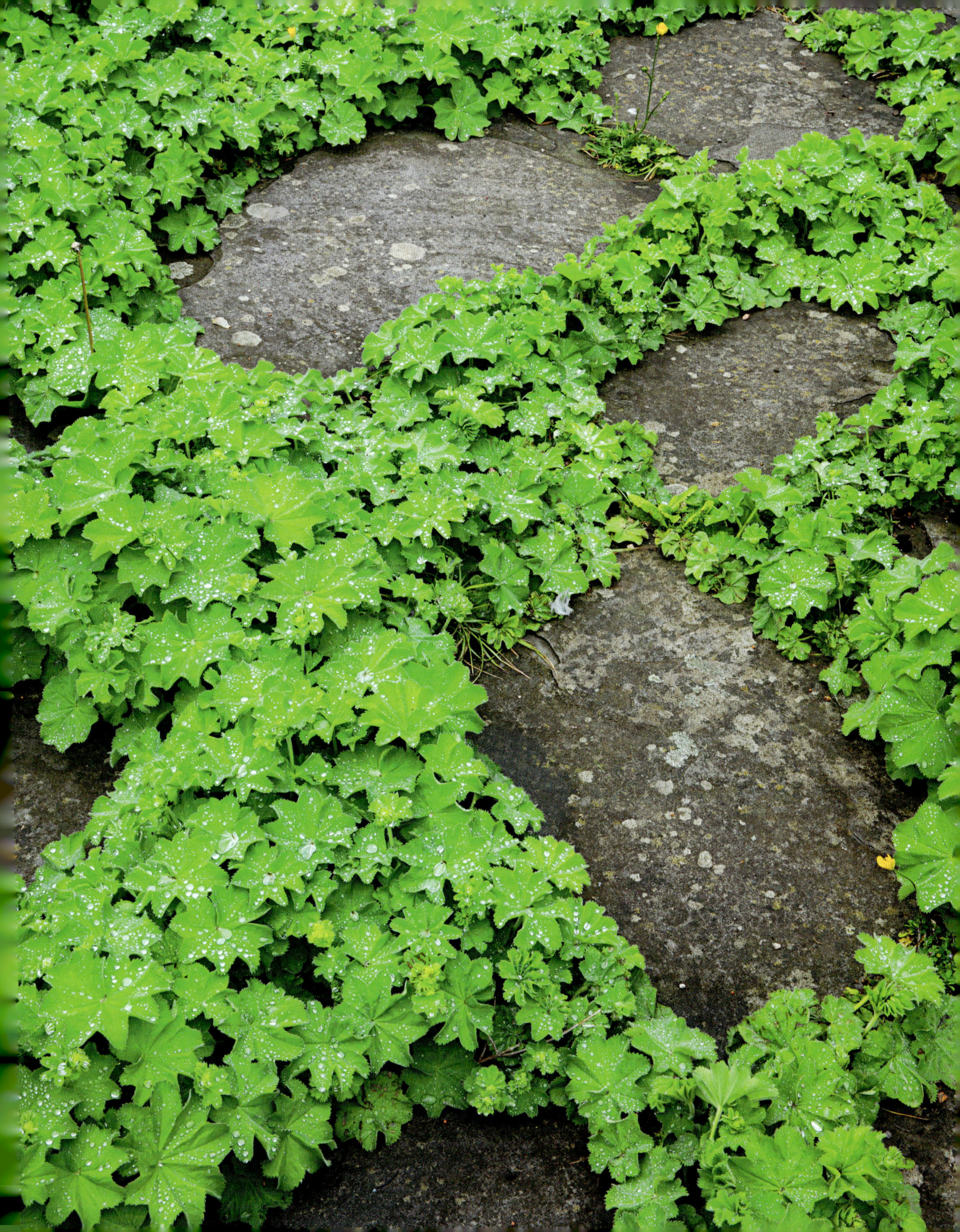

低地果园

不要小看这块 2 英亩的围场，里面种着树龄、类型各异的果树。在四月末，许多果树上都开满漂亮的花朵。跟海格洛夫其他各处一样，如何与大自然相协调是主要的考虑方面，一个角落里有一座木制的传统蜂房，那是王子殿下访问斯洛文尼亚时收到的礼物。房子里有一块匾，写着：

斯洛文尼亚共和国，卡尼拉蜜蜂的故乡，1998。

安东·帕维尔·艾德森 CZS

（CZS是"斯洛文尼亚养蜂者协会"的缩写）

蜂房很活跃，因为里头住着十个蜂巢的蜜蜂。太阳一升起，蜜蜂就出去了，在果园里的花丛间飞来飞去，如聚合草、毛地黄和其他占据了周围的花园和草地的花期早的植物。附近有两处鸡舍，其中一处鸡舍的鸡（每处饲养一百只）正忙着扒地找食、抓虫、享受渐长的白天、阳光和新鲜肥沃的草地。远处，鸡群不能进入的草地（草地轮换着休养，以保持青草的葱翠），传来割草机的声音，令人愉悦，既是因为刚割过的青草的味道，也是因为这再次证明春天的的确确来临了。

果园的边界由一九九五年种植的凯尔特树篱组成，是著名的雕塑家戴维·纳什的作品。

建造树篱的最初设想是当作围栏，同时也可以作为一件当代的艺术品。纳什种植了新苗（紫花柳、白蜡树和欧亚槭），并用桩支撑，一些树苗向一边倾斜，另一些向相反一边倾斜，互相交错着生长。接下来几年里，纳什修整枝条，使它们相交缠，因此得名"凯尔特树篱"。他的想法是让它第一眼看上去像是自然生长的结果，当你走近了看，才会意识到里面并不简单。在八年的时间里，纳什时不时地回到海格洛夫，编织他想要的效果。起初遇到了一些麻烦，那些贪吃的马

很喜欢这些美味的嫩芽。王子为没有设保护篱笆而写了道歉信，篱笆设好后，这处构造便慢慢成形。查尔斯王子喜欢在忠诚的杰克拉西尔㹴"蒂嘎"的陪同下来这里散步，看它又长了不少。

树篱现在是由园丁们维护，他们将老枝砍掉，把新芽弯曲并固定住，打造一系列互相重叠的拱形结构。

一九八二年，只有今天果园一半面积的土地种了东西。同年，弗农·拉西尔-史密斯起草了一个计划，要种四片苹果树和梨树，两边再种五棵湖北海棠（Malus hupehensis），海棠树是优质

左图： 二〇〇三年，低地果园养了一百只鸡。此后，鸡的数目翻倍。它们下的鸡蛋在本地出售。

下图： 有了斯洛文尼亚蜂房，养蜂人便可以在里面照料十个蜂巢，而不需要时刻处于户外。

的授粉媒介。计划种植不同品种的苹果树，包括'发现''日落''艾莉森的橘子''布兰尼姆橘'，以及'哈蒂'梨。小小的海棠果采摘后会用来做海棠果酱，在海格洛夫商店出售。

一九九九年，柴郡风景基金会赠给殿下许多果树，这些果树或是在柴郡培育，或跟那里有关。不久之后，二〇〇〇年，擅长嫁接技术的威尔·西布利来到海格洛夫，为厨房花园的果树做了一些修剪和嫁接。同时，他也就整个区域需要种植的新植物给出了建议。这些新树的种植和原来一样，都是按照 5 米间隔的网格布局。

最近几年，在已有的基础上，又引进了其他品种的果树。尼克·邓恩是果树种植方面的专家，二〇一一年来海格洛夫做过调查，辨别一些已不知品种的果树。有许多特殊的榅桲树，包括包括'莱斯科瓦茨'、'埃克梅克'（一个土耳其品种）和'阿格万巴里'以及经常种植的传统水果，比如枇杷、布拉斯李、不同品种的梨、西洋李子和苹果。

随着更多不同品种的果树加入到这个已经很壮观的队伍中来，低地果园愈发繁荣。

植物园

一年中的这个时候，植物园里，驯化的鳞茎植物和草本植物生机勃勃、色彩鲜艳，在它们上方，色木槭中最好的品种已经傲然地舒展它们精致的叶子。那棵巨大的落叶松和其他树龄较老的树木直到春末才会长满叶子，所以此时有更多的阳光穿透植物园林冠。鳞茎植物充分利用这些阳光，以缤纷的色彩铺满林地地面。

'女神'水仙（*Narcissus* 'Thalia'）此时非常吸引眼球，沿着从厨房花园到《敖德萨的女儿》雕像之间的翠绿色草地生长。这种水仙像明星，有着多头的管状冠（每支花茎上三到四个），花芽时是白中带点绿，盛开时就变成迷人的纯白色花朵了。和其他水仙一样，带状叶子必须在六周之内掉净，让鳞茎继续生长，否则的话，就会影响明年春天开花。

四处蔓延、同样引人注目的鳞茎植物是毛茛（*Chionodoxa luciliae*）和'春日美人'西伯利亚绵枣儿（*Scilla siberica* 'Spring Beauty'）。后者是优秀的归化植物，它有着比其他绵枣儿属丛生花更纤弱、更有特色的天蓝色钟形花冠。稍后，'哈维拉'水仙（*Narcissus* 'Hawera'），另一种开奶黄色花朵的多头水仙，将会在'女神'之后绽放，花期可以持续几周。

假如你将目光从地上移开，你会发现在水平视野之内也有很多令人兴奋的进展。那些小一些的树木，主要是樱桃树和日本槭，也已苏醒，开出场面壮丽的花朵，长出鲜亮生动的叶子。

一些日本槭——这个称呼一般指的是从鸡爪槭（*Acer palmatum*）培育而来的槭树，还可能包括那些从羽扇槭（*A.japonicum*）和钝翅槭（*A.shirasawanum*）培育的，在几个地方反复出现，它们深受王室园艺师的喜爱。'新出猩猩'鸡爪槭（*Acer palmatum* 'Shindeshojo'），春天时呈红宝石色，就是这么一种标志性的树木。三四月时，新叶开始出现，是明亮的红色，再过一段时间会变成淡粉色。它横向生长但是也保持直立，有着细小的枝条，使它看上去有一种轻快的、纤弱的感觉。

此时叶子尚未完成长成却姿态优美的是'珊瑚阁'鸡爪槭（*Acer palmatum* 'Sango-kaku'），新老叶呈橘色-金色，而新长出的嫩枝呈珊瑚粉色。这些纤细的嫩树种在一组凸尖杜鹃（*Rhodendron sinogrande*）边上。这是叶子巨大的常绿杜鹃，造型感极佳，叶子可以长到 1 米长，是闪亮的深绿色，背面有着亮晶晶、银黄色毛被（似皮毛的

左图：'雅典娜'木兰花朵硕大，宽度可达 25 厘米，象牙白色的花瓣，靠近底部呈玫红色。

右图：'新出猩猩'鸡爪槭 在春天便长出了美丽的红叶。

表面)。

　　不时出现的木兰是另一种深受喜爱的植物。植物园为木兰提供了相对较好的生长条件——适度的遮阴、肥沃而又潮湿的土壤。这里种的是单一品种，而非以种群为单位种植。'爱斯基摩人'木兰（*Magnolia* 'Eskimo'）的抗寒能力尤为突出。白色花朵看似纤弱，却能够抵抗任何严峻的霜冻。当花瓣掉落的时候，它们就像白色的毯子一样覆盖地面。'苏珊'木兰（*Magnolia* 'Susan'）开花时美丽至极，四月，它那紫红色的花朵便已开遍，甜香飘浮在春天温暖的空气中。山茶花——红色、粉色和白色的——在这里一片繁盛，有些是刚刚从王子在威尔士的住处勒韦尼勒韦姆庄园移来。

　　除了槭树和樱桃树，还有几棵海棠树种在这里，包括欧洲野海棠（*Malus sylvestris*），在英国常见的野生海棠树。这是果园苹果树和其他一些点缀性海棠树的亲本，开白色或者淡粉色的花朵，稍后结小果子。

　　一年到头，在植物园中消磨时光真是太轻松了。你可以查看一下不同品种的树木，也可以欣赏一下它们的色彩，当然，四月也不例外。

'普吉特蓝'
美洲茶

MAY
五月

> ❝ 这个月是我最喜欢的月份，因为此时什么都是新鲜的。那些椴树和山毛榉显现闪闪发亮的石灰绿、黄色和橙色，却转瞬即逝，每一分钟都值得珍惜。同样值得关注的还有紫叶欧洲山毛榉，草地上开着蓝色和黄色花朵的是克美莲和密集的毛茛。苹果树正开着花，蜜蜂又在花园里飞来飞去；万物皆为奇迹。❞

五月温暖的阳光激励着花园中的植物不断地生长，使海格洛夫的每一个角落看上去都令人赞叹。日暮花园里色彩浓重，尤其是因为克美莲，它们把你的眼光一直吸引到远处草地上种植的绚烂花丛上；当蕨类植物和玉簪属植物展开它们的新叶，树桩花园看上去葱翠而又神秘，充分享受从日益繁茂的树冠透下来的斑驳阳光。果园房边上的迷你果园里，苹果树长势良好，法氏荆芥（*Nepeta*×*faassenii*）围绕着树干生长，已经开出花朵，一同创造出绿色和蓝色相间的醒目图案。但是在这个月，海格洛夫最瞩目的地方一定是草地。

从木栅门的角度欣赏草地的景色

草地

　　作为海格洛夫的耀眼明珠，春天的草地充满生机，到处都是盛开的野花，随时可见各种昆虫和鸟儿。在不同的光线下，景色也大不相同，昼夜熙攘忙碌。黄昏来临时，草地仍然引人注目：蝙蝠替代了鸟儿，猫头鹰开始寻找小型哺乳动物。

　　白天逐渐变长，天气渐渐转暖，草地上的鳞茎植物愈发茂盛。那些招摇的克美莲，无论是深紫罗兰色的矮种克美莲（*Camassia quamash*）——有时候也会在四月的末尾开始开花，还是比前者高的、淡蓝色的克美莲（*C.leichtlinii*），都深受喜爱。

　　这些漂亮的植物貌似很容易养植，它们可以适应不同的土壤条件，无论是太阳直晒或者是半

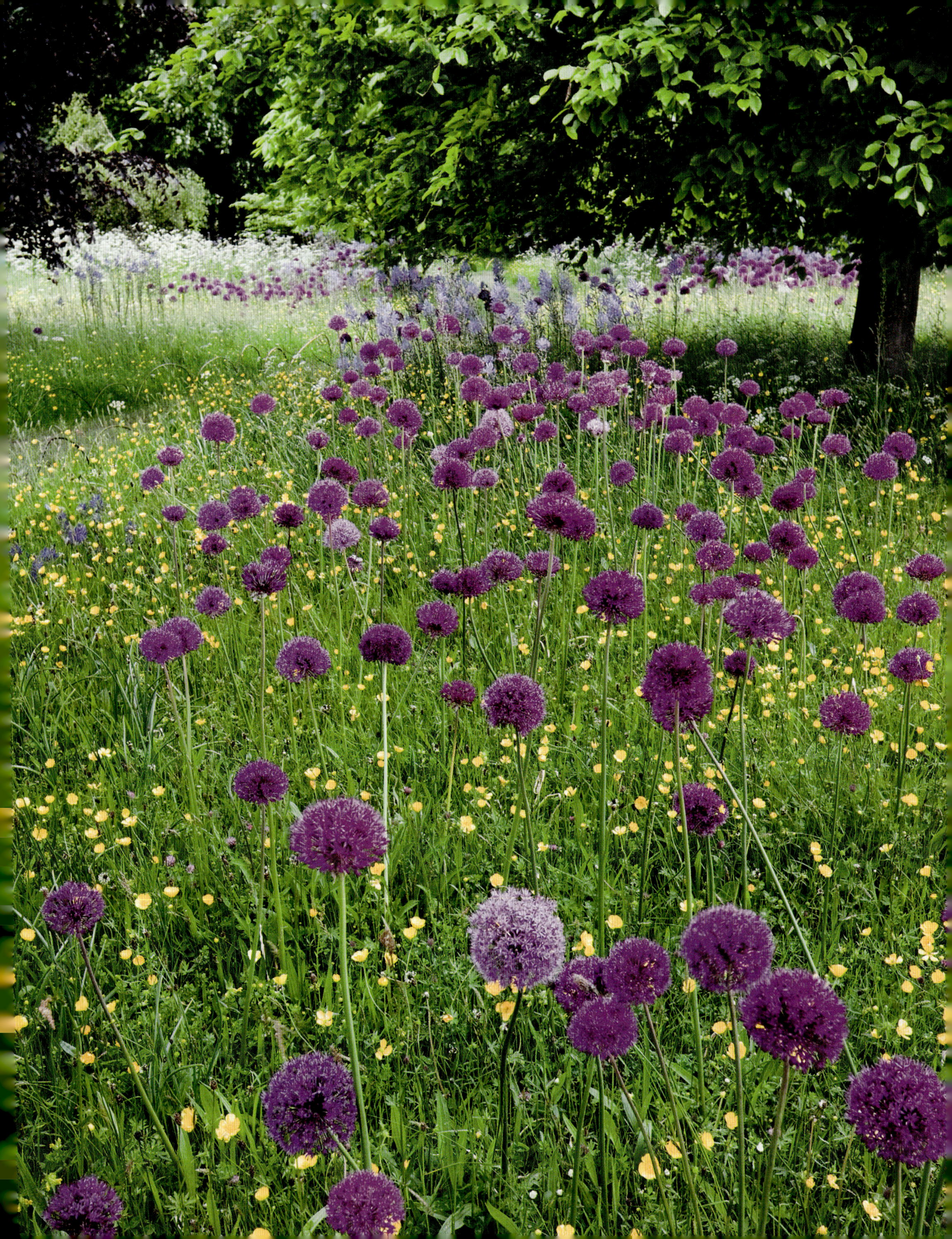

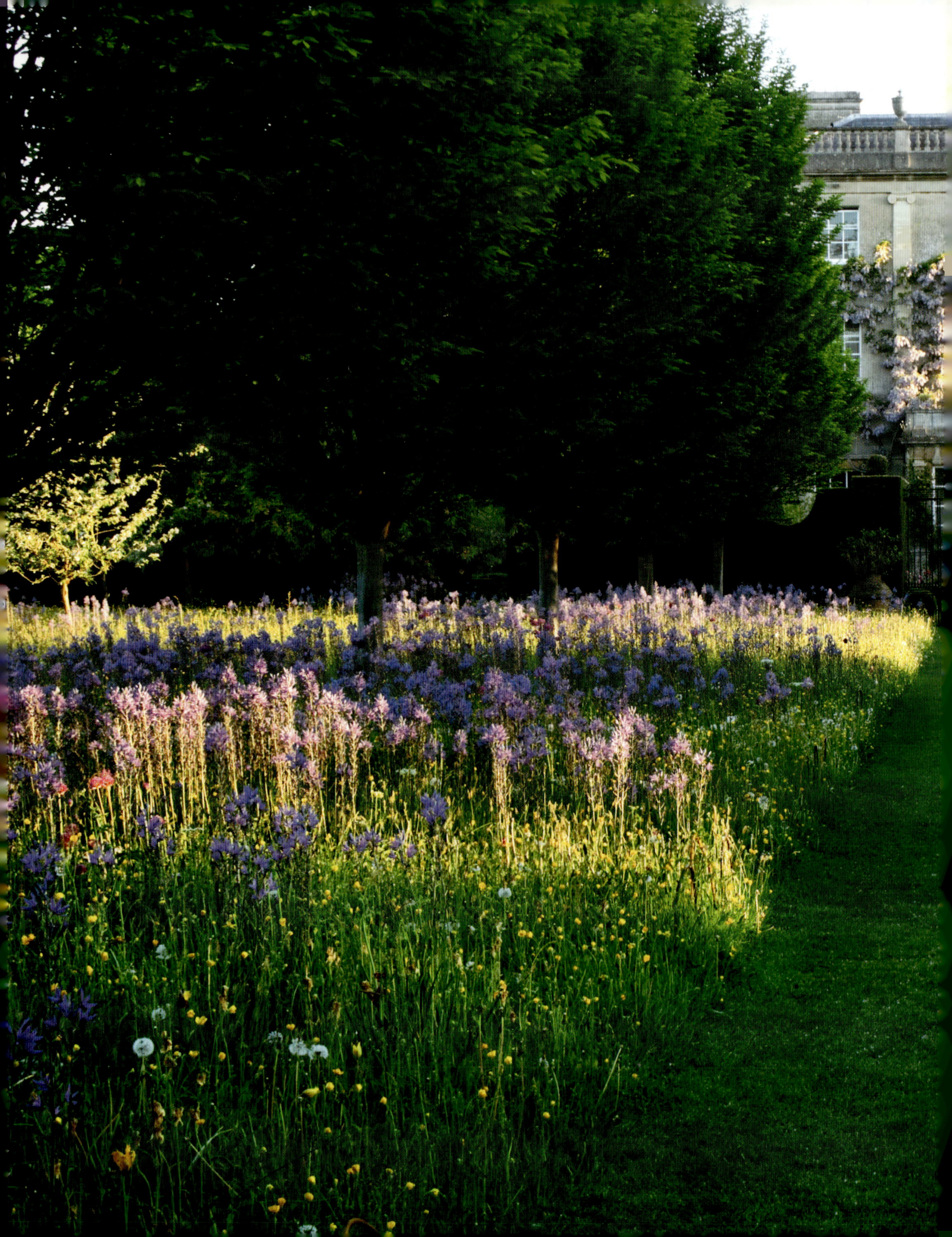

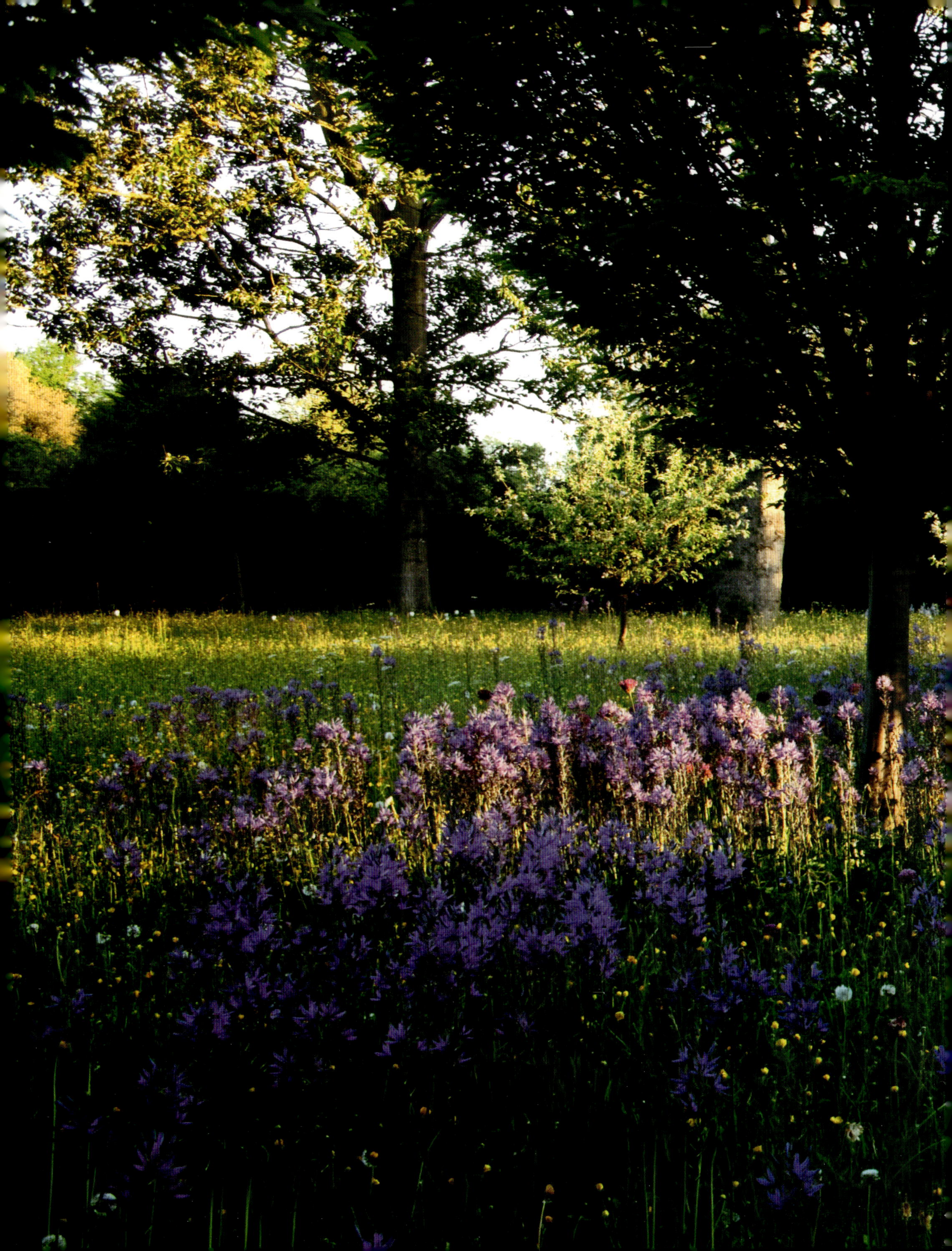

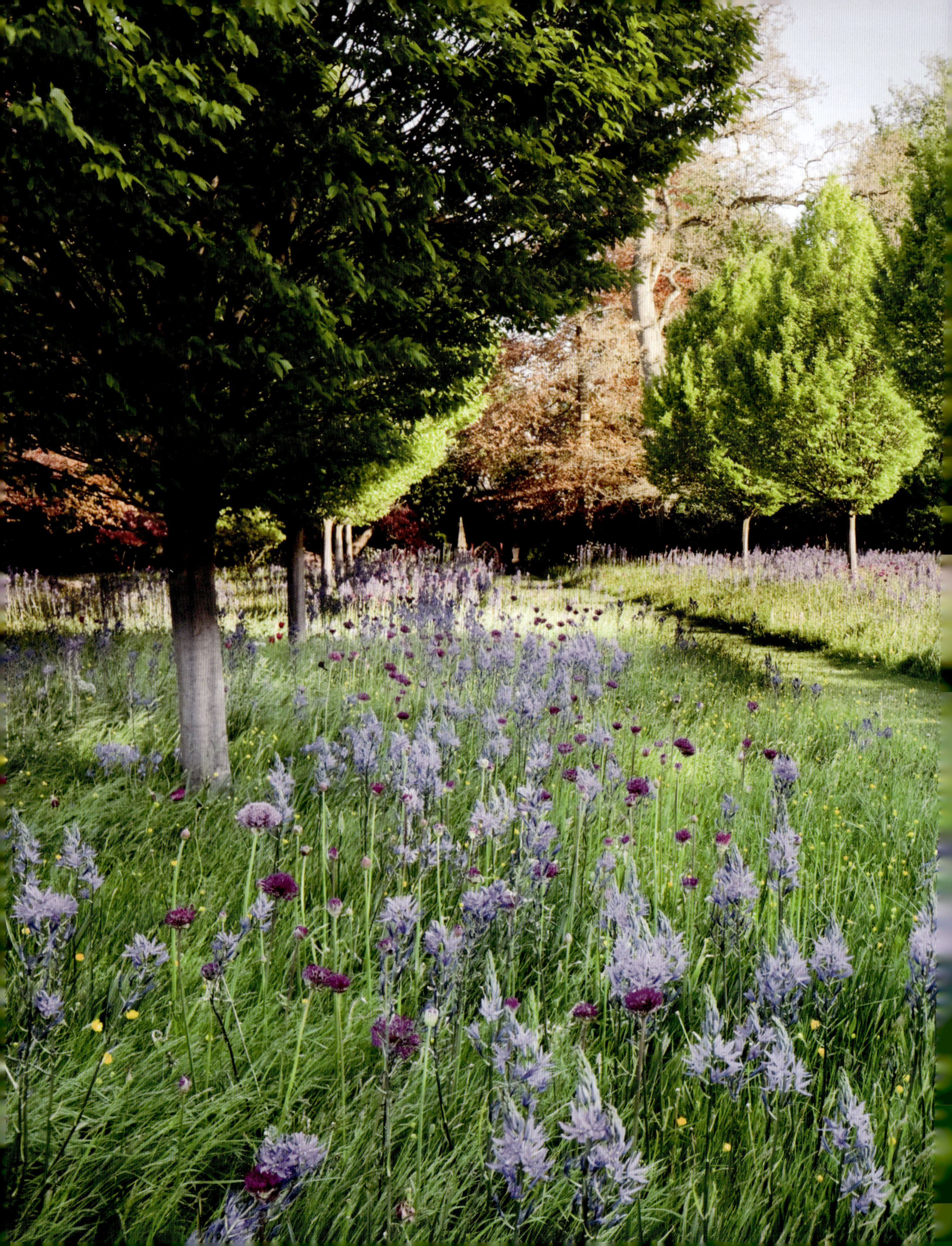

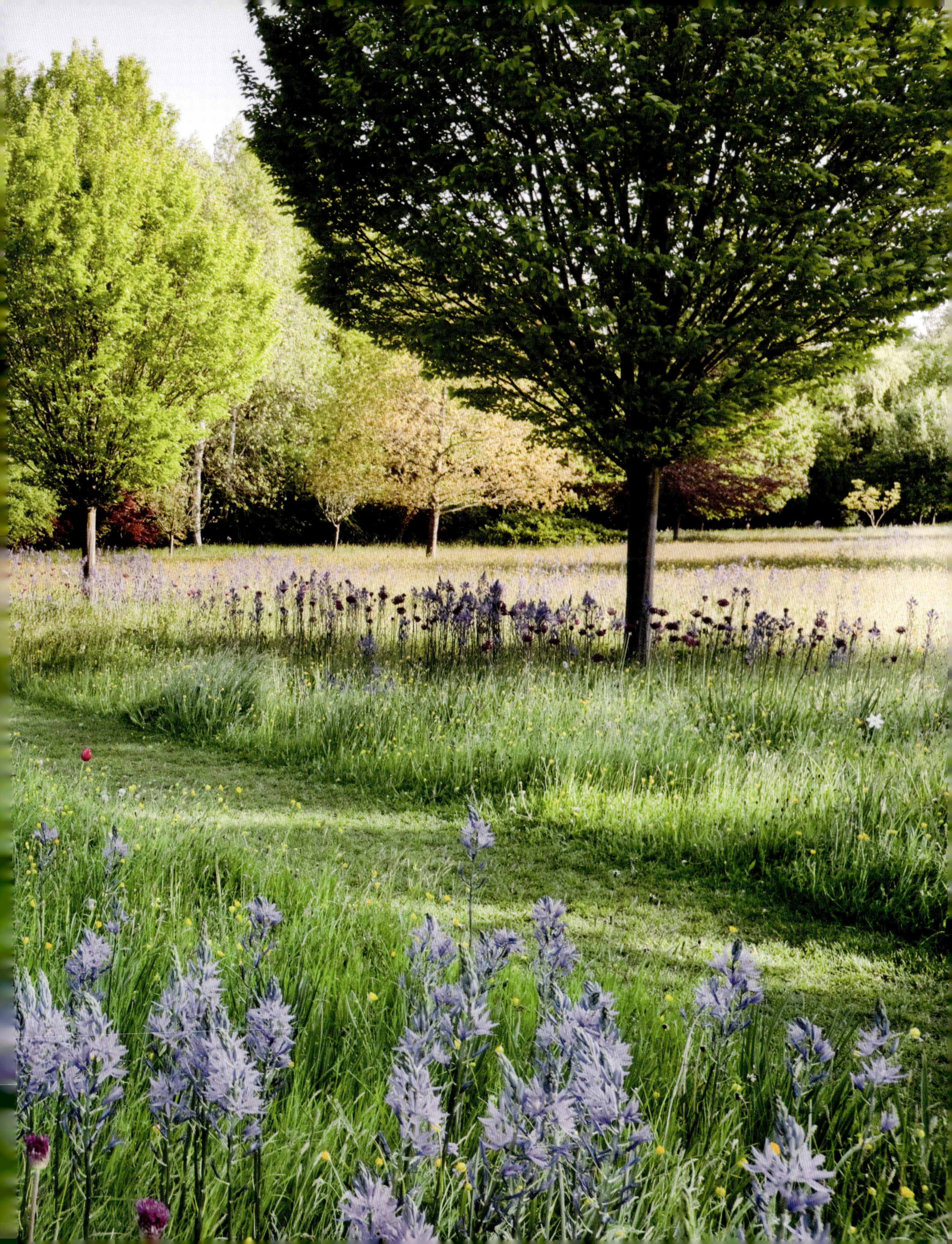

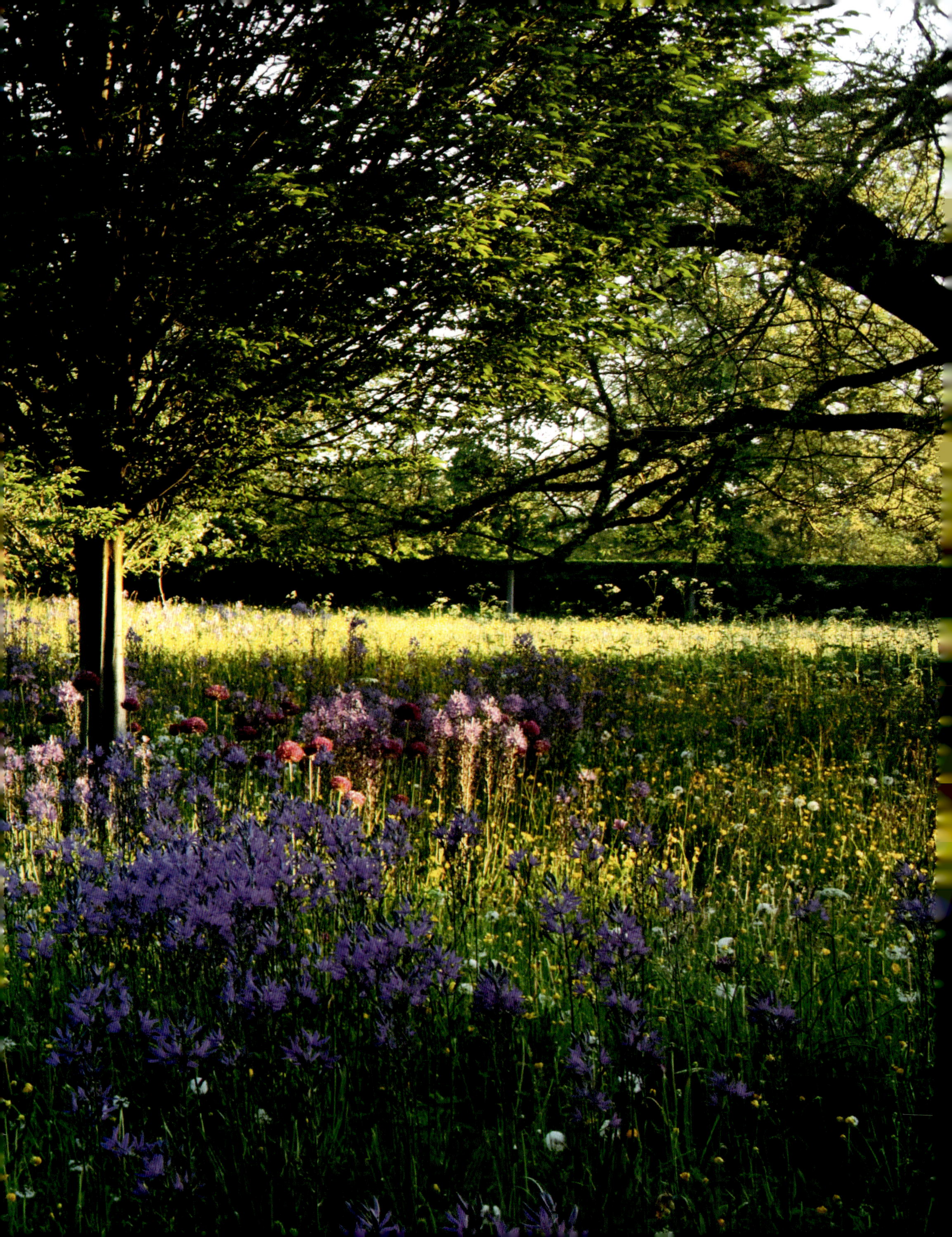

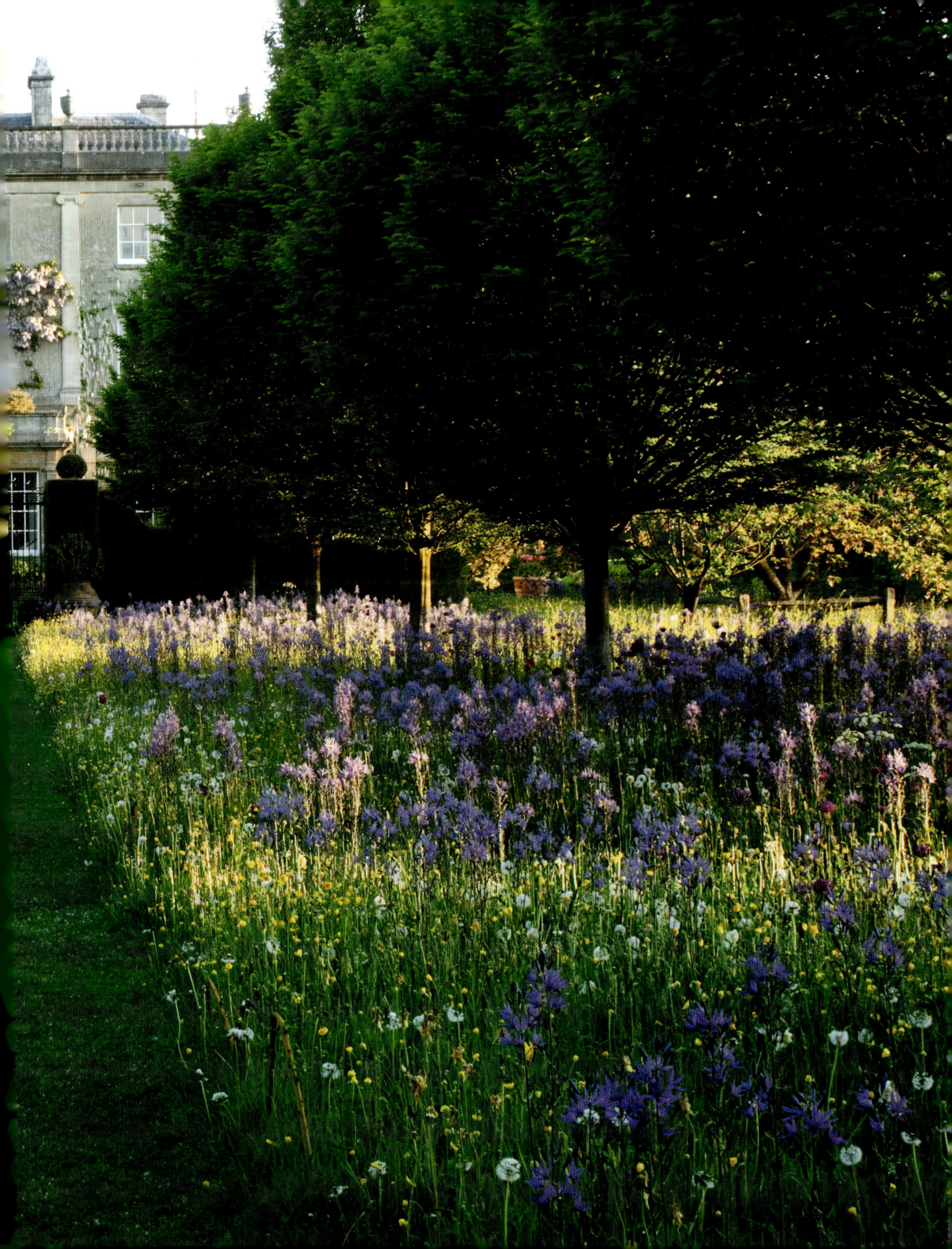

折叠插页：南墙上的紫藤开花了，紫色和白色交织在一起。

前页图：这条道路连接了日晷花园和厨房花园，起初种着'约翰·唐尼'观赏海棠，后来被锥形鹅耳枥代替。

下图和次页图：草地上种着大量克美莲和荷兰韭。种植的时候，先用铁锹挖开草皮，在每一个"口袋"里放入好几个鳞茎。

阴都可以。在草地上，等到它们的叶子枯萎（一般是在六月）再割除，它们就会很好地适应草地环境。蓝克美莲非常适合在草地上种植，它生命力强，仅仅长到35厘米高（比大多数的品种都要矮）。没过多久——会持续到六月结束，更不寻常的白色克美莲开花了，场面会很壮观。很多郁金香本来种在长草中，也即将纷纷绽放。颜色彼此十分协调的'勃艮第花边''纳格力特''匈奴王'和'紫色王子'——深浅各异的深红色和紫色，花期也彼此错开——沿着鹅耳枥大道两边生长。不幸的是，许多品种都染上了郁金香疫病，这是

背面图：草地上最古老的树木大多数可能是林场树木，可以追溯到约一六六五年。

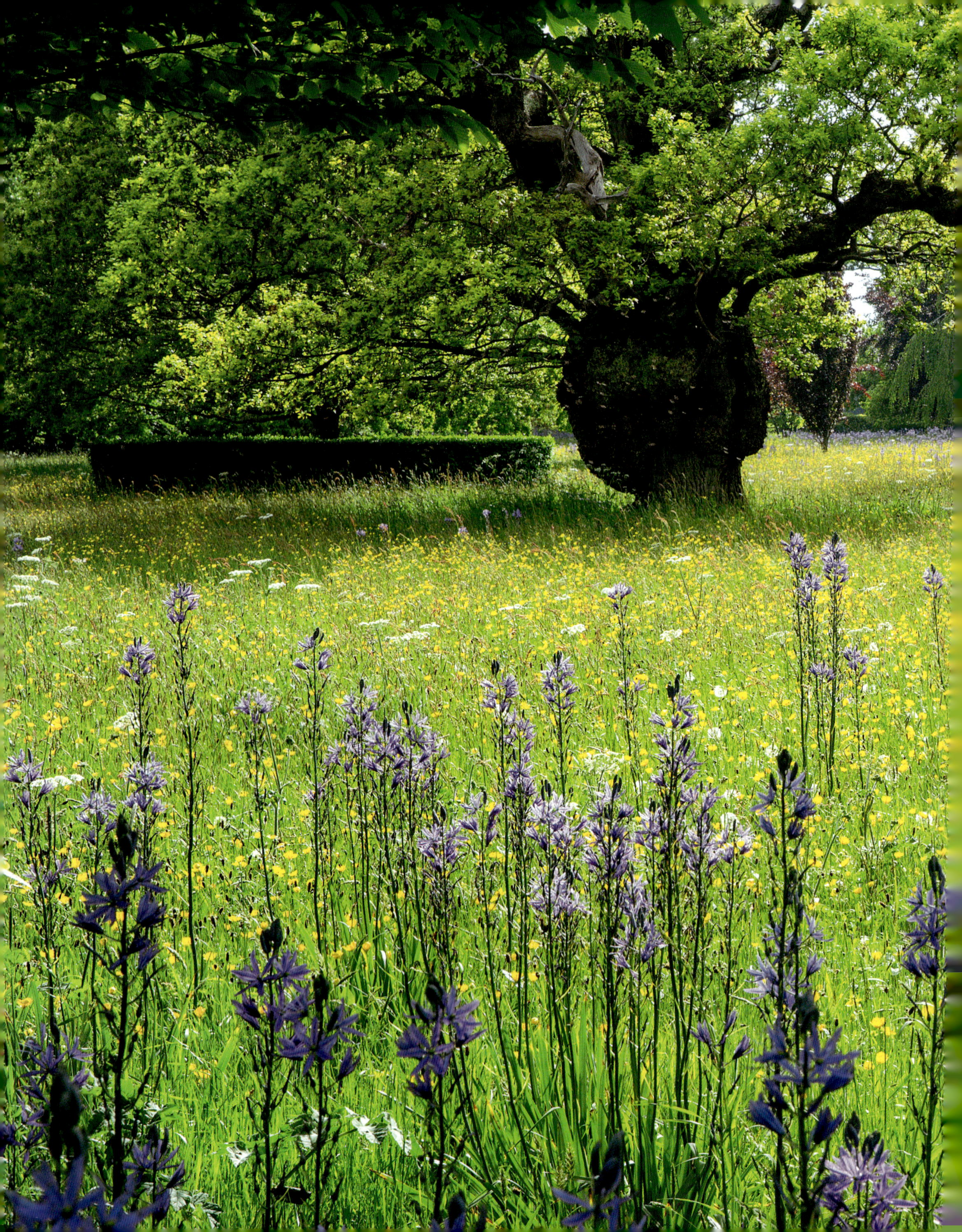

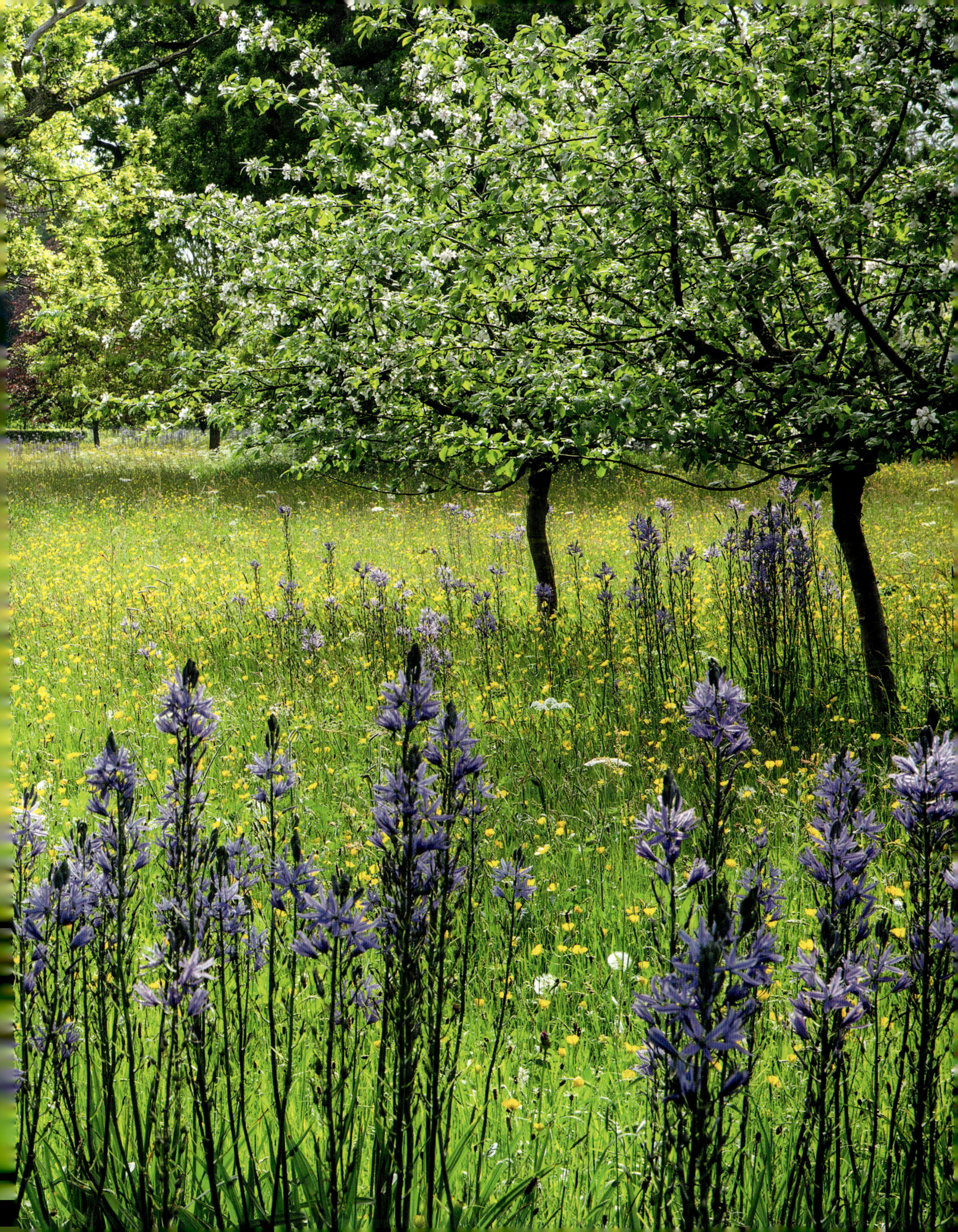

由会使鳞茎植物枯萎的真菌所引起，尤其是当它们的叶子因经受恶劣天气而破损时。唯一的解决办法是在一段时期内不种郁金香，尽可能地根除致病真菌，因此，成千上万的雀斑贝母（Fritillaria meleagris）种在了这里。蛇头川贝，平常也叫作棋花（因为它的铃状花朵上有着精致的方格图案），是一种神奇而美丽的植物，长得比较高，约12厘米到30厘米，开着深紫色或白色花朵。这种植物在野外相当稀少，是著名音乐人、环保人士斯汀送的礼物。

"吹口哨的杰克"，即拜占庭唐菖蒲（Gladiolus communis subsp.byzantinus），能开出点缀着白色的洋红色花朵。茎在四月从泥土里冒出来，充分展示风姿却要到五月。它可以长到约60厘米高，高高地挺起自己的花朵，为草地增色不少。这种植物会自己播种，因此它们是可持续的，但是如果秋天需要种植新的鳞茎和球茎植物的话，就必须在冬天保护它们，否则会遭到经常到来的野鸡、松鼠和其他野生动物的破坏。

鸽房

这座传统风格的精致建筑就坐落在椴树大道的末端，和通向平台花园的朝西的法式门在一条线上，构成一幅令人印象深刻的景致。这座鸽房是戴维·布利塞特完成的第一次设计。他承认自己第一次设计便是为一位重要的客户，整个过程令人愉快。

戴维起初设计了三个版本，紧接着用英国胡桃木做了模型，一个简朴式、一个托斯卡纳式和一个哥特式。他把这些模型交给了莫莉·索尔兹伯里，请她寄给王子。一时间并无回音。又过了一阵，建造商找到了他，告诉他哥特式模型稍作改动，已被采纳。

鸽房是阿曼国苏丹送给约翰·希格斯爵士的礼物，希格斯爵士多年来担任公爵的秘书。本来是想把它造在小山丘上，可以突出它，同时，也用来养鸽子。建筑上用的材料是传统的，非常契合当地的风格。用科茨沃尔德石头瓦片来建造典型的倾斜瓦片顶，尽量减少向上的瓦片行数，中间圆形的建筑表层铺着碎石，以及用软木（冷杉）做的支撑柱，这样就可以坐下欣赏风景。当你从车道驶入海格洛夫，以树林为背景的鸽房一定会吸引你的目光。

左图：选择锥形的鹅耳枥种在大道旁，大道从日晷花园起，通向厨房花园。笔直的树干不会过分遮蔽草地上的花朵。

上图：这些椴树的树冠定期会修整，以便从平台花园就能远眺鸽房。

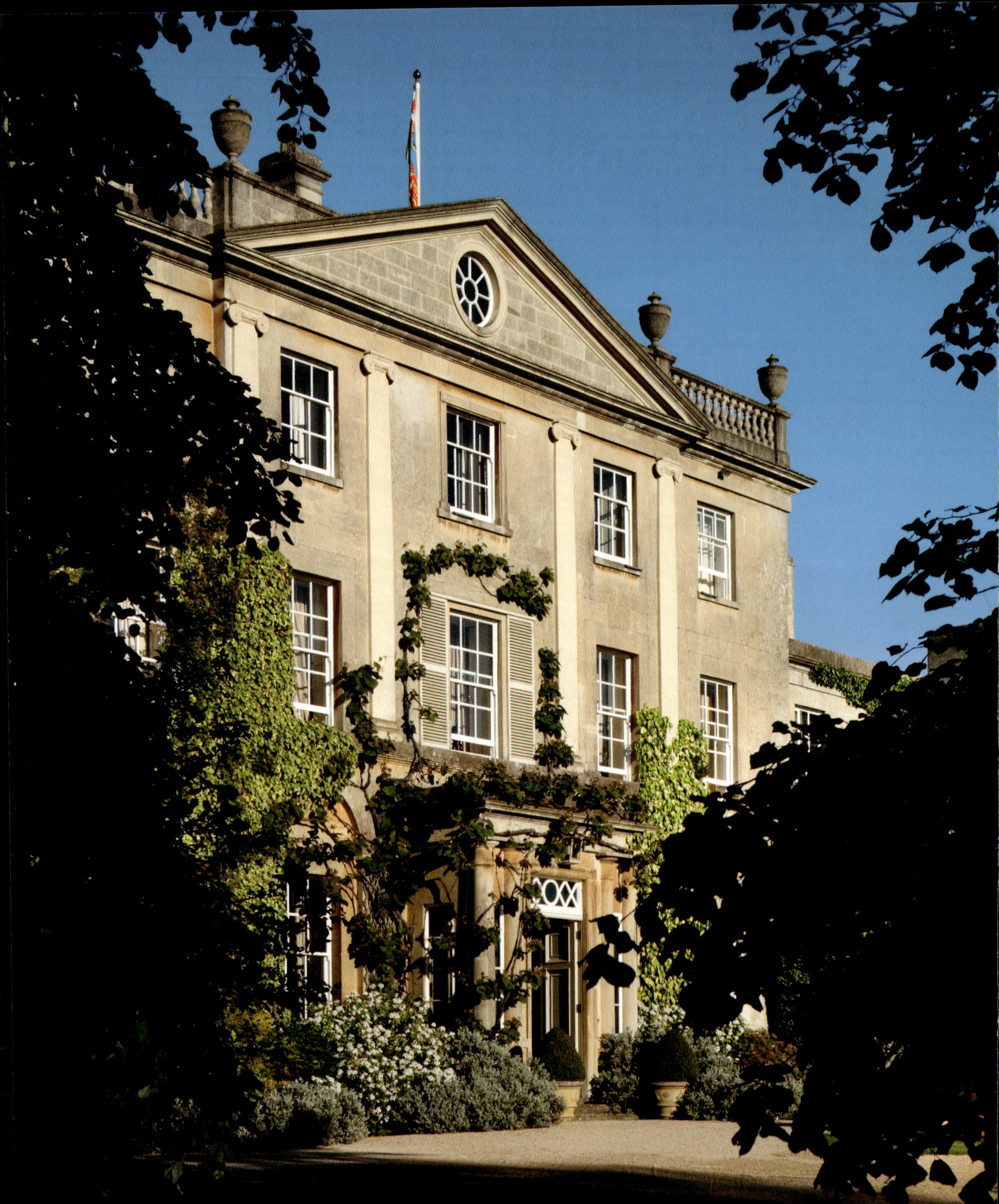

谁都知道王子殿下一回到家，便会换上威灵顿长筒靴，去花园忙碌。

主宅

殿下认为他在寻找自己的新家时就看了一处房子。海格洛夫并非风格浮华、占地面积巨大，王子却"被它深深吸引，主要是因为它有着一座小公园的残余部分和一些珍贵的树木"。它第一眼看起来有些荒凉，几乎没有像样的花园，但是王子记得当时穿透大厅窗户的清澈光线给他留下了深刻的印象。

海格洛夫确实有提升的空间，无论是内部还是外部，这本身就有很强的吸引力。房子是十八世纪九十年代建造的新古典主义风格的建筑，但是在王子一九八〇年看到它时，这座房子已经有了很多的改变。

当你从车道驶近房子时，围绕着房子的古老草地上种着几棵巨大的老栎树。还有一些不常见的树，包括一棵'大叶'西班牙栎（Quercus × hispanica 'Lucombeana'）、一棵紫叶欧洲山毛榉（Fagus sylvatica Atropurpurea Group）、一棵胡桃树（Juglans regia），还有一棵南方红栎（Quercus falcata）。

十八世纪建造至今的带墙花园（虽然相当破旧，杂草丛生，一处墙体已倾塌）和一棵古老的黎巴嫩雪松（这棵雪松占据着朝西方向的立面），这些都是令殿下决定在这里居住的因素。

从主（后）车道进来，看到的景象跟王子第一次到来时看到的已很不一样。你的双眼会立刻被房子吸引，两旁是鹅耳枥和修剪过的树篱。造型感强烈的植物种植令房子与花园相系连，而草地上生机勃勃的植物与周围的风景融合在一起。

不仅仅是花园的改变引起了巨大的变化。查尔斯王子意识到围绕着房子顶部四周的坚固护墙"看上去不对劲"。它太粗糙、太严肃，使这个地方显得愈发荒凉。他曾看到有些房子在费利克斯·凯利（平面设计师、著名画家）的帮助下得到很大的改观，因此咨询他的意见。按照凯利的设想，坚固的护墙被移走，上面小小的石球被殿下安置到厨房花园。坚固的护墙被看上去轻巧一些的石头扶手代替，点缀着古典风格的石瓮，前立面增加了协调的壁柱和带着圆形窗户的山墙。在增加了这些细节之后，这座有点沉重、荒凉的建筑显出了自己的特色，雅致且温暖。

当你从很少使用的前车道接近房子的时候，会看见一些醒目的植物包围着房子，在低低的乔治亚式窗户上方攀爬。那条维多利亚门廊（在一八九三年大火之后建造）的一边长着修剪过的紫葛葡萄（Vitis coignetiae）。这种每年落叶的藤本植物，它的叶子可以长到大晚餐盘大小，在秋天变成猩红色乃至深红色，尽管在贫瘠的土壤上它才能长出最好的颜色。每年都会修剪它，以确保呈现最佳效果。在它的两边是两条金色的'爱尔兰人的骄傲'科西加常春藤（Hedera colchica 'Paddy's Pride'），常绿的叶子中间有硫黄色斑纹。藏在里面的是素芳花（Jasminum officinale），它在仲夏和初秋开出有着浓郁香味的白色花朵，那令人愉悦的香味弥漫在整条门廊里，并且飘入大厅。

房子周围有很多攀缘植物，既增添了特色，又使整个建筑融入到花园中。攀缘植物如今长得很好，需要定时修剪，控制它们的旺盛的长势，因此，一月时买来一台升降机，帮助将攀缘植物的高度控制在一楼窗户的顶端。

房子周围种的植物是为了一年四季都有可以欣赏的景致，因此，这里还种着许多不同的常绿植物，很多都彼此相关。一棵形状优美的川西荚蒾（Viburnum davidii），长着有皱褶的深绿色叶子，在六月开出许多扁头的白色管状花朵，稍后长出闪着金属光泽的青绿色果实。在前门迎接你的植

物还有金色的山梅花（它们的花朵有着几乎像蜜一样的香味）、大戟、甜香的蔷薇以及勿忘我，在干净的砂砾土上长得茂盛。

当你面向房子站立，在右手边是织锦似的树篱，有冬青、黄杨、紫杉和其他植物，修剪成团簇的形状。树篱从乔治亚风格的房子正面的边缘开始，勾勒并覆盖住这边和新房子的过渡部分。

如果你背对着前门站着，在你面前的椭圆形沙砾车道被一只立在中心的土红色大罐子给遮住了，瓮的边上有一片小小的椭圆形草坪。每年到了这时，罐子里种满高高的粉色和深紫色的郁金香；过后，这里可能会是一簇大丽花；到了冬天，可能会种精美的紫杉。

目光掠过巨大的罐子，你会被泰特伯里教堂所吸引，教堂就在离海格洛夫一英里多一点的地方。这座教堂，圣玛丽·玛格达伦，据说具有英格兰第四高的塔尖。当年有个协议：教堂外观不得做任何改变，要保持到一九九一年。一八九一年，当时的所有人是威廉·亚特曼，一位大律师，儿子不幸去世。为了纪念他的儿子，他出钱让人把教堂的铃铛重新挂了起来，又对教堂的塔做了改观。相应地，这一外观要保持一百年不变。越过草地看去，这田园诗般的景色至今保持不变，两边各长着一棵成熟的、修剪过的冬青栎。

五月，当你从日晷花园看向房子的时候，你会被覆盖着建筑物正面下三分之二的紫藤吸引。王子刚来的时候，这里只有紫藤。后来，二十五年前，他种了白藤，现在这棵白藤覆盖了房子南立面的另一边。这两种颜色融合在一起，衬着那浅蜜糖色的墙，创造了绝妙的戏剧性效果。

紫藤的影响力是惊人的，一系列的蓝色在日晷花园的花坛里蔓延，那里有克美莲、勿忘我以及紫色羽扇豆，一直穿过大门，进入草地，克美莲创造了一片视觉上的蓝色海洋。

上图：南墙上的紫藤长得茂盛，在蜜糖色墙体的衬托下非常美。

右图：'普吉特蓝'美洲茶在一年的这个时候开出美丽的蓝色花朵。

70

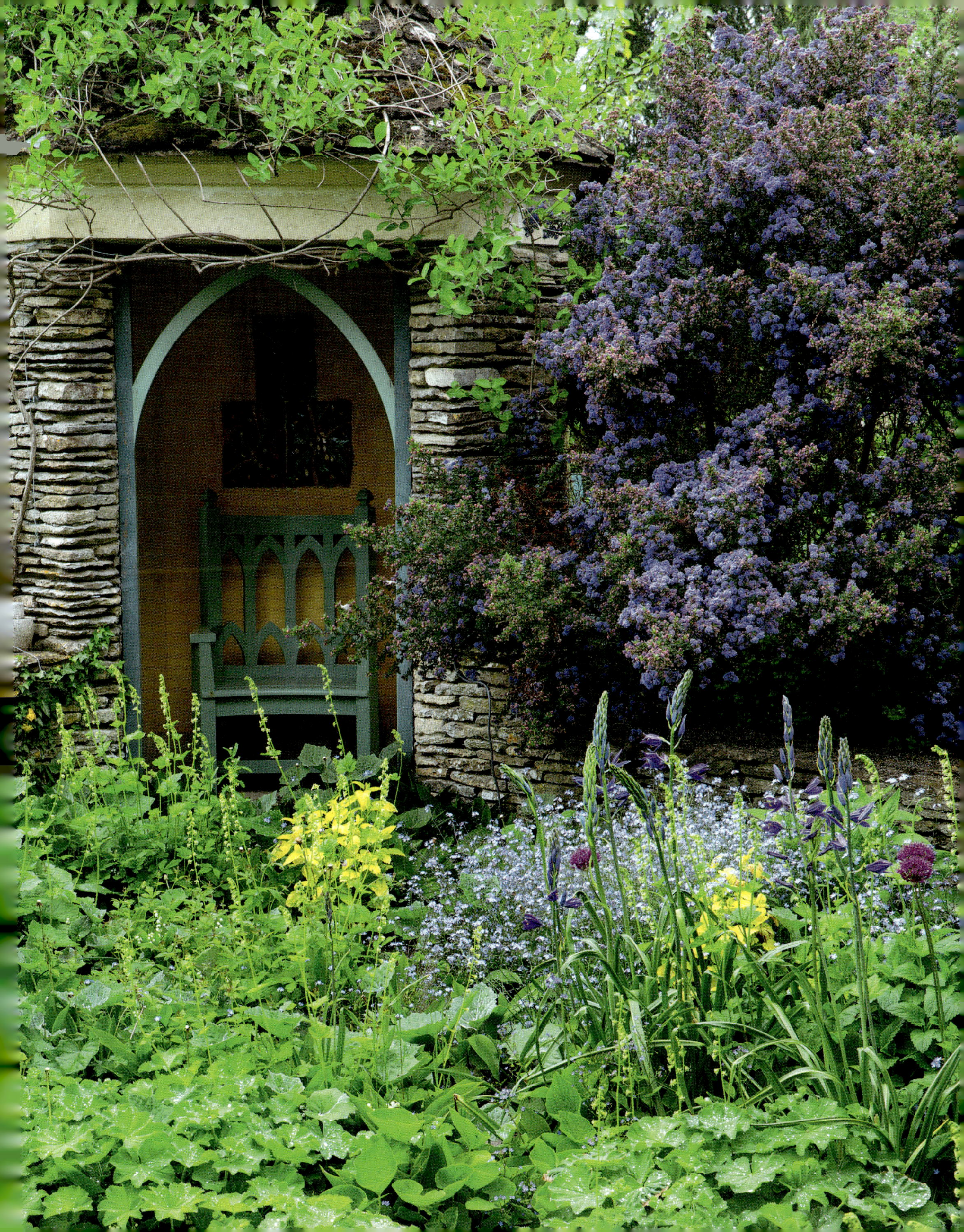

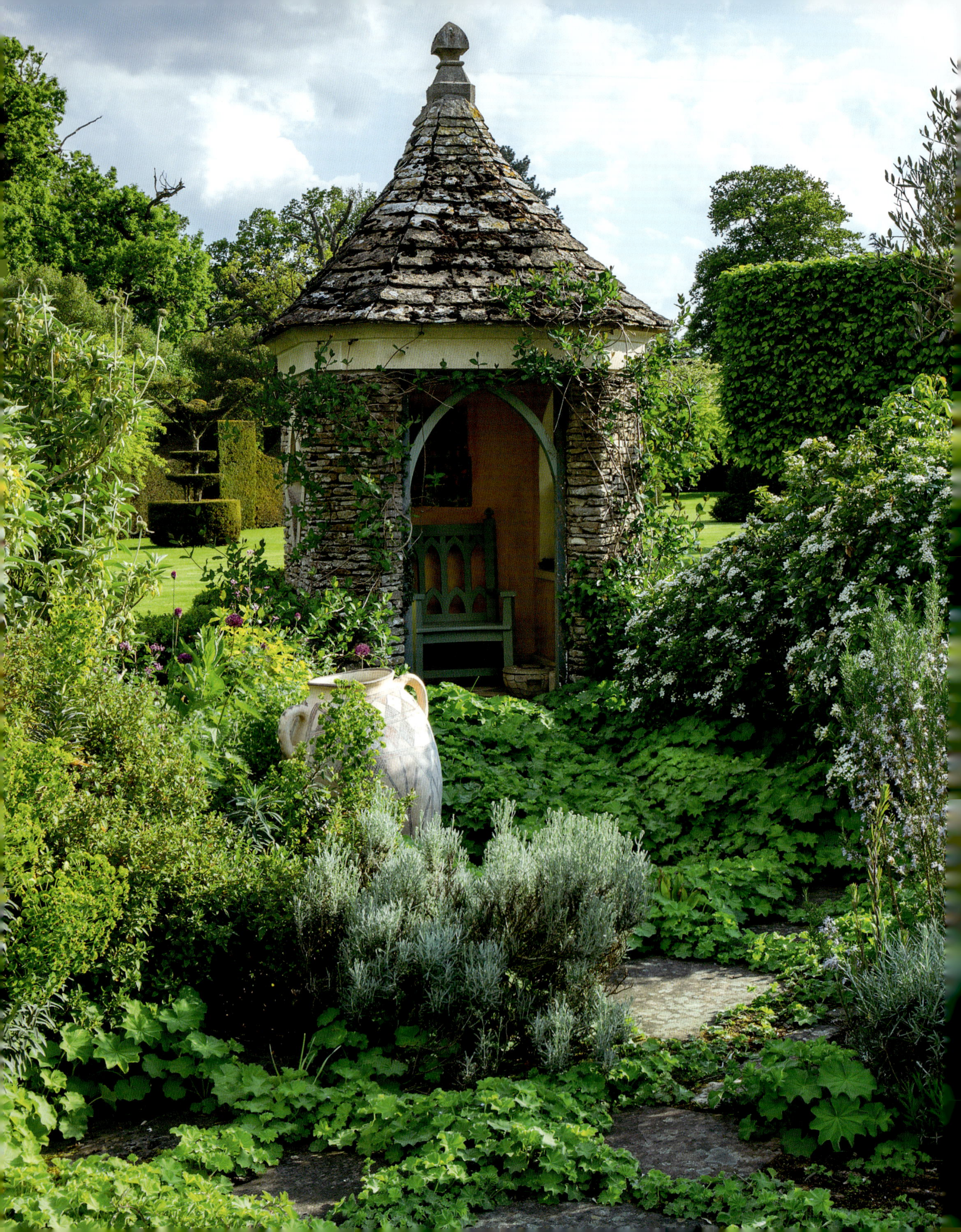

平台花园

五月，平台花园色彩缤纷，在明亮的绿色的衬托下有着深浅不一的洋红色、粉色和蓝色。水池边上的陶罐中种着四棵紫色的杜鹃花，其他罐子里则种满紫色和粉色郁金香，除此之外，橄榄树周围淡紫色的葱属植物和深紫色的鼠尾草交织在一起。浅蓝色的勿忘我、正蓝色的迷迭香和从草地蔓延过来的锥形蓝色克美莲形成了一幅生动的颜色拼图，对周围建筑物技艺精湛的石刻来说是完美的衬托。

傍晚，落日在这片宁静的地方投下暖红色的光线，令紫色的花朵愈发夺目。经过了一天的紧张工作，这是一个放松身心的好地方，可以观察野生动物，欣赏各种植物，也可以聆听小水池中的滴答声。

那棵伟岸的、有两百年树龄的黎巴嫩雪松就位于离房子几米远的地方，这是海格洛夫这么吸引查尔斯王子的原因之一。高达18米的树是这个花园的主角，它长着深翡翠绿的大叶子，营造了一种友好的氛围；四处伸展的枝条为坐在平台上的人遮阴凉。这棵壮丽的雪松，与后来新种下的树木一起形成了令人难忘的风景。

这棵树从一开始就令人担心，尤其因为雪松那动辄就达二到三吨重的树枝和树干会突然落下，即使是在风平浪静的日子里。一九九八年，为它做了外科手术，去除了一些不安全的枝条，并在15米远的地方种了一棵替代品。

二○○七年，原来的那棵老雪松情况不佳。它感染了檐状菌，主躯干腐烂，这样就更容易落枝或是被风刮倒。最终，怀着巨大的遗憾和沉重的心情，王子决定推倒它。这棵树太大了，不能整棵移除，因此殿下决定在雪松的根部造一座建筑来纪念它的生命。查尔斯王子把这个有创意的想法告诉了他最欣赏的手工艺人马克·霍尔，霍尔善于以生态学的角度设计造型。他保留了一条矮枝，应特殊的要求，在根部留了一个洞，让天然生发的栎树苗可以生长，也为这一造型提供了活的天花板，这样一来，造型就可以跟周围的风景很好地融合在一起。

理论上讲，泰特伯里教堂塔尖是霍尔的灵感来源，这看上去很配，因为雪松是一种有灵性的树，出现在很多基督教赞美诗中。从房子看去，如今你可以看见两个塔尖：泰特伯里教堂和雪松建筑，它们互相辉映。这个完工的建筑造型介于方形和圆形之间。上面盖着栎树木瓦片，顶端是用海格洛夫绿栎树木做成的方顶和塔尖。建筑物地基四周被一片叶子粗大的玉簪花海洋包围，它们的新叶在夏日的太阳下看上去新鲜而又轻脆。

当这个建筑刚完成的时候，它引起了相当的轰动。那相当明亮的金色栎树在那个曾是花园中最平静、最简朴的地方显得那么令人瞩目。如今，栎树经过风雨的侵蚀而变成它独有的银灰色，栎树苗也每年都在成长，树和建筑之间的区别也变得模糊，逐渐融为一体。这是个富有挑战的项目，二十年之后，这些栎树真正长成时，这个建筑将会受到当初那棵雪松一样的热爱。

左图：设计这些胡椒瓶形建筑是为了让查尔斯王子不会觉得自己的后背直接暴露于草地。

背面图：栎树亭是为了纪念被砍伐的雪松而建。在它的底座边，嫩栎树苗不断长出，树很快地会和建筑融合在一起。

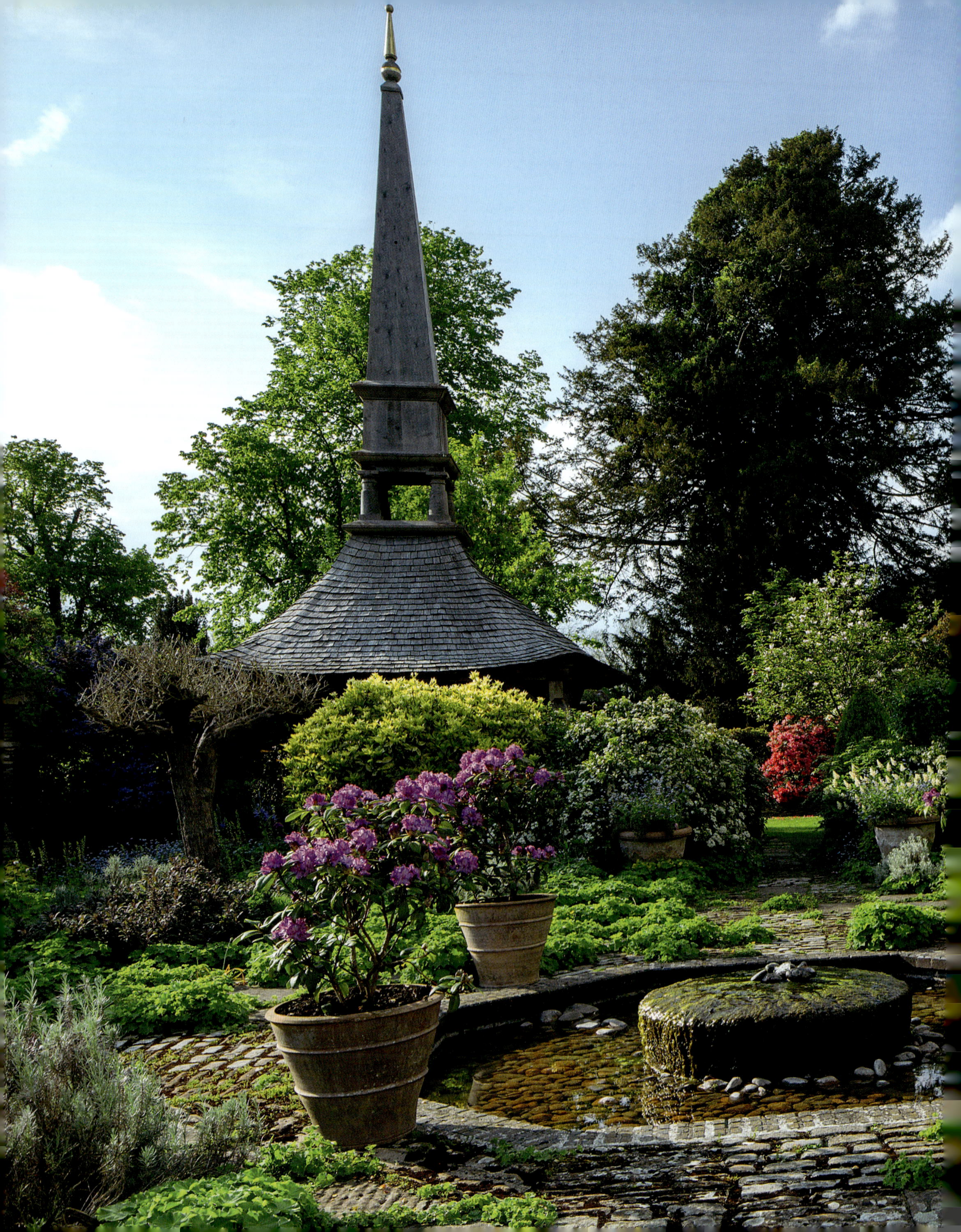

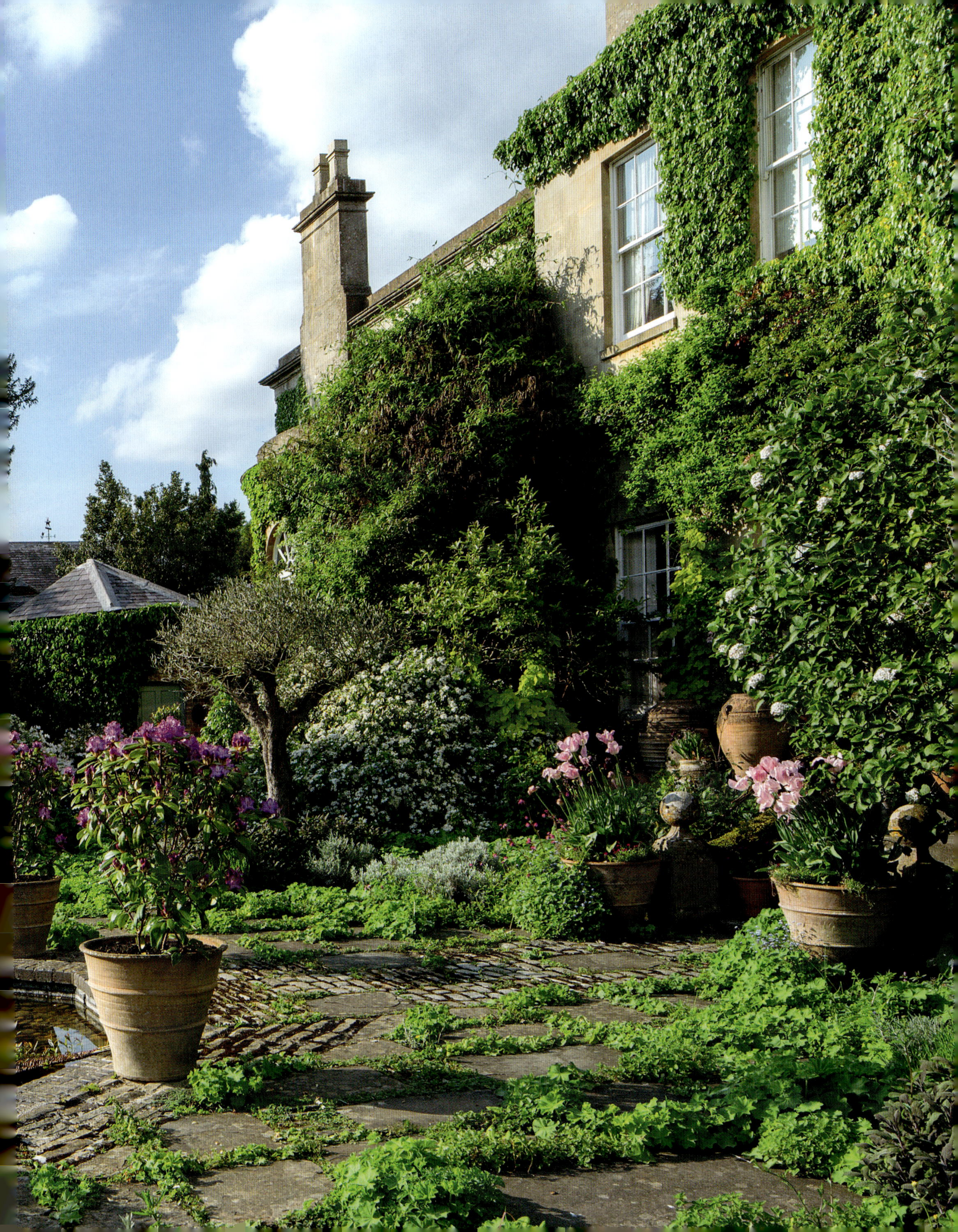

日暑花园

五月，日暑花园的景色简直是美得惊人，在即将到来的六月翠雀花盛典之前，深深的花坛里展现各种色彩，宛若烟火表演。这里有一片迷人的勿忘我，不仅仅是我们颇为熟悉的经典蓝色，还有白色和粉色。它们是被留着便于自我播种，这样就可以确保以后的一年年能开出更多的花朵，但是假如需要的话，幼苗会做适当清理，彼此留出大约 150 毫米的间距，单棵幼苗便能长得更茁壮，枝叶繁茂。克美莲也开得正盛，深蓝色克美莲有 60 厘米高，与一片片的勿忘我形成对比。它们种在花圃里，为中心的草地划定边界，也促使你望向草地，它们与草地上种植的更多的克美莲形成了呼应。

一年中的这个时候，草地上的颜色和花朵令大多数的访客都会驻足欣赏。花圃中，除了主打的蓝色，还有与之混搭的一系列葱属植物，它们浓烈的洋红色、紫色和深红色绒球骄傲地越过低矮的篱笆。那些华丽的淡紫色不仅仅与各种蓝色形成对比，更与黄杨篱笆长出的新鲜绿叶形成对比。

以前有一扇木头拱门，从日暑花园通向厨房花园。拱门需要替换，因此伊莎贝尔·班纳曼在巴斯的回收站找到了一些造型优美的铸铁门，并且让来自上兰福德的铁匠鲍勃·霍布斯修理、改造。

他增加了一些精致的修饰，比如说威尔士亲王的镀金羽毛徽章，是由艾伦·库珀制造的。其中涉及精细的金属工艺，要做出卷轴、羽毛、王冠、

叶子和尖顶饰，最突出的部分当属金叶，从不错过在阳光下熠熠生辉的机会。金叶要比金漆省钱，因为它不像漆会褪色。

这些门添加得巧妙，可以瞬间令景色有所变化，打开门就可以让访客游览设计感更强烈的日晷花园和远处令人放松的草地。它们提升了这处空间的设计水平，并且把花园与房子完美地融合在一起。

左图：从五月开始，日晷花园大量绽放属于夏天的颜色。紫杉的深绿色和黄杨树篱的嫩绿色形成对比。

下图：在这个花园的各个角落，修剪过的'松鸡'地被月季从瓮里垂挂下来。查尔斯王子喜欢在花园里工作，在这里每一天、每一个季节、每一年都可以欣赏到新的景色。

大门完美地镶嵌在带有球形顶部、深绿色紫杉树篱柱子之间，这些柱子不仅框住了门，也有助于强调花园之间的过渡。在草地一边，有两个巨大的陶罐，如站岗放哨般，是一对礼物。它们来自爱琴海一侧的土耳其，在那里用来盛橄榄油，而如今安装上简单的金属脚架，里面种上了大叶绣球（*Hydrangea macrophylla*）。

从大门往日晷花园看去，可以看到一丛丛'皇家之星'星花木兰（*Magnolia stellate* 'Royal Star'）。它们被安排在六座花圃的中心，四月至五月初，它们光秃秃的茎上开满纤弱、细长的白色花朵，呼应着早些时候这里盛开的白色雪花莲。这些花朵也能吸引树篱另一边的目光，通过紫杉树篱挖出的窗户可以窥视一二。

树桩花园

五月，树桩花园也完全变了模样，到处都是生发的绿叶和鲜花，使坚硬的建筑线条变得柔和，在地面上覆盖了厚厚的绿色毯子。

低处的变化有目共睹，一丛丛的蕨类植物舒展开它们的叶子，一簇簇的玉簪花似乎每天都在变换新颜。太阳位置相对而言还是高的，因为有很多树冠还没有充分长成，新叶在斑驳的阳光下闪闪发亮。

丁香（Syringa komarowii）的浅紫色花朵开了，排成圆锥花序，芳香四溢，花簇看上去就像在频频点头。这是一种稀少但很美丽的灌木。另一种类似的、更为明亮的红紫色调的灌木是'红酒和玫瑰'锦带花（Weigela florida 'Wine and Roses'）。叶子是橄榄绿色，带着一点儿酡红，随着时间的推移会变深。

树桩花园的神庙、拱门和小丘是在一九九六年的夏天，用了大约六到八周的时间建造的。不同寻常的是，两座神庙都由绿栎树木板搭建（而不是石头），这些木材在本地的一个锯木厂切割。"柱子"是由巨大的、垂直的栎树木板（超过 30 厘米宽、15 厘米厚）制成。这些木板都经过手工刷净、磨光来打造光滑的表面。

寻找不寻常的物品和人工制品确实是需要倾注爱心的劳动。山墙饰内三角面常常装饰着浮雕，而此处精心装饰着白色的根，那些根被冲到了苏格兰海岸上，由班纳曼夫妇发现。它们为神庙增添了木质、有机的感觉。神庙的内侧涂着多层蜜糖色的涂料，背后是雕刻的格言。一条引自贺拉斯，翻译过来的意思是："他们认为美德仅仅是一个词，就像一片神圣的树林只不过是些棍子一样。"另一条引自莎士比亚："树木能言语，溪流是书本，石头会讲道，万物尽美好。"

你可以从由盘根错节的老树桩做成的拱门进入树桩花园的心脏部分，这些树桩被巧妙地叠在

下图：在这块空地上的两座栎树神庙是最初的树桩花园的一部分，用冲刷到苏格兰海岸上的树根做装饰。

右图：甜栗树树桩是蕨类植物、报春花、和香车叶草喜欢生长的地方。

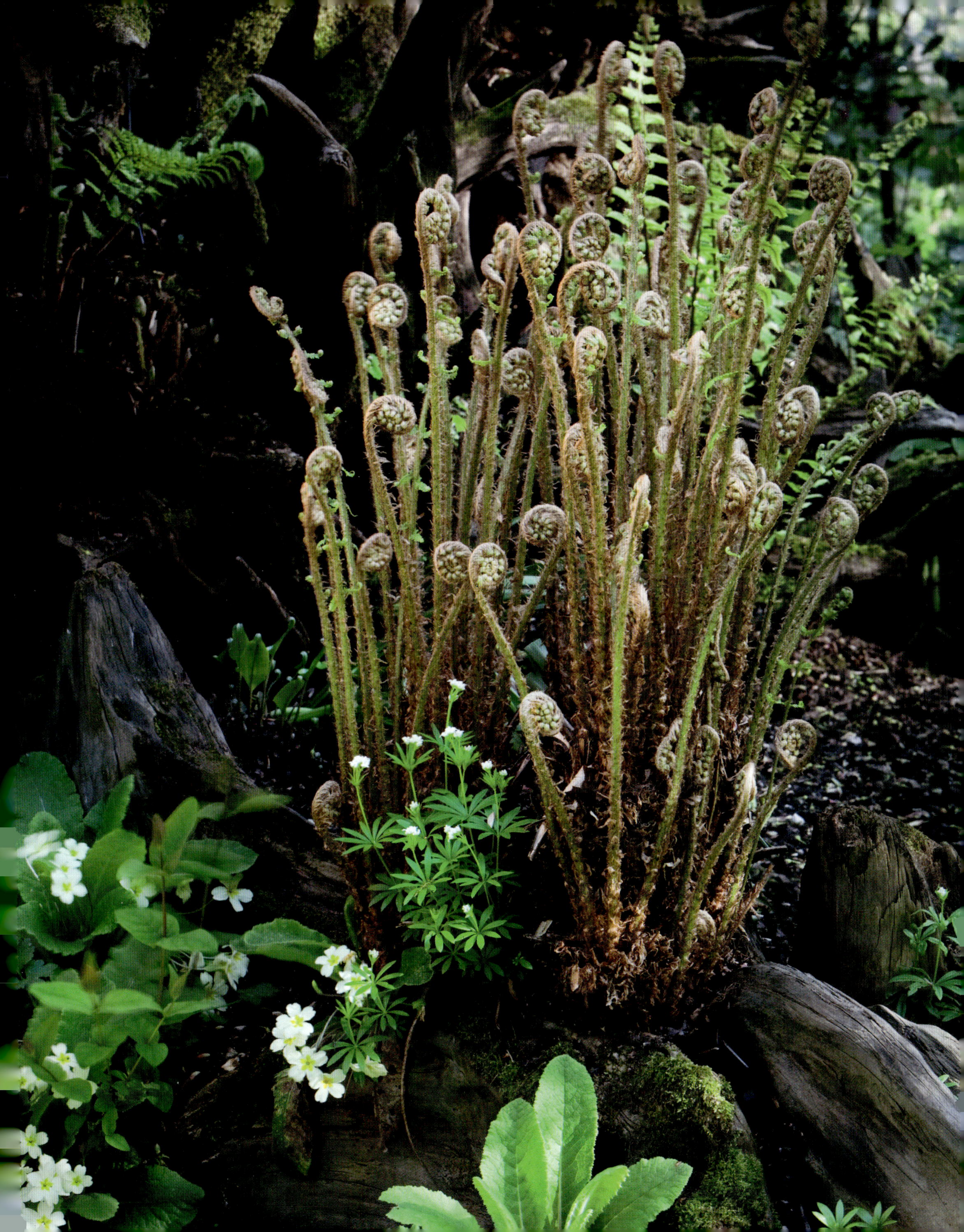

下图：深紫色的铁筷子可能是从自我播种的幼苗长大的，它找到了优越的生长环境。

右图：串铃花有极强的适应能力，宽叶串铃花更是这方面的行家。

一起。用树桩造拱门是一个渐进的过程。"它们就像孩提时代玩的抛接子游戏中的铁片，要把它们连接起来。"班纳曼夫妇解释道。尽管他们在某些地方使用了金属别针和金属杆来起固定作用，比如在弯曲的地方。找到这些树桩真是幸运。它们是在西苏塞克斯的考德雷公园里发现的，是几棵甜栗树的树桩。第二次世界大战时甜栗树被砍下来供使用，一九八七年的大风暴后，发现了残留的树桩。考德雷勋爵帮查尔斯王子留下了这些树桩，它们原先一直埋在沙子里，树桩已经烂芯，只剩下耐受力强的部分。

它们堆得高高的，由大卡车运来，对门口的守卫警察来说真是个有纪念意义的时刻。花园的守卫也目睹了它们的到来，他们深感困惑。而查尔斯王子仅仅说了句："你们就等着瞧吧！"

塑造这些尖锐木头的过程中，海格洛夫始终兴奋不已。小王子当时一个十四岁，一个十二岁，在林子里飞快地骑着自行车，旁观着这个过程。班纳曼夫妇祈祷他们不会一个不小心而发生意外。

造型完工之际，各路客人都前来参观。当时的德文郡公爵夫人德博拉·卡文迪什被它给迷住了。另一位客人惊讶得落下了眼泪。菲利普亲王眨着眼睛说道："你什么时候点一把火把这个东西给烧了？"

年复一年，树桩花园的植物生长得愈发茂盛。起初的计划只是种一些玉簪属植物，而树桩和建筑的特色愈发鲜明，便决定种大片的蕨类植物，这些蕨类具有远古时代的感觉，为这个花园增添了"不食人间烟火"的氛围。树桩花园的面积不断扩大，植物色调也在不断增加，如今这里有更丰富的色彩，尤其是深浅各异的奶油色和绿色。

VIRTVTEM
VERBA
PVTANT
ET LVCVM
LIGNA

果园

果园房的南面出口通向一座小小的、美丽的果园。五月，苹果树上开满了花朵，围绕着苹果树干底部的蓝色法氏荆芥也盛开了。这是你能想象的完美果园的样子——修剪整齐、高脚酒杯形状的苹果树排列成一排排。部分围绕着果园的干砌石墙在靠近车道的那边稍低，能让你在路过时看到这座完美的迷你果园。

果园不仅有着田园诗般的氛围，还是收集果树的重要场所。它们是由布罗格代尔园艺基金会于一九九一年送给王子的，包含了这个国家某些最古老和最珍贵的苹果树。许多有着有趣的名字，如'十诫律'、'白色六月'和'无可匹敌的河流'。当政府在一九九一年把布罗格代尔卖掉的时候，很多人担心他们的重要研究成果和收集的两千三百种苹果树会流散。查尔斯王子也很担心，尤其担心珍贵品种会从此消失。结果，康沃尔公爵为新成立的布罗格代尔园艺基金会提供了资金，用来购买土地和树木。

除了在泰特伯里的商店出售苹果，有一段时期，海格洛夫果园里的植物也用来榨薰衣草精油。薰衣草是最受欢迎的精油，也始终深受王室的喜爱，海格洛夫经常使用。这是一种在放松精神、恢复精力和减缓酸痛方面颇有功效而出名的香草。一种自由开花的品种'帝国珍品'被选中制作这种精油，每一年，园丁们都会采摘四到五大袋的薰衣草，再加上几袋百里香和其他香草。不幸的是，薰衣草生长得不是很好，因为没有充足的阳光，因此从二〇一三年开始，它们被更有耐受力的法氏荆芥替代。

在果园的中心，有一件精美的石雕盘踞在几行碎石墙上，这是由杰弗里·普雷斯顿——以他的拉毛粉饰和抹灰泥技艺而出名——建造的。在研究石雕的过程中，普雷斯顿参观了伊斯坦布尔著名的苏莱曼清真寺，拍下了用传统的蜂窝拱装饰得很华丽的柱子，他亦得到了启发。普雷斯顿联系了基思·克里奇洛，忒墨诺斯学院院长兼王子创办的传统艺术研习学校校长，问他能不能找到一些跟在伊斯坦布尔看到的类似的雕刻作品。克里奇洛教授为普雷斯顿提供了一座由在王子的

在果园房外面的果园里有这个国家一些最古老和最珍贵的苹果树。五月，苹果树上开满了花朵，树下到处是蓝色的法氏荆芥。

学校里学习和训练的艺术家制作的类似石雕。这些雕刻作品的照片被送到了王子手里，王子说他很高兴收藏一件在他的花园里。这件柱顶现在头朝下放置在果园里四个石头支柱上。

由果园可以进入地毯花园，入口处有两棵榲桲树（*Cydonia oblonga*），最引人注目的是，这两棵树靠着墙，呈扇状生长。榲桲树是姿态极为优美的树，此时，半透明、巨大的白色和淡粉色花朵在叶子中间若隐若现。进入深秋，梨状的大果实挂在墙上，从绿色慢慢变成金色。

为这幅画再添上一笔的是攀缘蔷薇（生长在地毯花园的墙的另一面），它被引导着整齐地顺着墙往下长，与榲桲打了照面。这一片榲桲上面的白色蔷薇无论在哪一边都最大限度地利用了这片科茨沃尔德墙。

在西墙上，有一棵荷花玉兰（*Magnolia grandiflora*），是影星皮尔斯·布鲁斯南于二〇〇二年女王登基五十周年纪念时送给王子的。沿着这道墙继续走，是一个古老的长方形石头水槽，上面有着金属圆盘，圆盘上蚀刻着复杂的迷宫图案，是康复花园在二〇〇二年切尔西花展上的作品（由金尼·布洛姆设计）。这道墙在大约二十年前重修过，现在是新牛棚的一部分。重修这道墙的时候用的是老牛棚的石头、砖块和白垩。

沼泽掌根兰
紫斑掌裂兰
蜂兰
绿翼兰

JUNE
六月

❝ 如今，植物园里的大多数颜色都已褪去，橙红色的'新出猩猩'鸡爪槭失去了它的光泽，杜鹃变得暗淡，之前短暂的怒放耗尽了它们的活力。在旱谷花园，桫椤慢慢地展开嫩叶卷头，同时，蔷薇开出了第一朵花——假如花蕾没有在连绵的雨中烂掉的话。这个月，所有的花圃里的植物都长得很快，期盼已久的翠雀花（花园中我最喜欢的植物之一，需要精心培育）随时会绽放。为了让翠雀花开出最好的效果，必须将很多株密集种植，或者排成显眼的一排，每一棵都有辅助杆，确保它们笔直生长。树上长满了叶子，草地上的兰花逐渐展开粉色和紫色的长穗。三十三年前，这里没有一棵兰花，现在看着它们每年都在不断地增长，我的快乐是难以言表的。六月的草地上会出现两种兰花，一种是沼泽掌根兰，另一种是紫斑掌裂兰，偶尔会出现蜂兰。❞

百里香路

　　海格洛夫的夏天是迷人的：日暑花园中盛开着紫色和白色的紫藤，暖色调的石墙将其衬托得格外美丽；从这里走向农舍花园，藤架上挤挤挨挨的蔷薇释放出醉人的芳香。农舍花园的植物仍然保持着春天和初夏生长茂盛的势头，亦增添了闲适的气氛。杜鹃花路具有强烈的建筑感，六月，落叶杜鹃会让你不禁停下脚步，闻一下四周的香气。隔壁的厨房花园，各种作物长得更是茂盛，中心花圃满是颜色明亮而鲜艳的花，大量看上去就很美味的蔬菜，令人垂涎欲滴的饱满水果——这是一个富饶的季节，无论你看向哪里。

下图：百里香香气扑鼻，在阳光灿烂的日子里，花上面停满了蜜蜂。

右图：夏日，长出的新叶使沿着百里香路的各种紫杉造型又都变成了金色。

　　海格洛夫因百里香路而著名。现在很少有百里香草坪和小路了，在早期的花园中却很常见。

　　除了如今已属稀少，这条路的特殊之处还在于百里香种植的规模和品种之繁多。这条精致的、芳香的小路从平台花园西边开始，延伸到鸽房，大概有 95 米长，有着一大片柔软的百里香，既有匍匐的品种，也有浓密的品种。尽管它们整年都散发着微香，但是那粉色、紫色、黄色、青柠色和绿色的花朵在五月到七月之间的开花季节香气最为浓郁。

　　夏天，花毯因为有蜜蜂而充满活力。太阳一升起来，蜜蜂便赶了过来，忙碌地采着每朵小花上的花蜜。花些时间寻找因授粉而长出的小株百里香是一件让人心满意足的事情。

　　在殿下开始建造这条路的时候，这里只有一条简单的碎石路，通向一个长方形的池塘，边上是已经相当成熟的"小斑点"金色紫杉。查

尔斯王子继承了这些金色紫杉，他对这条石子路却很反感，因此这条路没有存在多长时间。从一九八四年开始，各个建设项目剩下的花岗岩石和各种石板都被收集起来；一九九〇年，殿下决定挖掉碎石，用回收利用的材料造一条拼接路。

为了使石头和百里香很好地融合在一起，每一样东西都要考虑仔细，这样看上去就不会不自然。连接的地方用泥土填满，百里香就会沿着这些缝隙生长，使这条道路成为柔软和坚硬的结合体。

拥有这么大的一块地方种植和管理百里香，提供优良的生活环境是最重要的。百里香在潮湿的土壤中会很短命（一般只能活一两年），但是在排水好的土壤和光照充分的条件下，可以存活相当长的时间，虽然专家会建议每四到七年更换一批。

殿下联系了凯文·怀特和苏茜·怀特，他们在诺森伯兰的切斯特斯花园收集全国的百里香品种。他们建议种最好的品种，最后选定了约二十种最适合的。其中一种就是铺地香（*Thymus serpyllum*），本土常绿百里香，香气浓郁，花开得茂盛。园艺师戴维·马格森和詹姆斯·奥尔德里奇从赫克瑟姆草本植物园（怀特夫妇的苗圃）里取了成千上万株百里香插条，把它们种在海格洛夫现在的地方，让它们不断增多，多到可以满足长满整条道路的需要。这些百里香在几个星期之

沿着百里香路两边的金色紫杉被修剪成奇异的造型。它们花了三年的时间长成现在的形状。

内就生根了，接着让它们变得耐寒，再把它们种在盆内。王子自己从一九九一年三月开始，每到周末便去种植它们，终于在六月全部种完。

百里香发展得很快，很多匍匐品种迅速蔓延开来，没过不久，一条香气怡人、结构复杂的路就形成了。到了晚上，这条重要的道路又成了访客的入口。客人在车道的尽头下车，沿着这条美丽的拼接小路走下来。在月光和烛火照亮的小路中行走，脚下踩着的百里香散发出微妙的混合香味，不难想象当时的氛围有多神秘。

在王子买下海格洛夫的时候，路两旁的金色紫杉令人有些不悦。它们在那里已经有点年头，看上去也很成熟，但是金色的色调（是五月末或六月里新长出的叶子的颜色）看上去显得过于明亮而俗气。查尔斯王子认为紫杉是很好的素材，成熟的紫杉意味着它们可以打造成独特的形状，这样，这条路就可以用一个个造型作为边界。因此，查尔斯王子要求海格洛夫的园丁把它们修剪成奇怪的形状。他们珍惜这个机会，对于修剪后的效果却略感担心。现在看来，他们的工作完成得很出色，各种大胆的、构思巧妙的形状，为这里的景色增添了分量和趣味。

为这条视觉效果强烈的道路增添更多分量感和类似雕塑效果的是枝条编织在一起的树木，它们勾勒出花园的外部边界。"框架"由两行鹅耳枥组成，此时看上去既结实又成熟，既有建筑的美感，又很优雅。在气候更热的国家，编织相邻树木的枝条是为了形成遮阳的树荫。但是在这里，这些树木更多的是被用来搭建"绿色建筑"。

89

日晷花园

六月开启了翠雀花的季节，这是查尔斯王子最喜欢的植物之一，花园中到处都是它们的身影。他喜欢观赏大片大片的翠雀花，蓝色、紫色和深粉色的花穗，彼此呼应成一片花海。"每一次我去切尔西，我都会观赏翠雀花，真让人惊叹。"查尔斯王子坦言。

日晷花园是翠雀花理想的家园，这里的土壤每年都会大量施以自制的堆肥，土壤质量得到了巨大的改善，同时也能保持水分，排水良好。这里的土壤深厚、富饶，可以为这些饥饿的植物提供营养。厚厚的树篱是优质的屏障，可以阻挡疾风，同时也是一道完美的深色背景，可以烘托翠雀花和羽扇豆缤纷的色彩和高高耸立的花茎。

许多资深的翠雀花种植者会强调这种植物在整个漫长的生长季对于能量有巨大需求，土壤亦要相应地增加营养成分。在海格洛夫的副总园艺师约翰·里奇利的指导下，园艺师们定期地施加堆肥来确保土壤的营养供得上。除此之外，为了开出真正好的、结实的花穗，专门有一个小组负责把嫩枝数量控制在七个左右，这样就能确保更结实的花穗。新种的翠雀花嫩枝会减少到两个左右。

立桩是支撑这些相当高的花穗的关键。每棵都有一根杆子支撑，花苞萌发的时候，在低处小心地系好。花谢之际，摘除枯花，保留尽可能多的叶子，如果生长条件许可的话，会在夏季的晚

下图：此时的日晷花园满是紫色、蓝色、白色和粉色的花朵，搭配得十分自然。

些时候开第二轮花，不过看起来会逊色得多。

　　翠雀花变化万千的颜色经过了查尔斯王子的精心安排。他对于蓝色、紫色和粉色的深浅色调极其挑剔。他最喜欢的品种有：'克利福德小姐'（深粉色花朵，棕色花心）和'阿马迪厄斯'（较为浓重的紫蓝色花朵，棕色大花心），大丛大丛地生长在最接近主宅的花圃中。'洛克列文'翠雀花有着白色花心，花朵是柔和的蓝色，和深蓝紫色的'卡修斯'种在两个中间的花圃中；'辛白林'（深粉色大花朵）和深蓝色'浮士德'种在最远端的花圃里。这些都是高翠雀花品种，能长到1.6米左右，通常比寿命短、挑剔周围环境的太平洋杂交种翠雀花容易种得多。

　　在这些繁茂的花坛里，还有蔷薇、草本植物、纤嫩的多年生植物以及鳞茎植物，或是在翠雀花之前开放，或是同时开放，或是在之后开放，亦呈现着瑰丽的色彩。围绕着柳枝编织的王冠生长的两棵美丽的蔷薇，对面便是被黄杨树篱围起的大花坛。'路易·奥代尔'是一种古老的波旁蔷薇，近似淡粉紫色的花朵会持续开放，散发浓郁的香味。这两种特征让它可以种在这里，而且它也被广泛认为是最可信赖的、可循环开花的蔷薇品种之一。

下图：棉毛蓟（*Onorpodium acanthium*）高耸在活力四射的翠雀花和白色羽扇豆后方。

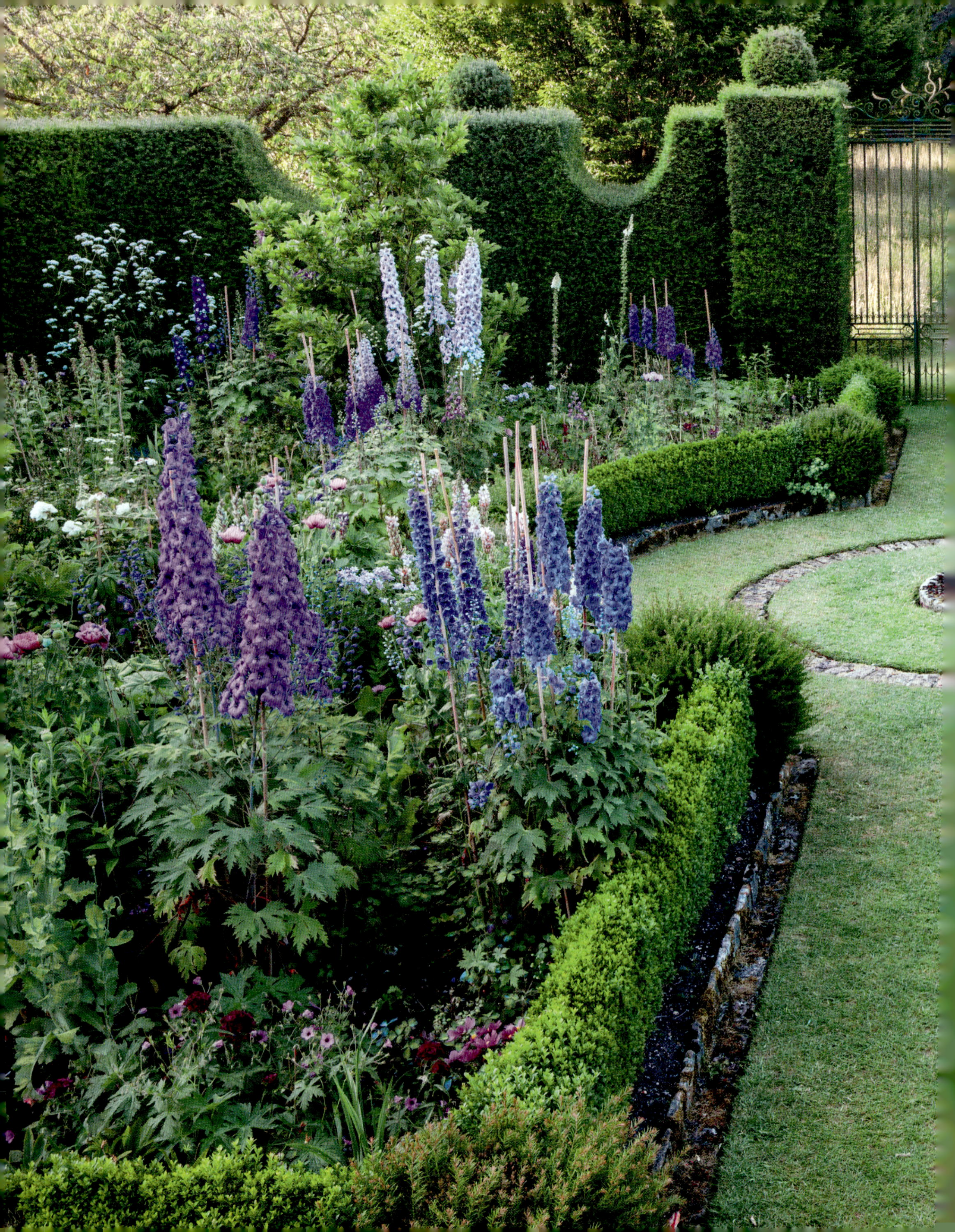

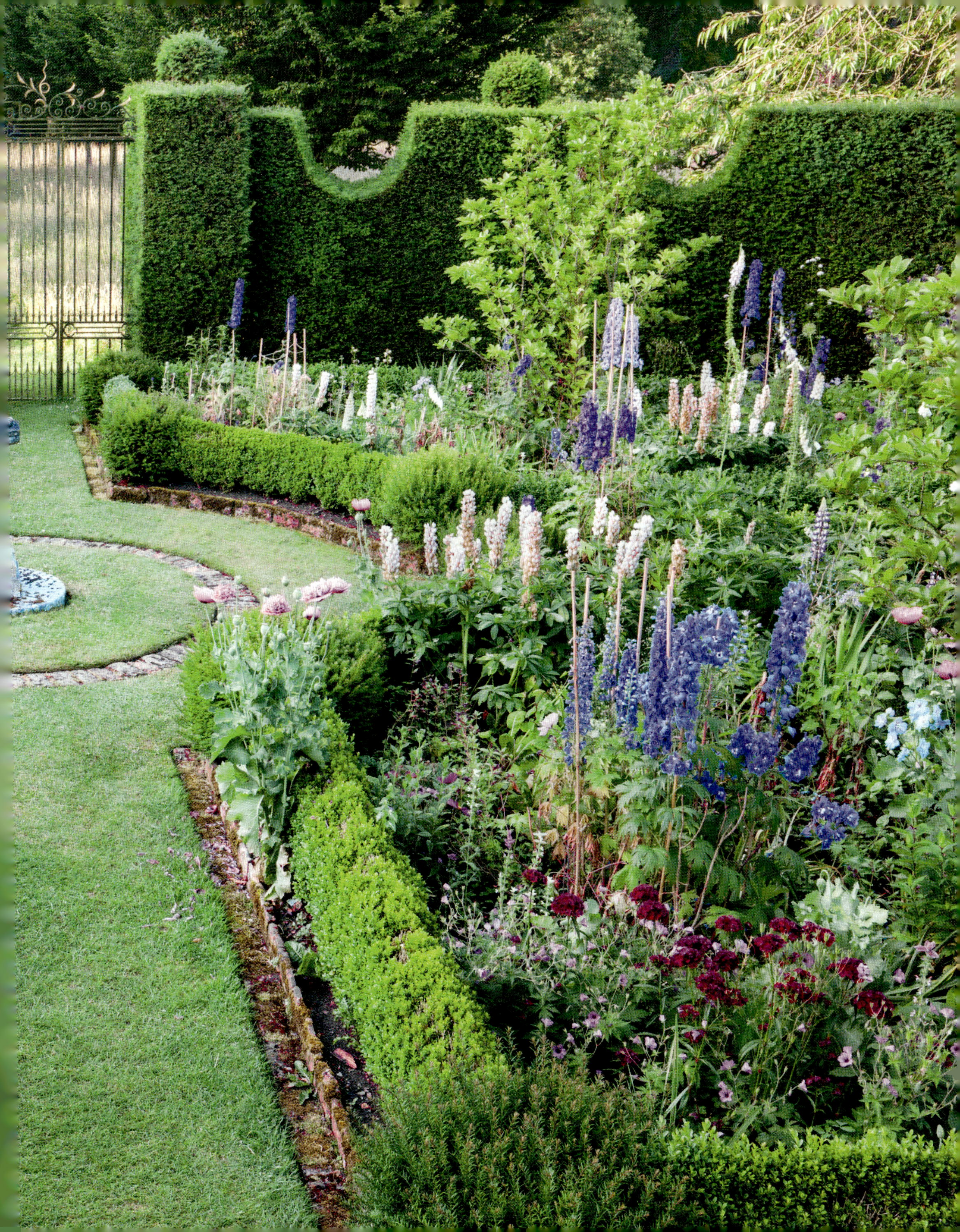

前页图：'皇家之星'星花木兰在日晷花园的每一个花圃里都有种植。

右图：高翠雀花在夕阳的照耀下闪闪发光。

种在这里的还有'温彻斯特大教堂'，四季开花的白色灌木蔷薇，是'红玛丽'的变种。它开出的花朵具有典型的蔷薇特征，花朵饱满，嵌在绿油油的枝头，正是这样，它能跟它的多年生邻居友好相处。同样提升了颜色层次的还有一丛丛'李子馅饼'唐菖蒲（*Gladiolus* 'Plum Tart'）紫红色花穗。这种植物的花期是从七月到九月，并且很适合做室内插花。但是它也很脆弱，每年秋天必须把它抬高，避免经受霜冻。

另一种加强了蓝色色调的植物是多年生'靛青塔尖'鼠尾草（*Salvia* 'Indigo Spires'）。它们不怕风吹，不怕雨淋，无论天气如何，都适应得好。鼠尾草点缀在每一处花坛里，令花坛有了连贯感，亦衬托了白色和洋红色的福禄考属植物。

福禄考属植物包括'阿尔巴大花'天蓝绣球（*Phlox paniculata* 'Alba Grandiflora'），植株健壮，开香气浓郁的纯白色花朵，非常耐旱，亦可适应炎热干燥的夏季。'镶边宝石'天蓝绣球，一种极好的老英格兰品种，六月末开始开出深紫色花朵，也被选中，以补充旁边翠雀花的蓝色色调。

精心调整过的种植计划，又包括了一年生植物，可以进一步丰富颜色层次。比如一丛丛粉色的'可爱'花葵（*Lavatera* 'Loveliness'）、攀爬在圆锥形柳枝架上的香豌豆、粉红色大波斯菊、粉色和白色的'混和私语'烟草（*Nicotiana* 'Whisper Mix'）。丰富了粉色和紫色色谱的是一系列大丽花，包括亮粉色的'迷人'大丽花，处于焦点位置，还有艳紫色的'托马斯·A.爱迪生'大丽花，扮演的是有力的配角。'快乐一眨眼'和'坎特伯雷主教'也是杰出的表演者，开出的紫色和粉色花朵同样引人注目。

日晷花园是经历了很多变化的花园，在未来将会继续这种变化。翠雀花不是这里最初的明星，在它们占据中心舞台之前，一九八二年至一九九八年，花坛里都一直种的是五颜六色的花，只有一些很小的变化。比如有一年，女王的赛马颜色紫色、金色、猩红色和黑色被选为春季花展的主色。

这之后，大家一致觉得该培育一个颜色对比强烈的花园，因此，日晷花园突然开出许多"黑色"和白色的花朵，跟当时所种植的温和色彩极为不同。

本来就没有开真正的黑色花朵的植物，而深紫色是很好的替代品。'黑曜石'肾形草（*Heuchera* 'Obsidian'），它的深紫色叶子和高高的红色茎杆，是最受喜爱的草本植物之一，还有几乎常绿的叶子，这样对比强烈的色彩可以持续很久。另一种是'拇指汤姆'薄叶海桐（*Pittosporum tenuifolium* 'Tom Thumb'），长着红棕色叶子的常绿矮灌木。'白色凯旋者'郁金香（*Tulipa* 'White Triumphator'）和深紫色的'夜皇后'郁金香（*T.* 'Queen of Night'）在春天看上去非常美，还有白色带斑点的银扇草和毛地黄。随着时光推移，一年生植物，如'唯有孤单之人'林生烟草（*Nicotiana sylvestris* 'Only the Lonely'）和白色的大波斯菊加入了这个队伍。受欢迎的'兰达夫主教'大丽花（*Dahlia* 'Bishop of Llandaff'）长有深紫色的叶子，将会在这时从温室移种到室外，一旦发现开得早的橙色花朵就会被除掉——对比强烈的颜色计划要在这个花园里严格执行。

除了那些生机勃勃的植物，查尔斯王子的四座别人赠予的半身雕像也需要安置在日晷花园，最后决定把它们放在紫杉树篱挖出的壁龛里。查尔斯王子不由得想到这个花园应该重命名为"自我花园"，这些雕像成为树篱的一部分，为花园增添了结构美。许多访客都对它们感兴趣，它们也为这个花园增添了个性化的一笔。

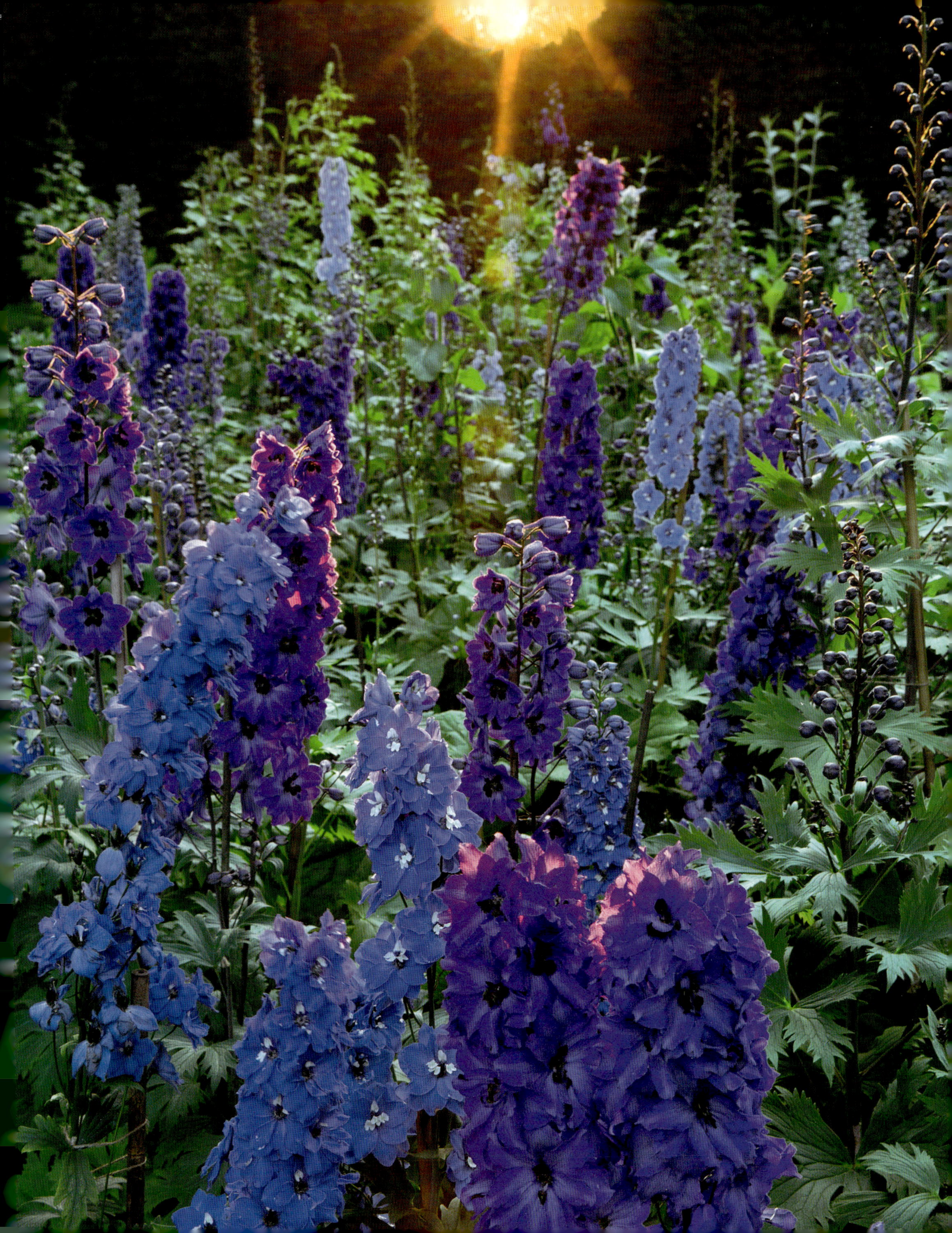

农舍花园

尽管相对来说，地中海花园是在农舍花园里新近发展起来的花园，但它为农舍花园带来了一种成熟的氛围。起初，它被称为"黄杨花园"，由查尔斯王子设计。园内中心位置放置了一个巨大的陶罐，这个陶罐侧身躺着，周围是一片有机种植绿地，和修剪的黄杨造型。造型在颜色和结构方面有微妙的变化，因为使用了不同品种的黄杨。然而，黄杨枯萎病席卷了各个花园，所以决定种植能够适应太阳炙烤、较干旱气候的灰色叶子品种。

虽然这是一个很小的花园，却有好几处亮点。农场建筑周围有着高高的紫杉树篱，树篱的顶部是平的。树篱上挖出了壁凹，可以摆放形状有趣的陶瓷。树篱的高度刚好，不会阻挡视线，可以看到远处一组石砌农场建筑，这些漂亮的谷仓上盖着的是倾斜的科茨沃尔德石头瓦片，提醒着你农耕是促使科茨沃尔德自中世纪至今积累财富的重要方法。

下图：蹒跚学步的哈里王子曾被发现躲在这个地中海花园的瓮中。

在花园的另一边，风格质朴的石墙生满苔藓，一直蜿蜒到游泳池区域。它优雅地耸立着，曲度柔和。迎面就能看到利昂·克里尔（王子在多塞特的庞德伯里项目的总设计师）的半身像，设在现代风格的石头底座上。还可以望见藤架那边几根干砌石柱之间的景色，沿着这个藤架可以走向房子或者马厩。

花园里的芳香来自灰色叶子的植物，中间只有一条很窄的蜿蜒小路。从上面走过去，会轻轻擦碰到路两边漂亮的银色植物。这个花园此时充满柔和的颜色，主要是蓝色和淡紫色。这里有许多岩蔷薇，包括玫红岩蔷薇（*Cistus creticus*），一种小型灌木，茎上毛茸茸的，开紫色花朵。'雅各的梯子'花葱（*Polemonium caeruleum*）的蓝色花朵、迷迭香和'鲍威尔淡紫'糖芥（*Erysimum* 'Bowles's Mauve'）的紫色花朵挤挤挨挨地生长在薰衣草边上。薰衣草有好几个品种，包括'海德柯特'（*Lavandula angustifolia* 'Hidcote'）和'皇家珍宝'（*L.a.* 'Imperial Gem'）。柔和的蓝紫色和岩蔷薇混和出完美的效果。薰衣草的香气，与周

围的颜色和光泽、简单的布局一起，使农舍花园成为一个可以凝神静思的地方。

从印度门进入农舍花园，你会看见一棵'无名的裘德'攀缘蔷薇（*Rosa* 'Jude the Obscure'），它那繁盛的、淡桃红色杯状花朵覆盖了印度门，散发出浓烈的果味香气。

另外还有其他出众的植物：在紫杉树篱的其中一个壁凹里，一棵大灌木省沽油（*Staphylea*）开出一大簇白色的花朵；它的边上是当归属植物，巨大的伞状花序上开着淡绿色的花朵。还有巨大的牡丹，开粉色和红色的花朵，以及柠檬黄的耧斗菜和华丽的深紫色鸢尾花。

下图：种着毛地黄的小路通向一座刻着"约克、韦茅斯和巴斯"的方尖石碑，是三地的石工技术学院送给王子的六十岁生日礼物。

上图：'帕迪的李子'罂粟为这个花园增添了柔和的色调。

'卢贝卡'森林鼠尾草（*Salvia nemorosa* 'Lubecca')、荆芥、老鹳草和翠雀花，占据了地中海花园，这个花园现在被当作农舍花园的一部分。

王子经常会收到植物和花盆。为王子挑选合适的礼物是不容易的，但是大多数捐赠者都很聪明，知道他非常热爱自己的花园。花盆会定期送到海格洛夫，送来后并不是随便摆放在各处，其中一部分组成一串放在印度门边上青草茂盛、长有鳞茎植物的地方。在这里，一组九到十个来自意大利、非洲、约旦和南非的花盆高低大小各异，精巧地排列好，并且种上植物，可以展示当季开放的花朵。

这里还有其他的一些人工制品：几个人的半身像，他们对查尔斯王子和海格洛夫有着影响力，或是其他一些重要的、有影响力的人。有莫里斯·麦克米伦（哈罗德之子）的半身像，奥文登的麦克米伦子爵，是一名议员，在海格洛夫住过一段时间，他的半身像是安杰拉·康纳在二〇一〇年制作的。它被摆放在紫杉树篱上的一处壁凹，那里能看到的景色与他离开时的完全不一样。另一座是劳伦斯·凡·德·波斯特爵士的半身像（由弗朗西丝·巴鲁克制作），是一位亲密的朋友，对王子的生活有着重要的影响。另外，在此地有住所的朋友是艾伦·麦格拉申医生，他是精神病学专家，还以飞行员身份参加过"一战"。

当初，海格洛夫被康沃尔公爵买下时，农舍花园的最西端生长着密不透风的月桂树丛。康沃尔公爵联系了朱利安·班纳曼和伊莎贝尔·班纳曼，想请他们来看一下，他想兴许可以建一条步道或隧道。如今，当你离开农舍花园的时候，你便走在一条圆石铺就的小路上。这条路一开始是呈直角，接着在一大圈发散状的石头边上改变方向。这一圈石头中间是一座方尖石碑，坐落在一个三脚架上，上面刻着"约克、韦茅斯和巴斯"，意味着这是三地的石工技术学院送给康沃尔公爵的六十岁生日礼物。月桂树丛经过修剪，如今位于小路上方，形成了幽暗、气氛独特的隧道，这与开阔的、时常开出鲜艳花朵的草地美景形成了强烈对比。

98

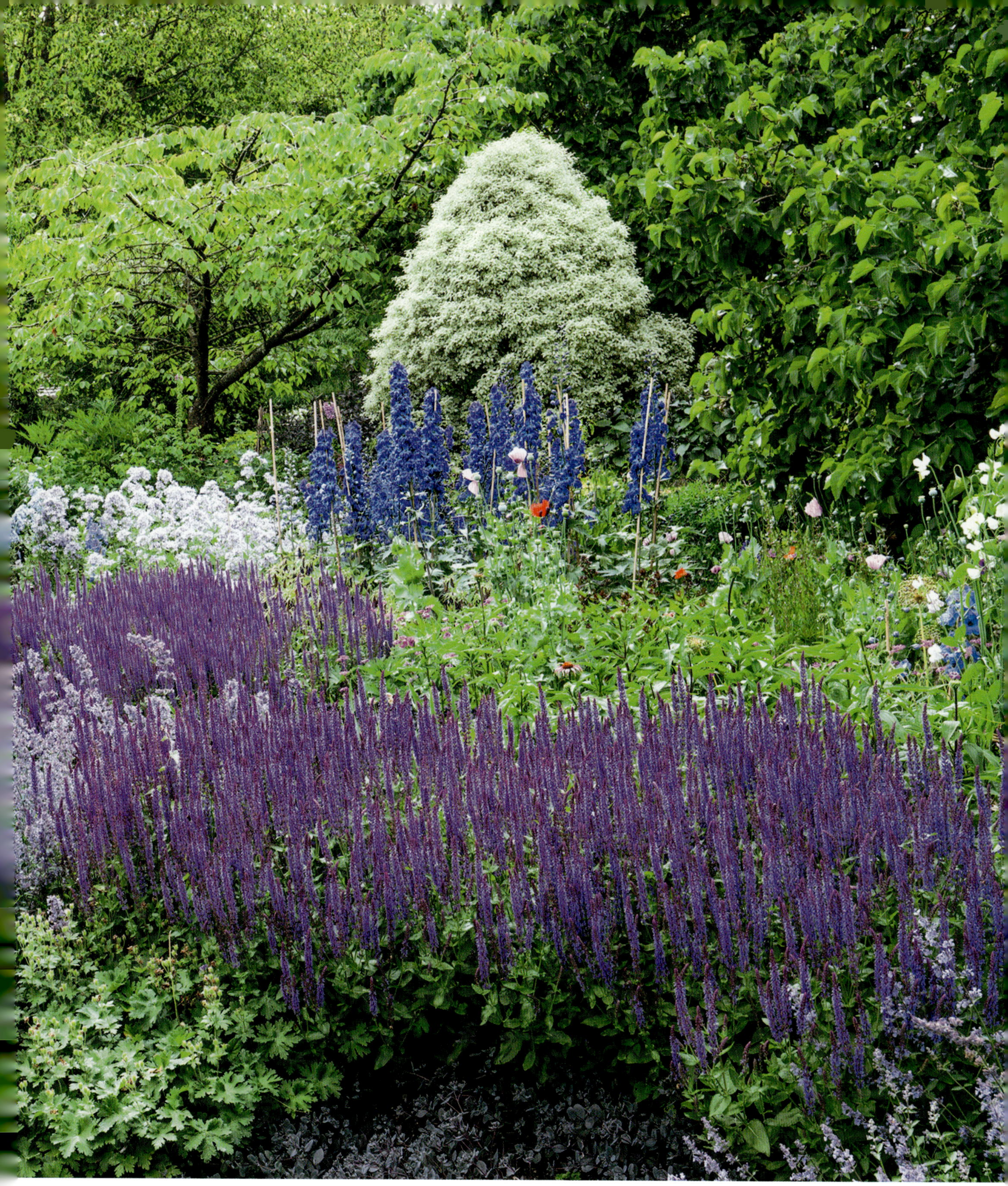

右图：攀缘蔷薇绕着藤架下面的圆形石柱，这样能使植物的花开得更多。

蔷薇藤架

如果你从农舍花园的尽头朝房子方向走去，会经过一个非常宽阔的藤架，装饰着蔷薇和紫藤。虽然这个花园是连接农舍花园和草坪、平台花园的步行道，那呈螺旋状盘绕在柱子上的蔷薇，其香味和色彩都会让你不由得停下脚步。深受喜爱的攀缘蔷薇品种包括：'保罗·史密斯爵士'（Rosa 'Sir Paul Smith'）、'红晕诺瑟特'（R. 'Blush Noisette'）和'阿尔弗雷德·卡里尔夫人'（R. 'Madame Alfred Carrière'），粉色、白色以及淡紫蓝色的花朵和周围的蜜糖色的石头建筑形成强烈的对比。

这处花园本身就有宁静、自成一片小天地的感觉，两边是低矮的的科茨沃尔德石头建筑，与房子相连，亦构成了花园的边界。虽然海格洛夫是一个巨大的花园，里面的许多小空间却让人感到亲切，许多访客都觉得海格洛夫是一个令人流连忘返的地方。

紧挨着那个垒高的、种着喜酸性土壤植物的花圃，长着一棵紫杉树，它为这个花园遮阴凉。靠近藤架朝西的那道长边的建筑的墙体亦为藤架提供了荫蔽，种着一丛丛宽阔的灌木，长得很茂盛。扁桃叶大戟（Euphorbia amygdaloides var. robbiae）柠檬绿色的花朵紧挨着银莲花和长着光滑叶子的墨西哥橘，它们一同装点着这处长廊的外围。

由查理·莫里斯设计的藤架，替代了原先的从平台西边起、通向远处的马厩场院的步行道上方的木头藤架。而那些之前就有的攀缘植物都被保留了下来。

那些圆形的柱子，看上去好像干砌而成，是在建地基的时候造在木头藤架的一边，以防止攀缘植物的根系受损。这个藤架是查尔斯王子五十岁的生日礼物，海格洛夫的园丁们用了超过七吨的栎树木来建造。

架在柱子上的栎树木横梁投下的影子点缀着下方狭窄的小径。路面是用约克石拼铺而成，风格自然，砖头和小石块之间嵌有令人称奇的图案，包括用来纪念二十五周年、六十周年的石头，一块铸造小圆盘上刻着"ER1970"。

站在栎树亭的出口向后看，目光不由得集中在奇彭代尔中国风式木头长椅上，长椅漆成浅蓝色和深粉色，奇妙的颜色搭配，在设计上也辉映了威尔士亲王的羽毛徽章。威尔士亲王对颜色搭配很有心得，此处富有创意的撞色搭配提升了整个空间的气氛。

"我参观过马拉喀什伊夫·圣罗兰博物馆的花园，非常震撼，比如那些花盆和座椅的颜色和搭配。我想，我必须也试一下，"查尔斯王子回忆道，"因此，我拿来了一大本十八世纪颜色色谱，沉浸在思考和试验哪种颜色跟哪个事物更搭配的乐趣中。"

紫杉扶壁勾勒出这处休憩地的轮廓，六月，一棵开着淡紫色花朵的紫藤覆盖了它攀着的科茨沃尔德石头建筑。藤架通向农舍花园那一端有一棵老椴树。在树干底部有许多小幼苗，即休眠芽生发，对于这个树龄的某些椴树品种来说是很正常的。因为自始至终都尽可能地顺应大自然，殿下决定让这些毛茸茸的东西自由生长，不去迁移它们，并把它们修剪成形状奇特的一簇。

从农舍花园向下沿着藤架往房子方向走，在这处景观的末尾你将看到一把三向的柚木椅子。这把椅子是由斯蒂芬·弗洛伦斯设计的，于二○○三年完成，被称作拉奥孔椅子。斯蒂芬·弗洛伦斯跟建筑师利昂·克里尔一起工作了很多年，

设计了这把椅子时融合了利昂以前的创意，以表达对他的敬意。椅子每边各有一只绿色釉彩罐，这是康沃尔公爵夫人送给王子的生日礼物。后面的墙上镶着一块精美的石匾，石匾描述了拉奥孔和他的两个儿子的故事，这是对保存在罗马梵蒂冈博物馆原作的临摹。

也许这个小花园最令人称奇的设计是藤架两边草丛中布置出巨大的图形。其中一边代表着柏拉图的五元素说：土、水、气、火和以太；另一边则是十三种阿基米德多面体的前五种。它们建在略微隆起的小丘上，这样看上去更显眼。

站在藤架下方，朝西望去的景色非常迷人。起初，在平台这边，你能在宏伟的紫杉树篱里看见一个低矮的"扇形"。在这个扇形的中心，树木修剪出一只栩栩如生的老鹰，立在一只紫杉球上，振翅欲飞。朝老鹰的翅膀下方望过去，你能瞥到远处的草坪和枝干交错的鹅耳枥。在另一端的更远处，你能看到地中海花园，现在正是色彩缤纷的花朵怒放的时候。

杜鹃花路

殿下平时花很多时间在国外工作，顺便会欣赏当地的花园、建筑和风景。杜鹃花路是他去托斯卡纳山区冈贝莱亚别墅参观时产生的灵感。在那里，查尔斯王子被放置在割过的草坪上巨大的、规则摆放的瓮给吸引住了，那些瓮用来展示不同的落叶杜鹃品种。他解释道："看着这条小路，我便回忆起那时看着庞大的陶罐里种着落叶杜鹃，一路向下，当时就想，这真是太壮观了！"

你可以从四个入口之一进入杜鹃花路，但是无论你选择哪一条路径，四周都有一种宁静的氛围。这座线形的花园有简单而又富有韵律的结构：石子路的两边各有一排陶罐，种着一对对在五月末、六月开的落叶杜鹃。

二〇一〇年，王子决定把花盆里的土换掉，换上从桑德灵厄姆运来的酸性土壤，种上六种香气浓郁的杜鹃花品种，有着黄色、金色和粉色的色调。被选中的品种有'银色拖鞋'（Rhododendron 'Silver Slipper'），开白色和粉色的大花朵；'南希·沃特乐'（R. 'Nancy Waterer'），开金黄色花朵；纯黄杜鹃'紫叶'（R. luteum 'Purple Leaf'）和'温莎的玛格丽特公主'（R. 'Princess Margaret of Windsor'），它们开着深深浅浅的黄色花朵。

在这个迷人的花园里，植物的种植讲究搭配，同时又令人称奇。尽管落叶杜鹃是五月的明星，但是多年来，陶罐旁边不再是刈过的草，而是种着蕨类植物，为此地增添了阴凉、闲适的感觉。攀缘蔷薇、狗枣猕猴桃（Actinidia kolomikta，它的绿色叶子闪耀着白色和粉色的光），还有铁线莲，都沐浴在从这条使用频率很高的小路两边投射下来的低矮的阳光中，为花园增色不少。

当你从这条路走向狩猎女神戴安娜雕像时，会发现包围着厨房花园的高墙上覆盖着苍翠的绿色植物。傍晚，夕阳透过高高的紫杉树，照耀着攀缘绣球花多蕊冠盖绣球（Hydrangea petiolaris）那白色的花朵。

这条路中间通向植物园的开口是二〇〇四年

铁线莲（Clematis montana var. grandiflora）在杜鹃花路边的墙上攀爬，与周围的植物、花园的人造结构完美地融合在一起。

设立，这样就可以把这里日益重要的树木和灌木的收藏品种与花园的核心空间连接起来。这个进入植物园的新近入口有一处石头横梁，由安娜·里基茨雕刻，上面是埃及象形文字：

花园是夜空中星星的影子。

"同样，花园也是园丁的影子，是他或她的一系列想法和决定的延续。"查尔斯王子补充道。

在他这个园丁的身上，生活的轨迹已经发生了很大的变化。摆放半身像的地方，被称作"杰出人物之墙"。包括两个由安杰拉·康纳制作的半身像，分别是：作曲家、音乐家约翰·塔夫纳爵士和德文郡公爵夫人德博拉·卡文迪什；两个由艾丹·哈特制作，分别是：土壤协会主席帕特里克·霍尔登和伦敦主教理查德·查特斯牧师；三个由马库斯·科尼什制作，分别是：已故的米里亚姆·罗思柴尔德夫人、环境活动家范达娜·希瓦博士以及已故的诗人、学者凯瑟琳·雷纳博士。

一些半身像是放在入口上面的，其他的则被放在远一点的地方，在墙的上面，树冠下面刚好能看到的地方。沿着这个通路的两边都有漂亮的石头雕刻，它们刻画着缠绕的植物，边上有鲜花、水果、一只鼹鼠、一只老鼠、一朵蘑菇、鸟儿和其他精彩的大自然的细节。它们阐述了海格洛夫与大自然的共生关系，由王子创办的建筑学院的学生制作，每一个学生分别雕刻一组。

在入口边上，有一小块长在花坛中的长草和野花，这里本应该长着葱翠的蕨类植物。这是蒂嘎的坟墓，这只很受喜爱的杰克拉西尔㹴经常跟着王子在花园中散步。墙上有一块石刻，是马库斯·科尼什的作品，传神地表现了蒂嘎打盹时的样子。

这个花园中最鼓舞人心的景观之一是以狩猎女神戴安娜雕像为结尾的地方。雕像坐落在以突出S形拱门的高高的紫杉的前面，这样就巧妙地利用了对面的门和框架的轮廓。

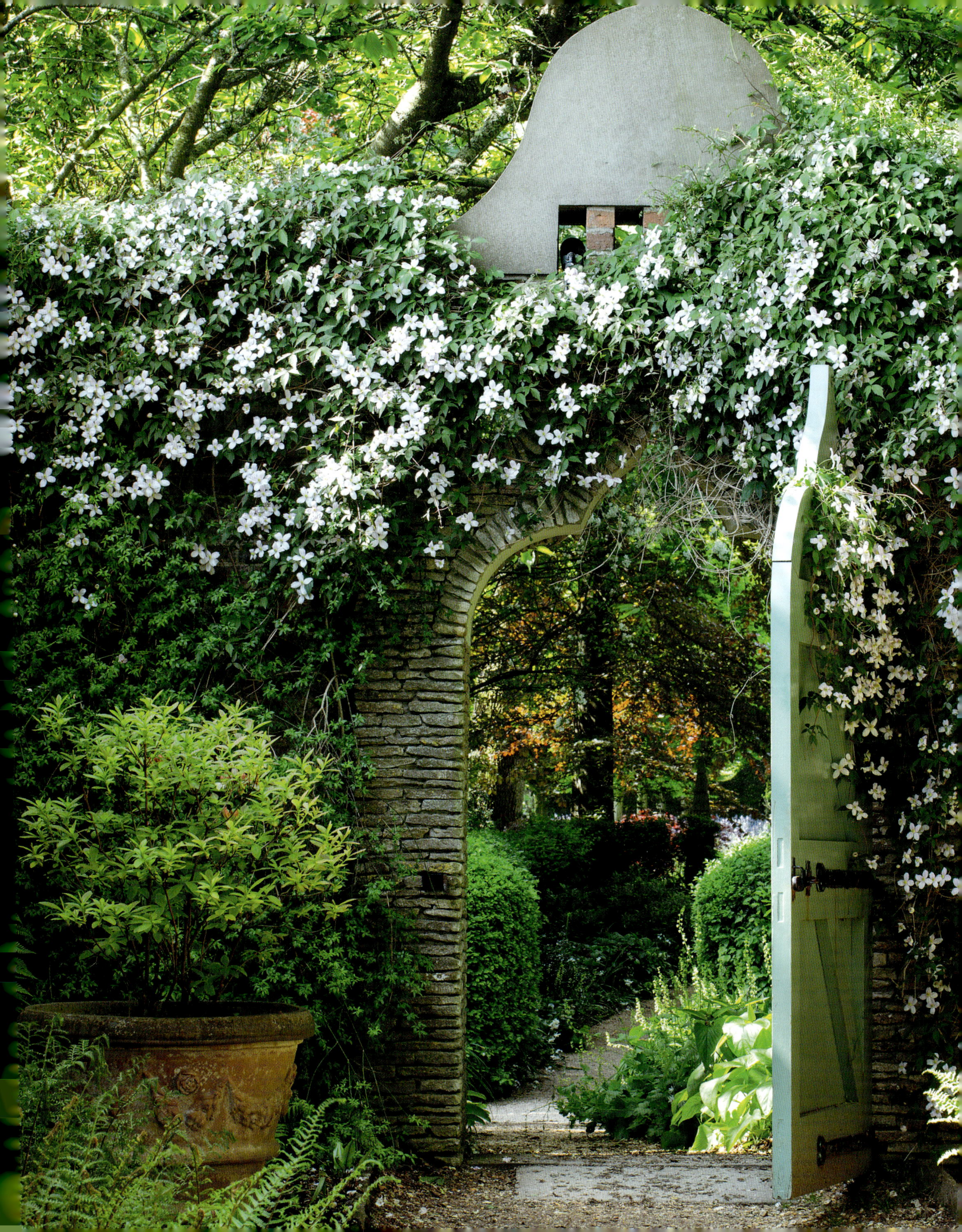

对面页 上图：不断重复的一丛丛'卡拉多那'森林鼠尾草（*Salvia nemorosa* 'Caradonna'）中点缀着白色的翠雀花和葱属植物。

左图：把厨房花园一分为二的平行的装饰性花坛正是繁茂的景象。

中心图：'蓝色黎明'翠雀花　　　右图：纸花葱

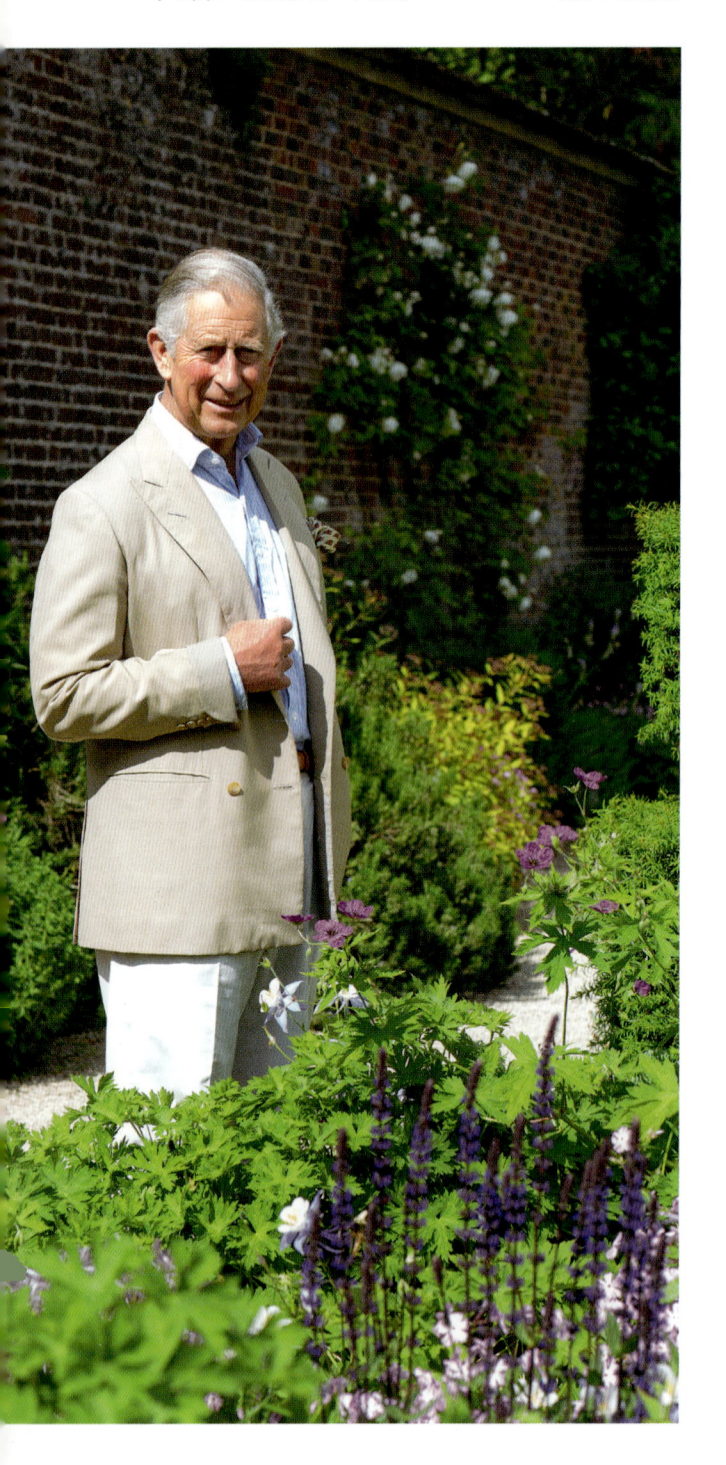

厨房花园

　　五月末、六月初，厨房花园是海格洛夫最具有感官震撼力的花园之一。尽管它主要是一处种植蔬果的地方，在墙内还是有许多装饰性的植物和精心规划的空间结构。种着草本植物的中心花坛里是深浅不一的蓝色、粉色和紫色。和墙基边上生长的果树交织在一起的装饰性植物吸引着益虫的到来。装饰性的花朵、强烈的设计感和有机的属性，种种特征使这个花园成为这个国家里厨房花园中的佼佼者。

　　处于中间位置的东西向金属架把花园隔成两部分，苹果树便附着金属架生长，此时，垂下许多淡粉色的花朵，当你在下面漫步时，它们似乎散发着令人垂涎欲滴的甜苹果的香味。这醉人的香味欺骗了你；拱架上缀满苹果、访客不断地评论这里的"苹果"真香时，它就弥漫在空中。其实这种香味来自下面——两边各有一行锈红蔷薇（*Rosa rubiginosa*）。这种蔷薇有散发甜香的叶子，那苹果的香味在雨后或当它开始新一轮生长时会变得非常强烈。春天，路的两边是淡奶黄色的报春花和铁筷子，当拱道被植物稀松地覆盖住的时候，这条道路也显得愈发吸引人。

　　其他的线型种植为这处几何形状的空间增添了强烈的造型感。种在两米开外的苹果树，排列在中间两组四个长方形花圃的小径边上。这是最早的厨房花园的计划的一部分。它们生长力很旺盛，因此每一年都要修剪它们，最终剪成了高脚杯形状。一方面可以减少阴影，另一方面也能防止它们跟菜地里蔬菜的根纠缠在一起。有些树木的树干上有神奇的橙色苔藓——没有害处，但这也表明它们已经过了生长旺盛的阶段。围绕着花圃、长到脚踝高度的植物是低矮的香科属树篱（*Teucrium × lucidrys*）。这是种植历史悠久的芳香植物，顶端的叶子是有光泽的绿色，下面的叶子是暗淡的浅灰绿色，此时，开着一团团粉紫色的

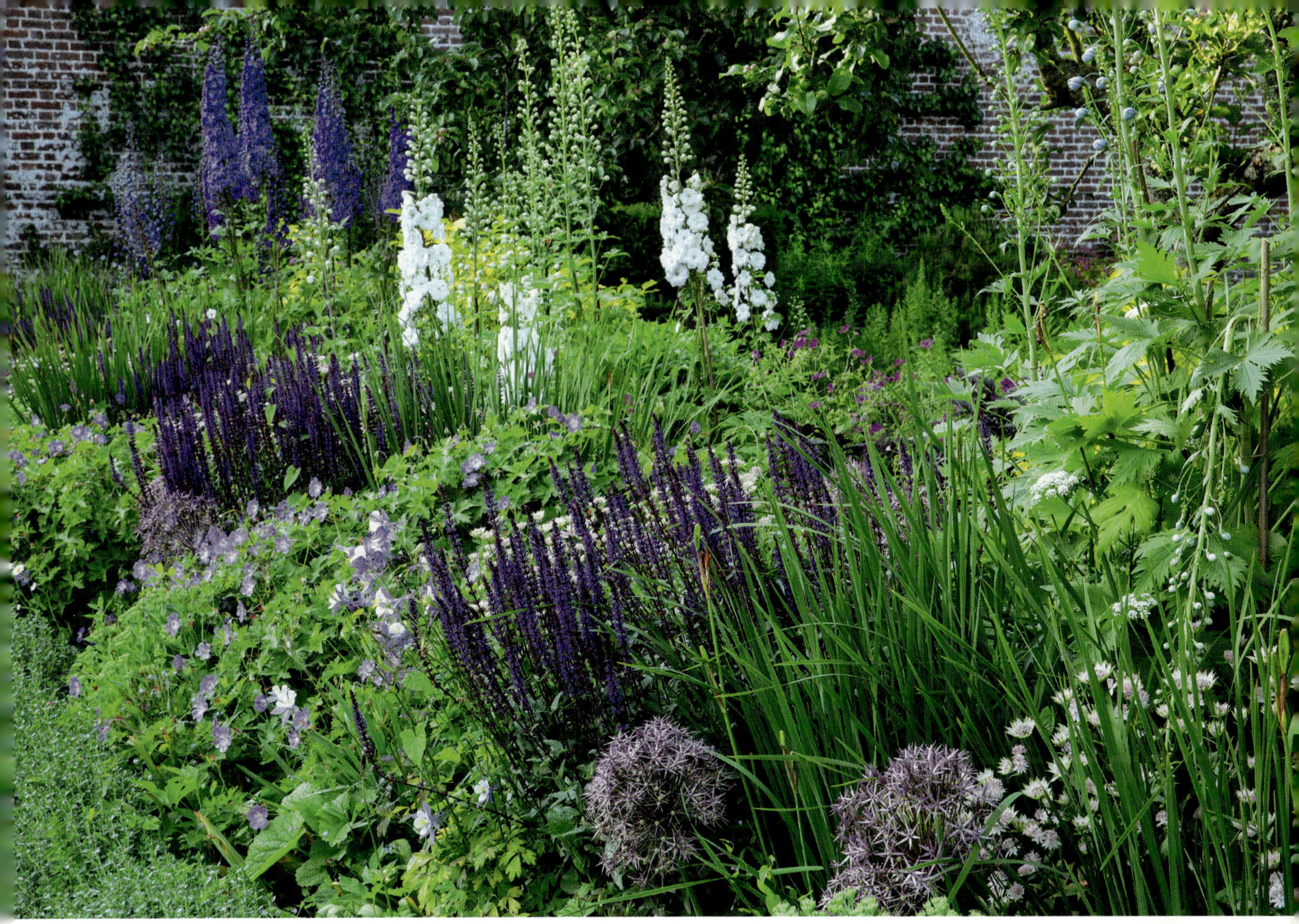
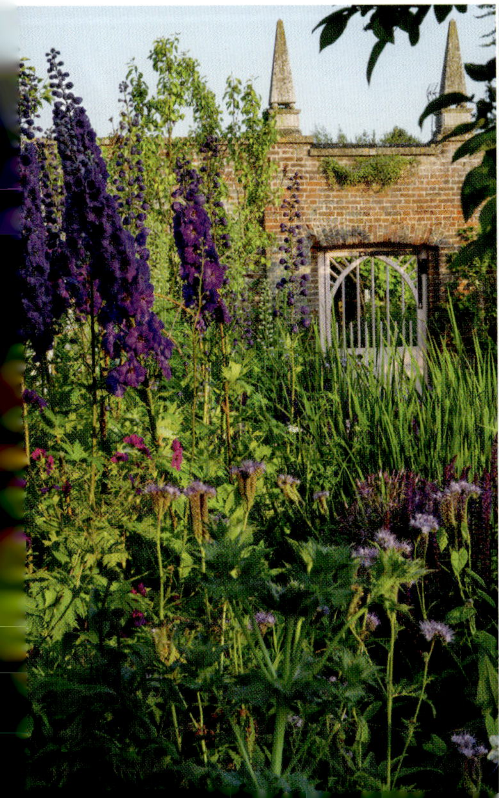
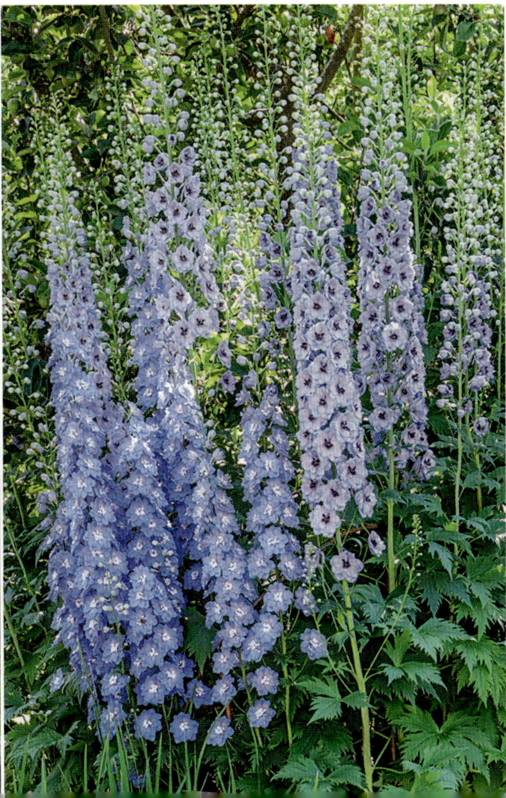
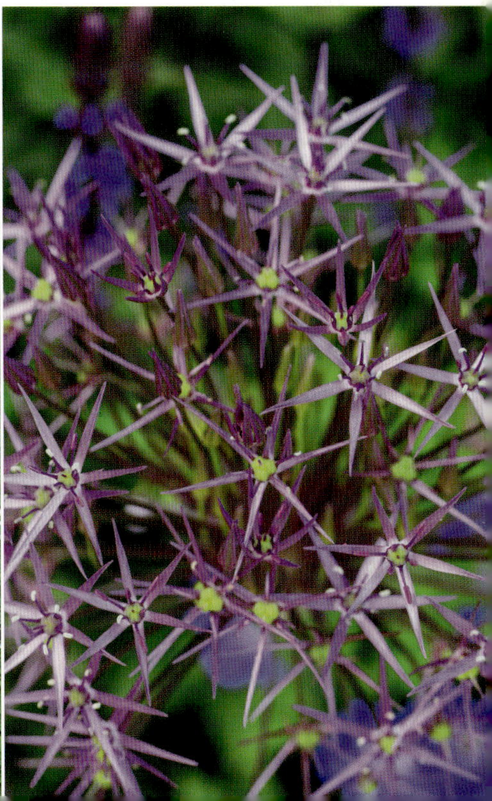

这棵攀缘蔷薇被认为是'亚历山大·吉洛'蔷薇，它在厨房花园的棚架上繁盛很多年了。

花朵。蜜蜂喜欢在组成宽阔的草本篱笆的花海上忙碌。从前，花圃周围种的是矮种黄杨树篱。这种植物是查尔斯王子计划的重要组成，因为黄杨树篱线条干净、醒目，整年看上去都很棒。这种抽象的形式美与卷心菜、花茎甘蓝的实用性质的美形成对比。不幸的是，树篱感染了黄杨枯萎病，杀菌剂也没有效果，不得不全部移除。香科属树篱，需要三千棵，在二〇〇八年一月种下，这种树篱风格显得更自然，而且可以开花。

另一个不能错过的特殊风景是四处棚架，缠绕在上面的蔷薇在盛开的时候看上去是那么华丽。这里的蔷薇和攀缘植物经过了细心选择，"这样的话两处藤架就能在一起开花，有时候甚至四处棚架可以一起开花。"棚架上的蔷薇枝繁叶茂，在经历了春天的大修剪和绑扎后，这些植物生长得很快。

这里种有：'保罗的喜马拉雅山脉麝香'，小巧精致的攀缘月季，开柔软的粉红色花朵；'海鸥'，开白花的单瓣品种；'巴黎攀缘蔷薇大丽花'在四月和稍后的夏天开出精致的、粉色小花朵；'阿伯丁'，查尔斯王子最喜欢的品种之一，开一串串粉色的花朵；'艾米丽·格雷'，一年开一次黄花；'阿德莱德·德奥尔良'，开一串串奶油粉红色的花朵；'桑德的白蔓'，一年开一次白花。另外，还有白色和紫色的紫藤、忍冬和铁线莲绣球藤。

放在每处棚架下面中心位置的是一大棵常绿杜鹃，种在花盆里。七月，它将被绣球花代替，杜鹃会在厨房花园再放一年，直到王子认为它长得足够大了，能在植物园里占有一席之地。这时，一棵小一点的杜鹃会代替它的位置。

混和花坛此刻正处于巅峰状态，有着令人着迷的鲜花和色彩。在四月的初期，这里开出一片片淡粉色、蓝色和深紫色的风信子，使空气中弥漫着芳香。这里的颜色主题是王子最喜欢的色彩

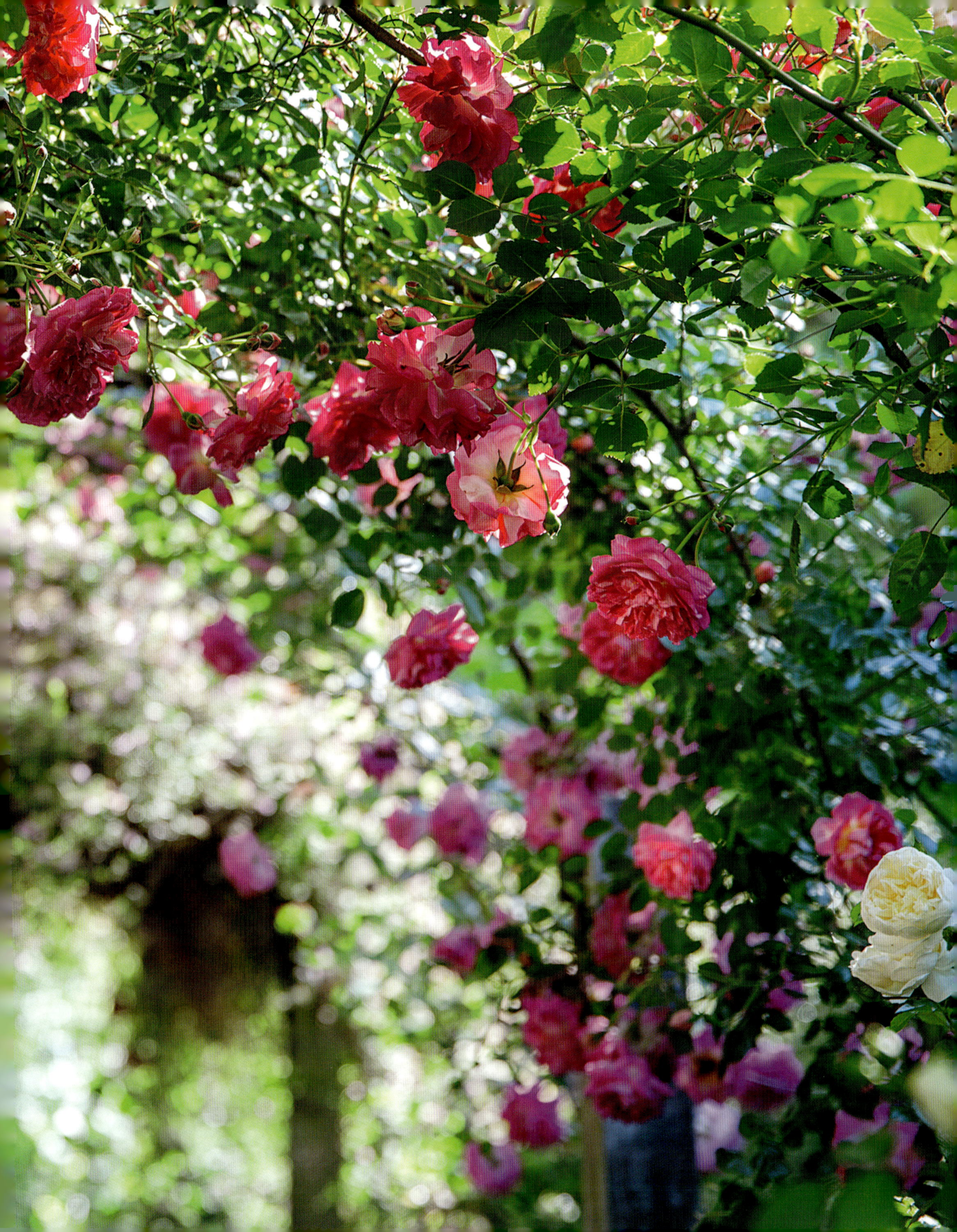

搭配，是形成宽阔的长条的灰粉色、深蓝色和紫色的母体，这些花朵沿着石子路又迂回到花圃边上一排排老苹果树那里。

最有意思的季节是初夏到仲夏，这时的明星是三组大的翠雀花和三组松果菊。翠雀花都是高大群杂交品种，比较好养活，寿命也比其他杂交品种长，可以长出3米高的蓝色、白色或者紫色花塔，分别是'蓝色黎明'、'白色皱褶'和'切尔西之星'，十分壮观。被选中的松果菊是'布雷辛厄姆杂交品种'，扎根于肥沃土壤，可以长得超过一米。它通常也叫金花菊，从六月一直开到秋天，长着橙色的圆状中心，边上是紫红色的花瓣。

蓝色色谱集中体现在西伯利亚鸢尾身上（*Iris sibirica*），它有着天鹅绒般柔软的紫罗兰色花朵；还有'卡拉多那'森林鼠尾草（*Salvia nemorosa* 'Caradonna'），跟鸢尾不同的是，它会从现在起一直开花到十月。'罗珊'老鹳草（*Geranium* 'Rozanne'）是蓝紫色的，是牻牛儿苗科不育品种，这意味着它的花期会长很多，从现在一直能开到秋天。'克莱门氏橙红玫瑰'普通耧斗菜（*Aquilegia vulgaris* 'Clementine Salmon Rose'），毛茸茸、淡橙粉色花朵中心是淡黄色，为这个混合的色谱增添了柔和的色调。

鳞茎植物强调令人陶醉的色彩，并从草本的同类中得到提升。欧洲百合（*Lilium martagon*）是一种开很多花的百合品种，每个茎上大约有12朵，高高的花丛在老苹果树下看上去尤为优雅。这些奇特的花朵的颜色从柔和的深褐红色到淡紫色到白色，在太阳充足，亦或在较为阴凉的地方都能长到超过1.2米高。作为额外的奖励，到了秋天，它们的种穗会因为沾着露水或披着一层霜而形成迷人的轮廓。

婴儿的呼吸——'节日白'圆锥丝石竹（*Gypsophila paniculata* 'Festival White'）和'节日粉'圆锥丝石竹（*G.* 'Festival Pink'），它们的花期从五月一直延续到十月，在这期间要为它们去顶花。它们小小的花朵开得繁盛，无论放在户外还

下图：厨房花园笔直的线条被六月繁茂的植物所掩盖，没有哪两处花圃是一模一样的。

右图以及次页图：六月，花期很长的'劳布雷特'蔷薇垂挂在中心的水池旁；它的圆形花朵呈杯状，显示了它是古老的蔷薇品种。

是被安排放在室内以增加新鲜感和吸引力。毫无疑问，所有这些观赏植物都有助于营造氛围，同时，它们也吸引着很多有益的昆虫，如食蚜蝇、蜜蜂、黄蜂和蝴蝶。

花园里到处是蔷薇，它们那短暂的美丽、芳香和热情是英国围墙花园的一部分，假如没有了它们，反而显得奇怪。这些蔷薇都是有机种植，必须是健康的植株；假如它们爱发脾气，不断地感染黑斑病和霉病，就必须移除。这便是降临在'勒沃库森'身上的命运。不能保留这种蔷薇，因为选择有机种植，不论是蔬菜还是装饰性植物都必须选用强壮、健康的品种，这样才不会招致疾病和感染。

当前，古老的蔷薇品种'罗莎蒙迪'是最迷人的，它的半重瓣的花朵是深洋红色的，带着粉色和白色的条纹。这种花据说是以十二世纪亨利二世的情妇美人罗莎蒙德的名字命名。在海格洛夫，它们被种植在苹果树下。

藤架上的香豌豆和红花菜豆形色兼备。豆角采摘后，凋谢的香豌豆的花朵会被摘下，促使其开出更多的花朵，芳香和色彩也会持续得更久。藤架所用的带子都是用可循环材料做的，这样能帮助藤架很好地融入到自然环境中去。制作藤架的榛木和柳树要么第二年重新利用，要么剪下来用作护根。

在这个季节，最忙碌的地方是芦笋园。这些芦笋是十五到二十年前种植的，在收成好的年份里可以收获一千支广受欢迎的美味芦笋。一块新的土地将会被开垦出来，但这意味着要等上漫长的三年时间才能有收获。最近，一些新的芦笋被种在一处棚架的边上；选择的品种是要确保收获季节较长，起初是'吉恩林'，一种早熟的雄性品种，长着中等厚度的嫩枝；'阿里安妮 F1'是大量出产厚嫩枝的早熟品种；'贝克林姆'，一种厚枝晚熟的雄性品种；'太平洋紫色'，出产紫色的甜嫩枝。在海格洛夫有条规定，那就是在六月二十日之后就不能采摘，这样作物能更好地休息，为来年储存能量。

跟花圃一样，独轮手推车每周都是满载而归，载着生菜、嫩甜菜根、小而甜的胡萝卜、大黄、蚕豆、豌豆和菠菜，还有一大捆一大捆的芦笋，偶尔有些早熟的马铃薯，所有这些都会被王室厨师做成美味。正如任何一个小块园地经营者和菜农所了解的，自家出产的农作物的魅力在于它的新鲜和风味。对于任何一名厨师来说，加工如此新鲜的原料，收获的是巨大的满足。

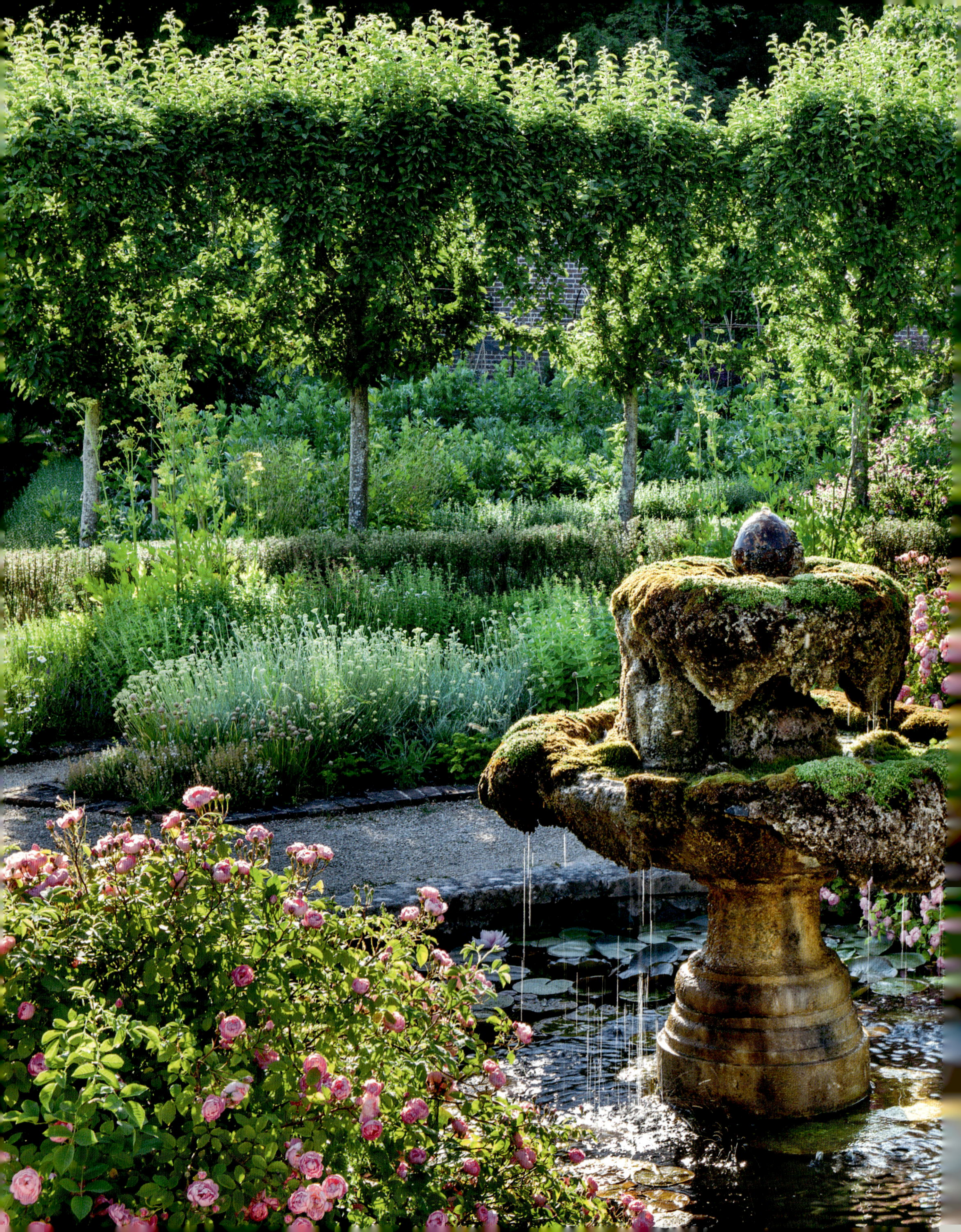

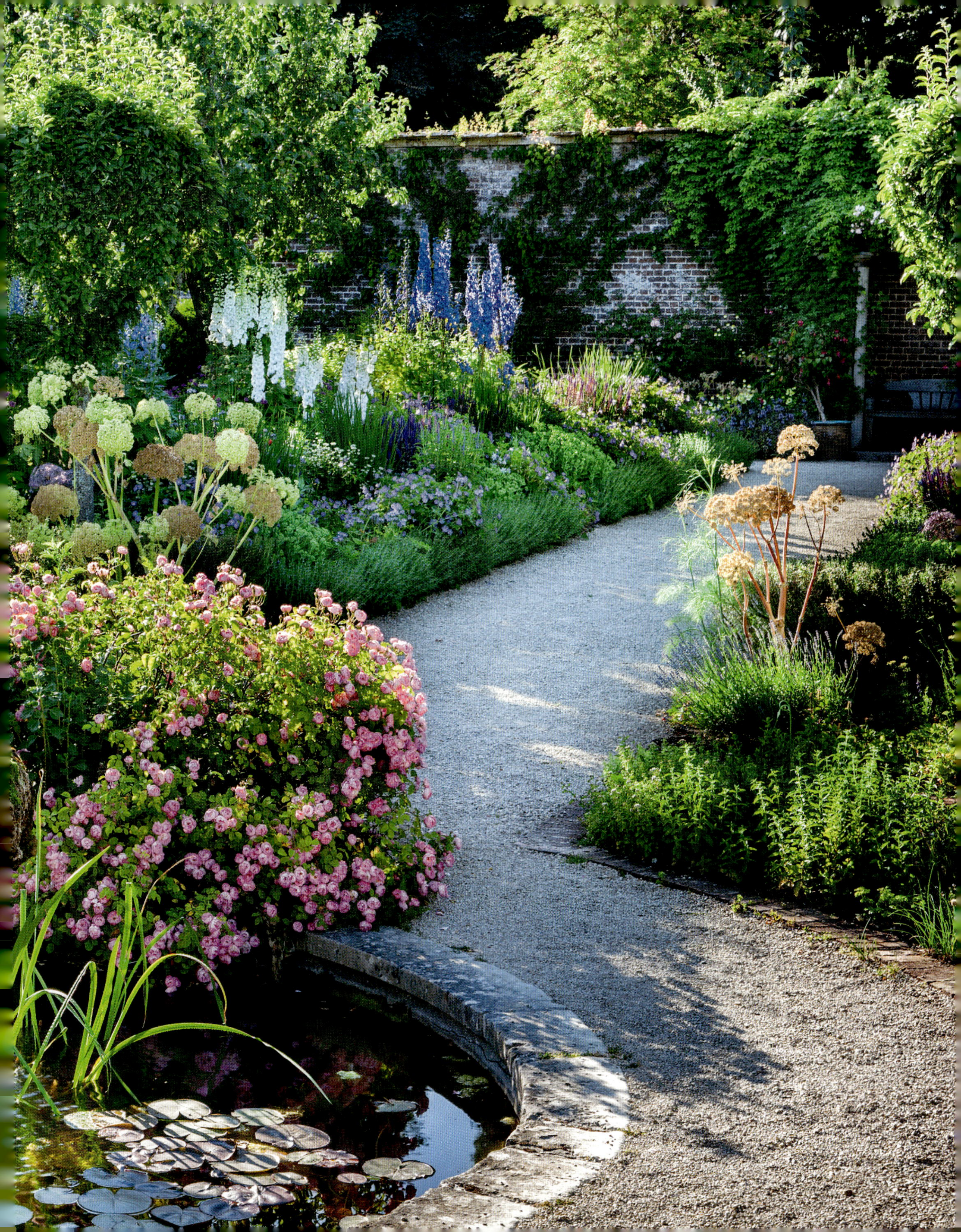

'浮士德'
翠雀花

JULY
七月

❝ 蔷薇竞相开放，我最喜欢的品种之一是生长在印度门上的'无名的裘德'。在平台上，羽衣草形成了一片片淡黄色的花毯，和生长在石子路上缝隙里的所有地中海植物互相点缀。牛至已经开花了，假如太阳很烈，它的花上会满是忙碌的大黄蜂和蝴蝶——紫铜色翅膀的小蝴蝶、孔雀蝶、草甸褐蝶和菜粉蝶。在厨房花园里，中心的花坛现在正是最好的时候，我满怀赞许地看着花坛后方一丛丛高昂着头的翠雀花，有七英尺高，开着紫色、蓝色和白色的花朵。所有的蔬菜都长得很好，比如少见的紫色小胡萝卜；突然，成片的草莓、覆盆子和醋栗都成熟了。地毯花园现在已经颇具规模，而草地花草蔓生，草的颜色已经转深。前车道上，现在盛开着一片片淡紫色蓝盆花、紫色矢车菊、黄色金丝桃和甜香的蓬子菜，它们占据着那片区域，成为一队队拍打着翅膀的蝴蝶和嗡嗡飞行的蜜蜂的植物加油站。❞

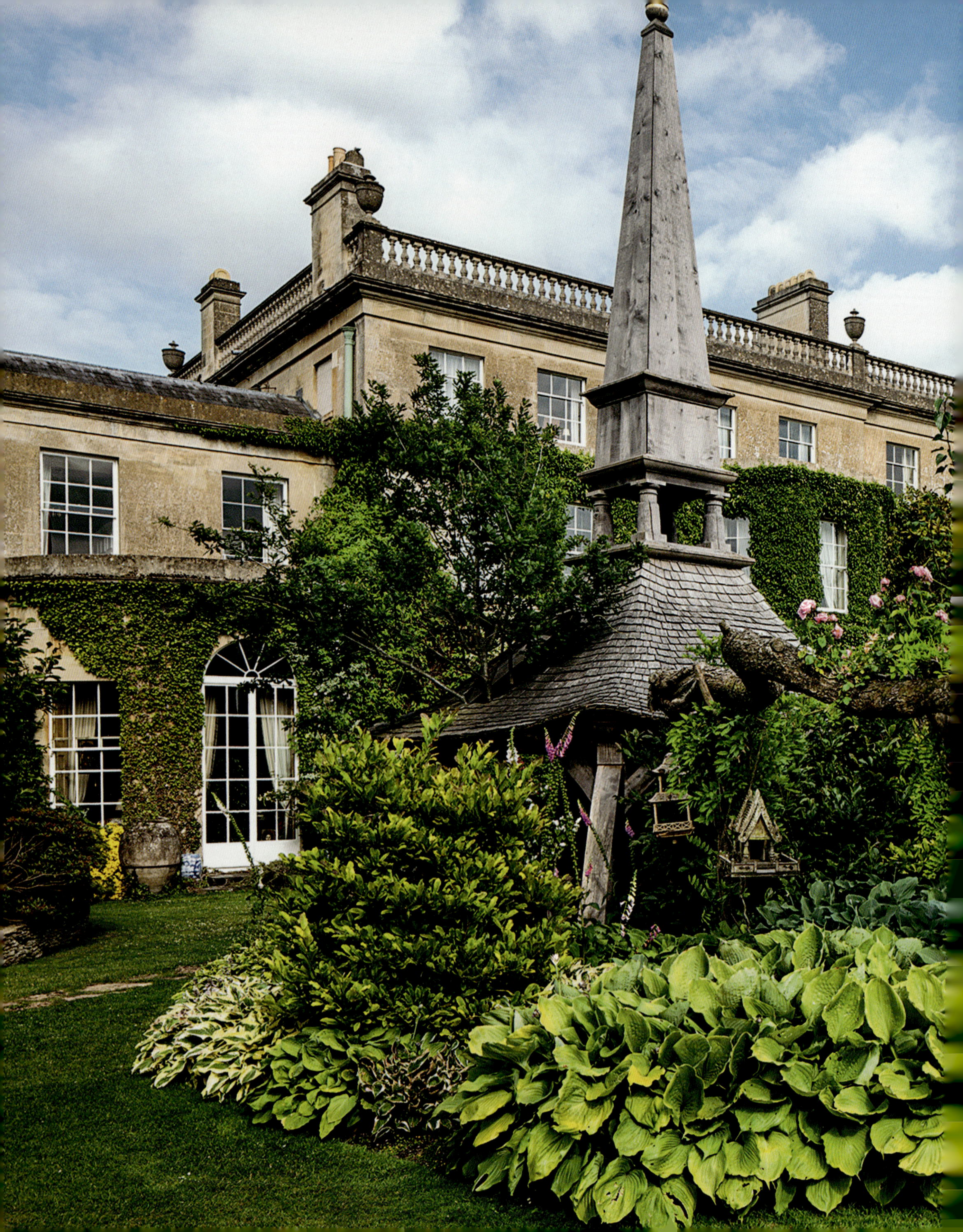

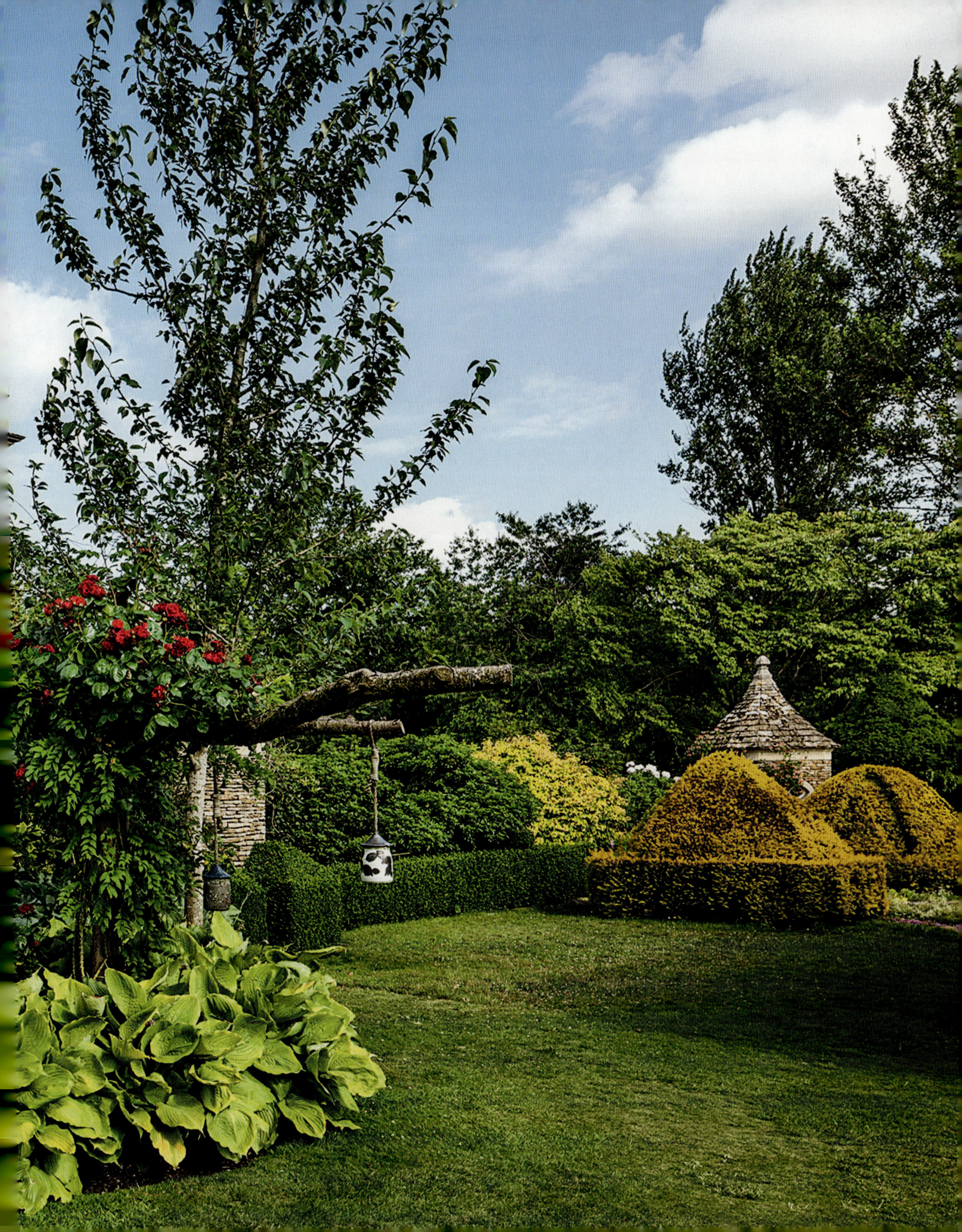

在炎炎夏日里进入地毯花园，就仿佛来到了一处富有异国情调的地方，迎接你的是醒目热辣的颜色、令人眩晕的香味和潺潺流动的河流和喷泉。另一方面，草坪在这个时候最具英国特色，草已被收割，草坪的颜色因此转淡，在别处饲养的莱恩羊不久会来到这里吃草。草坪又被称为"刈过草的绿地"，看上去却青翠，因为长着厚厚一层香草。当太阳高高地挂在空中、气温升高的时候，旱谷花园有着受人欢迎的阴凉和瑰丽的夏末色彩，而此时，其他植物开始衰败，把自己的能量要留给可以培育下一代的种子上。

前页图：红色的'海格洛夫'蔷薇和粉色的'家，甜蜜的家'蔷薇沿着自播的栎树树苗生长。

右图：平台花园中的旱金莲开始在棱锥形支架上开花；青黄色的羽衣草稍后将被剪割，以便延长花期。

"草坪"

海格洛夫因开满野花的草地而著名，相比之下，"刈过草的绿地"名气小些。称这里为草坪并不准确，因为草并不占据主要位置——还生长着无数的香草和野花。"我也爱苔藓，"查尔斯王子承认，"有时候我觉得我想让更多块草地自己生长，因为我想看到许多野花冒出来。创造一片割过的和不割的混合草地，留下一小块不割的草地，看看能长出什么来是一件相当有趣的事情。"有意不用除草剂和肥料，同时使用有机园艺法，实现了植物的多样性。不仅访客有观赏的乐趣，更吸引了越来越多的蝴蝶、蜜蜂和其他昆虫。

完美、平坦的绿地不时地有点睛之笔。紧靠着紫杉树篱的地方有四条覆盖着青苔的石头长凳，一边两条。每条长凳边上都有两只希腊瓮，里头种着绣球花（圆锥绣球），一簇簇松散的金盏花（*Leucanthemum vulgare*）挤在底部，亮闪闪的白色花朵跟深色的紫杉形成鲜明的对比，在黄昏时分绚丽夺目，尽管它们的名字很普通。虽然六月是金盏花之月，就像传说的那样，它一般在仲夏开放，花期经常会较长，尤其是给它们按时打顶的话。

为了烘托造型典雅的长凳，每边各一组日本赏花海棠（多花海棠 *Malus floribunda*），亦为此处平添亲密感，一个使人放松、可以坐下来欣赏繁花的地方。这四处小小的"凉亭"被安置在相当开阔的绿地上。

大部分的草已经刈过。留下的草是为了装饰大树下方的地面，有些大树在殿下搬到海格洛夫之前就在这里了。树下的草现在长得非常高，开着美丽花朵的茎杆在微风中摇曳，捕捉阳光，好似翻滚的浪。

离房子很远的左边角落里有一棵巨大的黄色悬铃木。还有一棵成熟的爱尔兰紫杉，已经长得很宽阔，正如锥形紫杉应有的样子。相反方向新近种了一棵悬铃木，有棵修剪过的紫杉

左图：色彩缤纷的羽扇豆在扶壁花园中展出（扶壁花园在农舍花园的尽头），那里用来试验色彩计划。

上图：四座描述四个季节的意大利雕塑，放置在草坪上两排鹅耳枥的中间。

左图:"割过的绿地"上鼓励香草生长,这样能在干旱的夏日里保持住绿色。

右图:几个不同品种的紫杉被修剪成古怪的形状,包括一棵种在背靠背凳子中间的。

来支撑它。它们都是一棵布满青苔的老玉兰树(Magnolia×soulangeana)的邻居,玉兰如今已经超过 4 米宽。有时早在五月底,巨大的瓶状花朵就开放了,花朵是白色的,中心有着深红色的条纹。还有几棵不同品种的山毛榉,是查尔斯王子刚来这里的时候种下的,到现在已有三十多年的树龄,均是高大、健康的重要品种。

海格洛夫的"草坪"是比那些自称传统的地滚球绿色赛道还要肥沃的栖息地,它们不像传统的草皮,要经过播种、喷杀虫剂、松土透气或者施肥。草坪主体用汽缸除草机除草,割下的草被制成堆肥,这样为花园其他部分提供养料的堆肥便可以积累下来。草坪会一直保持葱绿色,遇到干旱也不例外。以前,当草种得较多而香草较少时,草坪在干旱的夏天会变成卡其色。香草和许多不同品种的草帮助解决了颜色难看的问题。夏枯草、百里香、雏菊和其他植物逐渐占领了这个空间,不同品种的草也扎下了根,长势茂盛。这些植物的抗旱能力更好,因此即使是在极热、极干燥的夏天也能茁壮成长。

百里香路两侧是枝干交错的鹅耳枥,它们是大约一九八七年时种植的。这些树是绿色建筑的组成部分,壮丽的风景可以一路延伸到鸽房。即使在冬季,亦呈现出强烈的造型感。一九八九年,罗伊·斯特朗在意大利找到四座精美的古典造型雕像(代表着四个季节)。它们现在安放在两排鹅耳枥的中间,提升了整个花园的氛围,使得这里非常适合一位国王。

还有一些精美的石头长凳,它们被安置在百里香路,并且俯视着草坪。殿下对柏拉图的立方体非常感兴趣,因此他让斯蒂芬·弗洛伦斯设计了四条长凳,每一条长凳的靠背上都雕刻了一种立方体,第五种立方体,宇宙,由一个雕刻的石头五角形代表,这也是坐落在百里香路中间的一个十二面体的顶部。假如你站在这个石头上看长凳,会发现每一条都跟其中一个雕像成一直线。

草地

如今屡获好评的野花草地于二十世纪八十年代初开始培植，在丰富性和多样性上逐步扩展。这是细心培育和不断改进维护草地的技巧的结果。没有什么是一成不变的，每一种方法的使用都由不同的实际情况所决定。

人们经常忽略的事实是草也是一种丰富的花粉来源，是蜜蜂、昆虫、蜘蛛和许多其他节肢动物的重要食物。对蜜蜂同样友好的还有椴树——长着红色嫩枝的'鲁布拉'阔叶椴。现在这个时候，嗡嗡的蜜蜂正在树上挂着的一串串小小的、白中带点黄的花朵间采蜜，这些小花可以采下来，晒干后泡茶喝。每隔几年，较矮的枝条会被抬高，以便形成典型的哥特式弯拱，这样便可以如框架般衬托远处鸽房的美景。这些椴树是"爱树人"组织的捐赠，每个分部捐赠一棵，一共是 36 棵。

椴树是理想的夹道树，它们在疏松的石灰土上也能迅速扎根，比其他优质的夹道树木如橡树、栗树和山毛榉要快得多。

到了七月底，大多数野花和草类已经结籽，草地看上去也颜色变淡，显出疲态。在刈草之前，通过刷毛法来收集种子。有梳理草的机器，在圆柱体上面滚动草茎，这样就可以使收集到的小梗和种子进入储藏盒。收集的种子铺在防水布上晒一天，赶走所有的虫子，接着晒一个星期，最后选种。选种时用筛子扬选，筛走不要的草梗，尤其是峨参，它的种子比较大。接下来晒干和储藏种子，以便在新的地方播种。如果种子新鲜的话，许多野花就长得好，所以自己收集种子意味着你知道它的关键数据——来源和年份。

前页图：野花草地是成功的，每一年都有新的植物冒出来。
右图：八月起就要用奥地利式镰刀割草了。

在七月末、八月初时，海格洛夫的园艺团队准备开始割草。如今每片土地上的植物种类都愈发丰富，割草不能一蹴而就，而是要在一段时间内完成，来确保在割草之前，有价值的种子已经播种，这样各种植物就可以适应这种变动。

割草的方式需根据天气和草地的状态相应地改变。在不寻常的、气候湿润的夏天，如二〇一二年那样，高高的草地仍然又厚又绿，而在正常的年份，到了七月，草地底部已是黄色，又干又瘦。当草地长得茂盛的时候，用马拉的割草机割草并不容易，因为叶片太厚，故而使用由四轮摩托车拉动的侧面安装的割草机割草。

用大镰刀割草现在又开始流行了。直到最近还在英国使用的老式镰刀用起来非常吃力，因为它们很长（有些大得吓人），用起来也不是很有效。而奥地利式镰刀（刀片只有约60厘米长，把柄的长度刚好适合使用者弯腰割草），现在越来越流行。这些镰刀和十六世纪四十年代的镰刀是由同一厂家生产的，许多人觉得使用它们可以使"大脑放松，身体协调"，因此反对用噪声大的修剪工具。用镰刀割草富有节奏，每隔十分钟要停下来磨一磨刀片，保持刀刃的锋利，这些必要的停顿对身体也大有好处。在海格洛夫也有许多这样的割草爱好者，他们喜欢用镰刀割草，在宽阔的草地上割草可谓令人身心愉悦的锻炼。

割下的草被晒干、捆好，拿去喂家畜。通常情况是草地在割完之后才会放牧。显然，紫杉树篱（其浆果和叶子毒性很高）和草地上的树木易受动物的损害，反之亦然，因此在必要的地方装上了临时的电篱笆。查尔斯王子最近发现，在果园和针叶树林里放牧的什罗普郡羊不吃老树的成熟树皮。它们可能啃够得着的鲜美嫩叶，却不像其他品种的羊那样把后腿抬起来，因此不会对树干造成伤害。

假如这些羊管理得好并且没有蓄栏过多的话，便能两全其美，可以在同一片土地上既种植果树或针叶树又养羊。在查尔斯王子意识到这一点之前，他选择的是漂亮的黑弗勒布瑞迪恩羊，一种稀有品种，还有白色的威尔士莱恩羊。在海格洛夫，羊大约在八月中旬到十月之间被赶进草地吃草。羊是非常细致的食草动物，它会把草皮啃到只剩下一个很短的"平头"，不像牛，吃草的时候是用舌头包裹着草，这样就不可避免地留下很长的一部分。

长着小小蹄子的羊，轻轻踩踏地面，帮助落下的野花种子接触泥土。草地是一个不断演化的地方，羊在其中也扮演了一个角色。王子还通过插穗播种、移植幼苗来增加多样性，在草地进入金秋之际播撒结着新鲜种子的绿色干草。通过这种方式，小鼻花数量越来越多了，帮助减缓草的长势，使野花的数量不断增加。

王子和总园艺师密切关注着草地上每一季和每一年的变化，随着这一空间里的植物品种越来越丰富，更多的园丁被吸引过来。草地是非常活跃的，它既可以小到一平方英尺，又可以大到几英亩；年复一年，它们努力生长，每一年都不同。

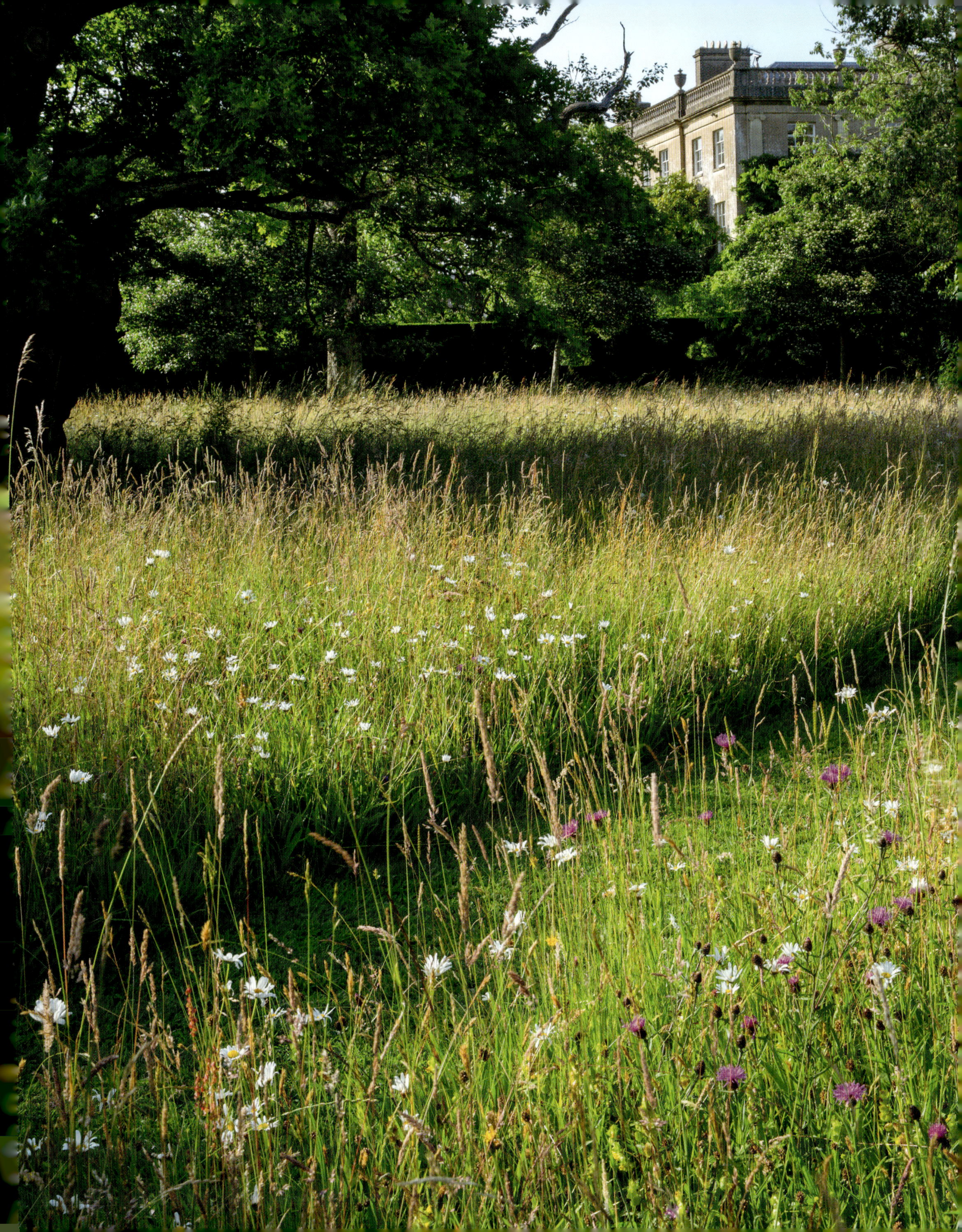

右图：这个花园最初在二〇〇一年的切尔西花展上展出，灵感源于海格洛夫的一块土耳其地毯。

特兰西瓦尼亚草地

在果园房的正前方有一片草地，那里有着一片割过的环状的草，在它的边上有几棵不同品种的树，几棵有趣的山毛榉和一棵从泰特伯里某建筑附近拯救出来的龙吐珠（Clerodendron）。

第一眼看去，你可能会认为这里是海格洛夫另一处野花繁盛的地方，生长着毛茛属植物、紫色三叶草，草丛中还有许多低矮的香草植物。其实这是试验性的特兰西瓦尼亚草地，它的背后有一个迷人的故事。

与任何一个凝聚着历史的花园一样，海格洛夫不断地变化、演进着。最近，殿下去特兰西瓦尼亚旅行，深受启发——他被那个国家的美丽的原始草原所震撼。

当查尔斯王子在一九九八年第一次访问特兰西瓦尼亚的时候，他说："我被它独特的美和特别丰富的遗产所征服。"从那时起，他又多次去特兰西瓦尼亚，尽力保护它的自然风貌。显然，这是欧洲最后一块相对原始的土地，自然环境非常独特。

"我努力了多年，竭力保护那里独特的野花草原。因为很可能就野花来说，如今的景象同八百年前一样。那里保留着传统的农耕方式，放牧和割草的历史十分悠久，因此形成了独特的风景。植物、昆虫以及蝴蝶，就像看见从前的英格兰。"

殿下逐渐意识到这些草地在遭到破坏，他的高外祖母雷代伊·冯·基什-雷代伯爵夫人便来自罗马尼亚，她的土地后来遭到了破坏。他特别担心其他草地也会发生类似的情况。

在英国，二十世纪四十年代盛开野花的草地保存至今的只有1%。除草剂、化肥的使用等现代农业的耕作方式吞没了它们。如今，在特兰西瓦尼亚，不断推进的农业现代化也以同样的方式损害着盛开野花的草地。查尔斯王子意识到这些可能消失的草地具有重要作用，因为它们代表着一种以传统农业为主的生活方式，和与之相关的生物多样性，这可以成为恢复欧洲栖息地多样性的一个范本。特兰西瓦尼亚的草地放牧的动物密度低，化肥和除草剂的使用量少，非常值得我们学习。

二〇〇八年，王子在扎兰帕塔克村买了一块地产，这是由卡尔诺基家族在四个世纪前创立的。这处地产包括一片森林和广阔的盛开野花的草地，尤以丰富的本土植物为特色。作为他保护这些神奇草地的计划的一部分，这些草地以传统的方式来维护。

受到他的特兰西瓦尼亚草地的鼓励，二〇一〇年，查尔斯王子决定在海格洛夫复制一片类似的草地。果园房前面那块区域的草较为自足，就决定在这个完美的地方做试验。许多生长在特兰西瓦尼亚草地的野花亦是英国本土植物，这些野花的种子从特兰西瓦尼亚谷仓的地面上收集而来，在海格洛夫播下。那些会蔓延、引起生态问题、有侵略性的植物品种被剔除，能够与英国本地的品种杂交并引起品种混乱的植物也被淘汰。

在这里播种的野花包括开蓝色花朵的草原鼠尾草（Salvia pratensis），许多园艺爱好者把它种在他们花园里精耕细作的地方，通常是作为花圃植物或者是种在沙砾上。红豆草（Onobrychis）是我们一种常见的青贮饲料或干草的特兰西瓦尼亚变体，有着深色叶脉的粉色花朵。一种迷人的金钱半日花（Helianthemum nummularium）在园艺爱好者中间流传很广，小冠花（Coronilla varia）和粉色的香豌豆（Lathyrus tuberosus）也是在特兰西瓦尼亚草地比较常见的色彩丰富的植物。令人期待的是，在海格洛夫会经常见到它们了，这些小小的特兰西瓦尼亚植物已经在英国的一个角落里扎下根。

地毯花园

地毯花园是一处精致的地方，很大程度上是因为从科茨沃尔德果园进来时会感受到的强烈对比。殿下从一块土耳其地毯上获得灵感，为地毯花园画了设计草图。这份草图给了埃玛·克拉克，她是伊斯兰园林造型及符号象征方面的专家，她和哈立德·阿扎姆一起完成了参加皇家园艺学会切尔西花展的设计。

查尔斯王子解释道："在海格洛夫，我的房间里有一小块土耳其地毯，我盯着它盯了这么多年，不由得想到运用上面的图案和颜色来打造一个花园的话，一定很有意思。问题是你是否能够创造出身临其境的感觉。"

"我对古代伊斯兰艺术和建筑中的几何原则很着迷，正因为如此，我在我的肖尔迪奇基金会设立了伊斯兰视觉和传统艺术项目，由哈立德·阿扎姆博士主持。阿扎姆博士与克利夫顿苗圃的迈克·米勒一起密切合作，把我对于花园的奇特构想付诸实践，我真的非常感谢他们。他们卓有成

效的工作使几何图形有了意义，使植物有了意义，同时也让花园反映出了潜在的、和谐的原则。"

地毯花园由宝瓷兰集团以及家居杂志《家与花园》（Homes and Gardens）赞助，在二〇〇一年五月的皇家园艺学会切尔西花展上获胜，吸引了大量观众，并且获得了皇家园艺学会颁发的银质奖章。

这是王室成员第一次参加切尔西花展，这一举动使公众愈发意识到查尔斯王子在园艺和设计方面的兴趣——园艺已不是简单的爱好。

在夕阳温暖的红色光线下，如今已经成熟的栓皮栎（Quercus suber）斑驳的阴影投射在下方的植物上——浓烈的蓝色、紫色、红色和粉色。夕阳的柔光突显植物的色彩，显得愈发富有生气，所有的一切看上去都更加立体。一棵棵窄瘦、深绿色的铅笔柏（Cupressus sempervirens Stricta Group）已经高过了墙，布满墙壁。攀缘植物，如蔷薇、铁线莲、无花果和络石装饰着粉墙，有蓝色、紫色、白色和红色的花朵点缀墙体，气氛顿时柔和。

王子在这里还增添了更多细节设计，他到处旅行，积累了许多奇妙的"发现"。两把精美的椅子是八年前在印度获得，现在它们被放在主门道边上的抬高的底座上。在长方形花园的长边上有两扇中心大门，其中一扇的边上，有着一匹飞腾的马镶嵌在墙里，就如给你一个挂外衣的地方；还有摩尔式灯笼，挂了一圈。这是一个小小的花园，处处完美，却也是不断完善细节的花园，因为灵感的火花在王子每一次的旅途中都会被点燃。

左图：这些装饰精巧的门配以醒目的阿拉伯风格图案。

右图：王子在印度找到这种椅子（其中的一把）。

下图：摩洛哥式喷泉汩汩流淌，愈发显得这个秘密花园宁静而真实。

旱谷花园

从草地进入旱谷花园的东面，你会经历一个温和而迷人的变化；宽阔的草地被更阴凉的地方代替，这里满是地被植物，如香车叶草、克美莲，还有时不时出现的蕨类植物。

走进旱谷花园的中心，一条稍有曲折、铺着垫脚石的小路会把你带进更阴凉、更高的地方。这里有着宽阔的、微微弯曲的花圃，边上是被砍掉的桫椤。令人伤心的是，这些漂亮的植物无法适应我们这里突然转冷的冬季。现在，它们躺在地上，躯干成了其他植物的生长地，这赋予了它们新的生命，在这个花园里担任起新的角色。

死去的木头具有非常大的生态价值，桫椤的树干可以充当花圃的边界，显出淳朴的风格。一些毛地黄在这些树干中播种，聚星草（*Astelia chathamica*）的银色叶子挂在它们头上。少数强壮的桫椤存活了下来，那巨大的、嫩绿色的叶子在阳光下闪闪发光。

这里的花圃非常幽深，长着各种低矮的喜阴植物，如'蓝色旗帜'肺草（*Pulmonaria* 'Blue Ensign'）、'英格拉姆樱桃'西亚脐果草（*Omphaloides cappadocica* 'Cherry Ingram'）和锦缘花（*Tellima grandiflora*）。锦缘花又叫穗杯，这个时节正绽放它那白中带绿的花朵。其他高一点的植物也正处于花期，几棵'维纳斯'日本四照花（*Cornus kousa* 'Venus'）正在开花，还有不同品种、香气浓郁的山梅花，如'赫敏的披风''雪美人''锡伯列根'。

不同种类的圆锥绣球也生长在这里，包括'焦点'，正如它的名字，花朵起初是绿黄色，渐渐转白，最后变成粉色；还有'草莓圣代'，冰激凌般柔和的粉色和红色。这里种了至少十五种不同的圆锥绣球，五颜六色的花簇从七月开始，可以一直开到十月。

厨房花园的高墙从旱谷花园的大部分地方都可以看见，沿着宽阔的石子路走，你可以看见高高的、努力向上的香蕉树，已经长到了墙一般高，在夏日阳光的照耀下，它们的叶子看上去几乎是透明的。它们旁边是棕榈树、更多的桫椤和树胶杨，要么种在岛形花圃上，要么在墙边。其中一棵棕榈是用在英格兰生长的第一棵棕榈的种子培育的；它的亲本已经死去，由维多利亚女王于一八五一年在奥斯本宫种植。查尔斯王子访问奥斯本宫的时候，德布斯·古迪纳夫送给查尔斯王子一棵幼苗，当时她是那里的总园艺师。

左图：有些桫椤挺过了二〇一〇年严酷的冬天，存活了下来，赋予这个花园以异国情调。

右面上图：圆锥绣球花在这个相当干旱、阴凉的地方长得很繁盛，白色的花朵在绿油油的叶子中间很突出。

右图：旱谷花园中的扶壁是由回收的石头工艺品建造的。它们是腿脚灵便的人通往高处的便利桥梁。

在花园的东端是一个最近才创立的灌木修剪法花圃，那里有一个小苗圃，打算发展成为海格洛夫自己培育灌木的地方。

沿着河岸和旱谷河流尽头的植物一片生机勃勃，令人感觉身处热带。巨大的根乃拉草，或者叫智利大黄，把它们的硕大的叶子舒展开来，下面由伸展开差不多有 2 米宽的多刺的高茎支撑着。初夏，小小的红色花朵出现在高高的、垂直的花穗上，显得这种植物愈发古老。

直到最近，这里的墙上都覆盖着常春藤和蔷薇，如今这些已经被移走，自我依附的植物如：多蕊冠盖绣球（*Hydrangea anomala* subsp. *petiolaris*）和波士顿常春藤（*Parthenocissus tricuspidata* 'Robusta'）沿着它的长度占据了原来的位置。一种塔斯马尼亚芸木（*Acradenia frankliniae*），是一种不同寻常的柑橘类灌木，已经扎下根。这种叶片光滑的常绿植物来自塔斯马尼亚，在晚春时分开出漂亮的白色花朵。

从这个花园的西端离开，你会经过由查理·莫里斯设计的双层栎木门，造型精美。这扇门朝向以蜿蜒的树篱为边界的小路，一端通向日晷花园，另一端通向杜鹃花路。

树桩花园

仲夏，树桩花园长满了绿叶，覆盖着绿色的小丘和葱翠的叶子使这个林子看上去大得会在其中迷失方向。和当初王子到来时的那个大风呼啸、长着欧亚槭、遍地是荨麻和荆棘的寒冷地方简直是天壤之别。

二〇〇二年，九棵欧亚槭遭到灰松鼠的破坏，必须移除。空地因此充满了阳光，为新的种植计划和植物腾出了空间。查尔斯王子再一次请来班纳曼夫妇，他们决定一起为树桩花园的发展增添植物。从一九九六年开始，这里逐步形成了今天的样貌。

起初，在东庙的后面有某种萧条的感觉，他们决定充分利用这次树木的减少来创造一处动态的水体，改变这处空间的氛围。水是奇妙的，可以反射光线，增加湿度，也增添情趣。如今，当你从穿过草地的道路进入树桩花园的时候，你会立刻注意到一个形态自然的水池。在它的中央是壮丽的石头建筑，上面长着一棵异常葱翠的根乃拉草。

水池中央的石塔有 2 米高，宽度亦近 2 米。它是由多孔洞的山洞岩石构成（或者叫斯普尼亚岩石，产自巴塞罗那），并由一块块石头支撑着，这些石头是从赫里福德教堂回收的。在这个石头建筑里头有着大型的石头蚌壳，是从桑德灵厄姆爱德华七世的花园中回收利用而来。石塔的中间充满堆肥，这就是生长在上面的根乃拉草长得这么旺盛、肆意伸展的原因。

水从石塔的各个方向泼洒开来，增添了树桩花园细腻、神秘的氛围，也吸引了众多野生动物到来。绿头鸭和黑水鸡一直在喷泉上面筑巢，安心地抚育后代，可以免受食肉动物狐狸的侵犯。不奇怪的是，由于偶然到访的水禽数量较多，你可能会偶尔看到青绿色的浮萍。会定期用网清理

2 米高的石塔顶上长着大根乃拉草，令人印象深刻。

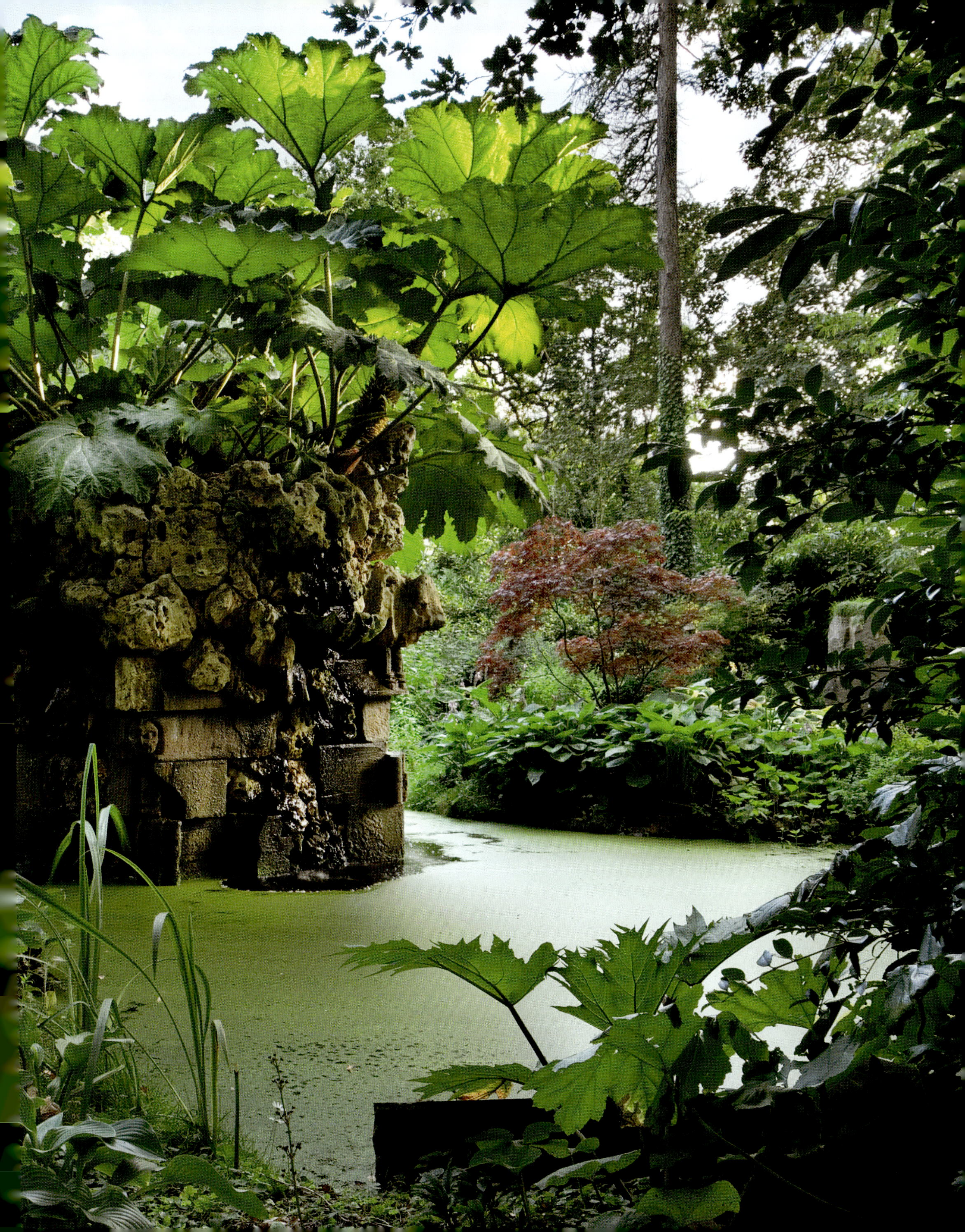

浮萍，并且加入大麦稻草精华控制这种杂草，这是一种自然的、有机的控制手段。

岸边，有两只用回收的旧车零件做的鹤，看上去栩栩如生，能以假乱真，是某个园丁在津巴布韦的亲友赠送的。

为了让访客能更容易地接近树桩花园，同时，也是为了挖掘它的潜力，边上的林地被纳入进来。水池和地毯花园挖出的泥土，在这个时候存储起来，大约有两百吨，用来堆种植密度很高的小山丘，接着用树桩装饰，使之与外界隔离。

设计出的新道路，让访客可以四处漫步。路上铺的是菊石化石，一种中世纪就开始使用的传统铺路方式。沿着微微弯曲的菊石小路，竖直地铺着回收利用的小石头，看上去就像一面干砌老石墙。小径边上有树桩和蕨类植物，引导你穿过葱郁的林地植物，因此在七月，这里的空间感觉要比冬天大得多。

树桩花园的植物层次分明，从树冠高举的树木，到灌木，再到茂密的地被植物和鳞茎植物。某些受人偏爱的植物，如'黄叶'西洋山梅花要么单独，要么三个一组种植，总共有三十棵左右。

下图：沿着树桩花园的一条小路竖立着一些垂直的石板，引导访客穿过林地植物带。

右图：盛夏，当植物填满了树桩花园，这里就变成了一条青翠的地毯。

在一年中的这个时候，它们甜香的气味在这处阴凉的空间弥漫，那较为明亮的色彩看上去就像从它们的叶子弹跳下来的一束束光线，点亮了邻居植物的深绿色。另一种受人偏爱的植物是山梅花（Philadelphus×purpureomaculatus），有着弓形的茎和点缀紫色斑点的白色花朵，芳香浓郁。

威尔士亲王有意收集玉簪花（大型叶子和巨型叶子品种），因此在海格洛夫，尤其在树桩花园，你会发现很多种类的玉簪花。它们经常和蕨类植物混合，这样就不会看上去太显眼。春天第一批出现的玉簪花一直是'中国黎明'，并不是英国本土品种，但是这个品种在这里很受重视，淡金绿色的小叶子在单调的日子里会令人眼前一亮。

到了六月末和七月初，玉簪花看上去非常引人注目，丰满的叶子看上去几乎是超现实的。令人惊讶的是，它们不会遭受鼻涕虫的毁坏。访客经常会因为叶子上没有洞而提这样的问题："为什么没有用防鼻涕虫球，它们还能长得那么好呢？"没有人确切地知道为什么，边上的草地就有一群鼻涕虫。有一种解释是虽然鼻涕虫和蜗牛喜欢吃叶子，它们却不喜欢生活在玉簪花丛中。

在海格洛夫生活中着数目可观的鸟儿，尤其是画眉鸟，同时也生活着数量时多时少的青蛙、蟾蜍和蝾螈（被水池吸引过来）和蛇蜥，它们都爱吃鼻涕虫。耳闻目睹画眉鸟在岩石上啄蜗牛壳是最寻常不过的事情，常常离访客的脚后跟只有一步之遥。草蛇（无毒并且长着美丽的花纹）也住在水池四周潮湿的地方，鼻涕虫对它们来说也是无上的美餐。玉簪花对野生动物也不是完全没有吸引力，野兔和野鸡就喜欢啄尚未展开的叶子，尤其是在干旱的春天，它们可以饮在叶子上面找到的露水。

大叶绣球

AUGUST
八月

> 要在一年中的这个时候维持住花园的趣味和色彩是很困难的。植物都已经'过了鼎盛时期',开始结籽了,边缘部分看上去有点衰败。所有的指望都寄托在妥善布局的绣球花上,粉色、蓝色、紫色(假如你运气好并且土壤适合)和白色的花朵彼此簇拥,沐浴在从林间照射下来的一束束阳光中。草地上,兰花已经开始结籽。干草可以用马拉的割草机来割(绕着树操作更为容易,对软土伤害较小),还有来自英国镰刀协会的热心志愿者。对,有这么个组织,当我发现它时喜出望外。因此,现在有十名志愿者——有男士,也有女士,为草地割草!在平台花园和厨房花园,漂亮的老旱金莲正溢出罐子、铺满小径和路面,为酷热难耐的夏天提供奇妙的'热辣'颜色。去年我偶然发现了一棵深红色'印度皇后'旱金莲,它为周围的环境增添了无上的光彩。

下图：色彩柔和、散发芳香的蔷薇、薰衣草和蒿，簇拥着睡莲池花园中的树篱。

右图：大弧度树篱衬托着深浅两种色调的粉色长椅。

睡莲池花园

八月，夏天步履匆匆，朝秋天奔去，很多花园已开始衰败，海格洛夫却焕发出新的生机。睡莲池花园里，清澈、凉爽的池水中点缀着芳香怡人的睡莲，睡莲偎依在光滑的叶片上，向访客频频点头，仿佛邀请访客坐到边上来，享受一池的宁静。较为阴凉的地方，如植物园和树桩花园，令人从酷暑中缓过劲来，金色山梅花特别明亮的叶子、圆锥花序上的花朵以及其他绣球花的明亮颜色照亮了这片阴凉之地。古老的绿地上草变成了金色，大树屹立。盛夏时节，树冠几乎成了墨绿色；时不时可见毛皮光滑的牛，在心满意足地吃草。这时，地毯花园开足了马力，蔷薇二度盛开，天竺葵开得正旺，俄罗斯鼠尾草（*Perovskia atriplicifolia*）和福禄考开出色彩缤纷的花朵。

如果在八月白天的热浪中沿着浅浅的石头台阶走到水边，你会看见新种下的小睡莲。这里种的睡莲都是芳香品种：'玉玲'（*Nymphaea* 'Yul Ling'）开深粉色的花朵，'红色破晓'（*N.* 'Rosy Morn'）开柔和的草莓色花朵，黄睡莲（*N.mexicana*）开一阵黄色的花，'白色苏丹'，很显然，开白色的花。被选中的品种都是低或中等活力，以避免某一品种成为主宰或占据太多的水面。

这处花园呈半封闭式，空气中还有其他花朵的香气。黄色蔷薇、金色牛至、蒿、薰衣草和百里香，与花期稍早的芳香品种，如金色山梅花和瑞香交错开花。二〇一二年，这里的种植计划有了改变，决定采用宁静和谐的蓝色和黄色色调。于是种了四棵'粉无暇'樱桃树，在两个入口处一边各一棵。这些结实的树长着朝上的树枝，晚

春的时候，树枝上会垂下一串串淡粉色花朵。

还有其他有趣的细节吸引你坐下来，好好欣赏这里的景色。睡莲池四周有四个石罐，罐身装饰着水果样花纹，里面种着黄杨，修剪成塔状。两个石罐上面还长着苔藓，令石罐显得愈发有趣。花园的小路风格自然，由砖头、块石和石板铺就，在连接的部分装点着一簇簇柔毛羽衣草、百里香和景天等多种植物，使坚硬的路面有了柔和的气息。

这是一个对比强烈的花园——既宁静又充满活力。幽深的池水汩汩流淌，薰衣草在阳光下散发出阵阵香气，令人感觉心神安宁。安静的景色与由角斗士雕像、两处从西到东的主要景观传递出的活力形成了对比。在海格洛夫，查尔斯王子想创造一个可以"温暖心灵、滋养灵魂和取悦眼球"的花园。睡莲池花园仅仅是这个重要花园的一小部分，但是它足以反映出海格洛夫的花园希望满足多层面需求的旨趣。

下图：博尔盖塞角斗士雕像坐落在睡莲池花园和椴树大道之间。

右图：在炎热的夏日里，从睡莲池北望百里香路，能看见层次丰富的绿色和金色。

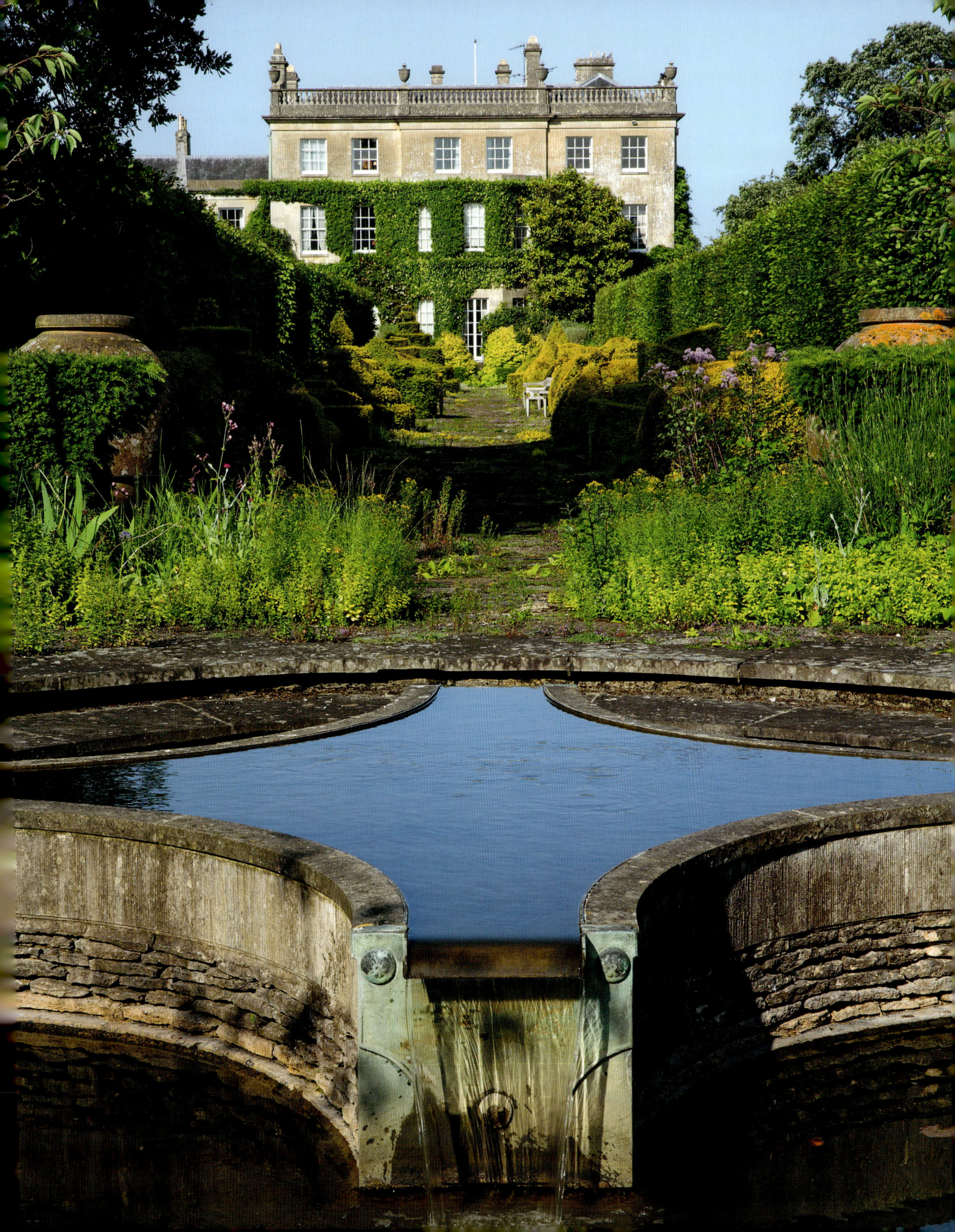

植物园

躲过当空高照的太阳，进入植物园那一大片阴凉地域，迎接你的是青绿色、翠绿色和深绿色，令人神清气爽。这里土地肥沃，上方又有高高的树冠，可以起到保护作用，使得生长在这片土地上的植物绿油油的，非常漂亮。那些常青植物，主要是紫杉、黄杨、杜鹃花和山茶花，在一处创造出一种明朗的感觉，而那些绣球花，主要是花边帽、拖把头和柔毛绣球，在夏季季末开出色彩柔和的花朵，为周围增添了宁静的感觉。

落叶灌木种植在靠近车道和小路的边上，开着淡紫色、淡黄绿色、白色和蓝色的花朵。种植的时间不长，植物园原本的种植计划仅仅是想在春天和秋天展现缤纷的色彩，但是这里的树木太吸引人了，植物之间搭配得当，殿下便决定也把夏季包括进来。

当你站在暗墙处，抬头朝长满青草的宽阔步道望过去，可以望见《敖德萨的女儿》青铜雕像。步道两边种着落叶杜鹃，在春天开出甜香的花朵，紧随其后的是绚烂的深火红色和紫色。

沿着植物园的车道的两边种着一排排的数木，它们种在一个半径上，跟直线组成的格子形状（在造林中使用）正好相反，给人以一种柔和、有机的感觉。沿着步道的槭树看上去亭亭玉立，尤其是当它们的枝条上长满了纤弱的叶子的时候。

地上长着各类草、蕨类植物和本土植物，如香车前草、匍匐毛茛和多年生山靛（*Mercurialis perennis*），覆盖着地下休眠的鳞茎。步道上的长草已经割过，长一点的地方一年会进行几次修剪，但是要在鳞茎植物的叶子落完之后，这样就能使鳞茎充分吸收叶子提供的养分，以确保来年有出色的表现。

植物园的步道边上长着一排排槭树，历经数年修剪，如今成形。

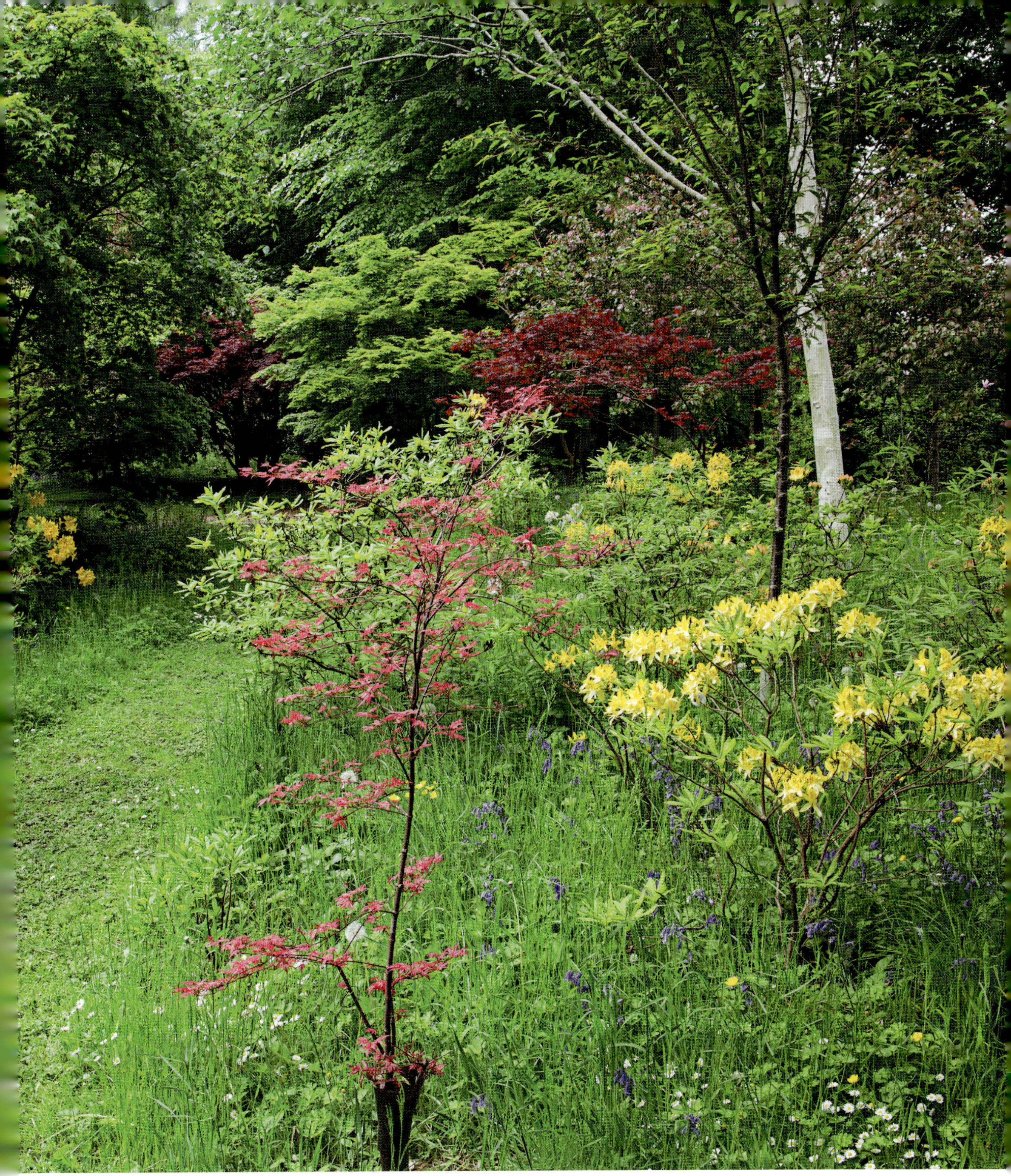

左图：日本四照花是一种漂亮的小树，有着漂亮的苞叶和草莓状的果子。

右图：'苏珊'木兰在植物园的沃土上开得正旺。

  植物园的基本布局遵循罗伯特·霍尔福德提出的原则，由查尔斯王子草拟，约翰·怀特设计。罗伯特·霍尔福德建造了温斯顿伯特植物园，他的主要原则之一是"打造多样性植物园，而非杂乱无章，（打造）随意性和生动性"。这对任何花园布局的设计都很关键，尤其是对于一个需要制定长远种植规划的植物园而言。

  霍尔福德的另一个原则是不需要恪守固定不变的种植计划，而是不断优化，这样才能触及植物园发展的每一个阶段。数十年来，查尔斯王子都遵循这个建议，挑选和增加他偏爱的乔木、灌木和鳞茎植物，以及其他设计元素，同时，宽泛地遵循着主要的设计布局。

  为了在秋季获得缤纷的色彩，决定沿着从围绕植物园的主要步道分出的一条小路种植乔木和灌木，选择的树木要能够体现秋天的情致。一部分山毛榉（查尔斯王子的收藏）也计划种在这里，包括'浅裂叶'欧洲山毛榉（*Fagus sylvatica* 'Quercifolia'）、'安索盖'欧洲山毛榉（*F.s.* 'Ansorgei'）、'道维克'欧洲山毛榉（*F.s.* 'Dawyck'）。同时还有乔木品种，种了额外的落叶松，确保后人能享受到斑驳的树荫，也是对已有落叶松做补充；种榛树是为了给野生动物提供栖息地，也给低处的植物提供遮蔽。

  一条独立小路旁种着若干常青树，可以营造远离主步道的幽静气氛，有塞尔维亚云杉、葡萄牙月桂等树木。

  几年之后，一条更接近植物园北-南边界的小路被铺好，形成了现在主要步道的一部分。路上铺着筛过的碎石以满足人流增多时的需要。这条额外的小路给人们提供了捷径，可以接近这个奇妙而又复杂的空间，访客可以走近植物，进行细致的观察。

树桩花园

树桩花园中最博采众长的地方是著名的"礼物之墙"。殿下本人收到从世界各地寄来的礼物，他有意把它们在海格洛夫展示出来。有几件礼物呈现在精心打造的"礼物之墙"上。礼物与石墙组成一个整体，宛如大型雕塑。墙位于一块空地的中央，边上仅仅种了一片鳞茎植物和林地植物，更衬托出墙体错落有致的轮廓。

这个点子是由班纳曼夫妇提出，用来放置王子收到的礼物和石匠学徒的作品。弗雷德·因德具体设计了组合方式，呈现出的效果自然而富有创意。

"礼物之墙"是树桩花园的焦点，而长势迅猛的植物亦吸引人们的目光。它们衬托着绿色栎树木制品，同时也可以烘托生长季节的情致。这里的颜色是简单的淡米色、绿色和白色，为这个高度私人的空间增添了平和的感觉。

八月初，欧洲百合花已过了繁盛的开花期，它们的种穗却保持不动，在低处植物身上投下美丽的影子。林地上的绣球花非常适应这个阴凉的地方，花朵色彩柔和，周围还有玉簪花、蕨类植物和铁筷子，彼此簇拥。较不常见的密毛绣球（*Hydrangea heteromalla*），开白色花朵；还有名气更大的浅裂叶绣球（*H.quercifolia*）和柔毛绣球（*Hydrangea aspera*），天鹅绒般柔软的叶子中间藏着紫罗兰色花朵。

下图："礼物之墙"收藏着来自世界各地的礼物，由弗雷德·因德和保罗·达克特建造。

帆船门，之所以这么叫是因为它顶部倾斜，看上去就像一只帆船，从树桩花园通往低地果园。它由威利·伯特伦于一九九一年设计。与门相连的墙上有一些图案，包括威尔士亲王的羽毛徽章。墙上马上会开出一扇新拱门，由来自城市和行会设计学院的学生设计。

下图：桫椤、蕨类植物、玉簪花和绣球花深浅各异的绿色覆盖了树桩花园的每一寸土地。

右图：一只2米高的朱鹮复制品（以埃及朱鹮为原型）望着微型日本苔藓花园。

树桩苔藓花园

在潮湿的夏天，树桩花园里占地仅几平方米的袖珍苔藓花园，铺上了一层翡翠绿的天鹅绒。查尔斯王子一直渴望培植一座苔藓花园，二〇〇三年，他开始热切地讨论培植的可能性。到了二〇一一年，京都苔藓花园最终成型，由海格洛夫日本花卉种植团队联合国际公司打造，由森之家的第五代园丁武村兄弟设计。

这座花园处处展示着复杂的细节和意义，它的设计理念是希望人们进入这个小小的日本绿洲时，可以唤起联想，也希望能够满足访客对日式苔藓花园的想象。

这个花园的主体就是一块长满苔藓的小丘，边缘点缀着圆石。一只2米高的朱鹭立在苔藓草坪边上，原型放在海德公园，是雕刻家西蒙·格杰恩在埃及朱鹭的基础上创作的，作为送给王子的一件礼物。

花园四周种着一簇簇单瓣的粉色山茶花，最终会连成一片，形成特殊的树篱。最终，它们会被一棵古老的山茶花的插条所替代，这棵山茶花是在京都一座建于十一世纪的寺庙附近土壤里找到的种子培育而来，种子在土里已埋藏了六百年。这个树篱是一处值得回味的美学细节，同时也有象征性，象征着人类和自然世界的分隔。

与一位来自于爱丁堡植物园的苔藓专家讨论后，德布斯·古迪纳夫培植出了这座苔藓花园。很多苔藓喜欢酸性土壤，而树桩花园的土壤是中性的。因此决定种几种不同类型的苔藓，那些能够适应环境的便存活下来，不能适应的则自行消亡。土壤必须经过认真地准备才能使苔藓存活。首先，清除杂草，然后按照设计方案对这个区域进行修整。一块塑料垫铺在小丘上，上层是有细孔的席子，一层薄薄的优质堆肥堆在上面加固，还有提供湿润且排水良好的土壤。德布斯从伯克霍尔庄园和海格洛夫地面上收集苔藓，和设计者一起小心种植这些一团团的苔藓，然后覆盖黑色的网，防止乌鸦啄食。总共用了六种不同类型的苔藓，被"拼凑在一起"。几年下来，苔藓的种类自然而然地减少，最后剩下两种。

接下来的夏天非常干旱，苔藓经受了考验，变成了棕色。幸运的是，这还不算糟糕，因为苔藓在旱季有休眠的特点，当雨季来临，它又会恢复原样。这个小丘整年都被仔细照料，任何杂生的种子都会被手工摘除。夏天，葱翠的苔藓看上去很健康，但是冬天才是它最好的季节，苔藓会变得柔软而茂密。

右图：从摩尔式拱门可以瞥见果园的风景。

次页图：进入地毯花园就像是进入了另一个世界。黄色的'天使的喇叭'木曼陀罗最引人注目，花期有六星期长。

地毯花园

地毯花园的植物在夏末的时候都变得香气浓郁、色彩艳丽。种在几个陶罐里的'马丁'堇菜（*Viola* 'Martin'），花期从四月一直到十月，开着繁茂的紫蓝色花朵。长方形的花圃被紫叶小檗（*Berberis thunbergii f. atropurpurea* 'Atropurpurea Nana'）围成的矮篱所衬托，这种植物长着深紫色叶子。还有粉色的蔷薇，如'邦尼卡'（*Rosa Bonica*）、原产于土耳其的药用法国蔷薇（*Rosa gallica var. officinalis*）和'蒙泰贝洛公爵夫人'（*R.* 'Duchesse de Montebello'），令这高墙围着的花园里香气愈发浓郁。

紫红色天竺葵、'克什米尔白'老鹳草、开淡紫色花朵的西伯利亚鸢尾（六月开花）和几种在树荫下的百合都为地毯花园增添了迷人的图案。盘根错节的藤本植物、无花果和优质的四季橘（一种橘子和金橘的杂交品种，是四季橘中最耐寒的品种）长得很高，把你从格洛斯特郡带到了遥远的地中海。

四周还有其他植物，进一步丰富了整体的氛围，如'梅尔韦耶·桑圭尼'大叶绣球，花朵颜色浓烈，在门边的陶罐里盛开。它们一开始是梅红色，后来渐变成紫红色。起初，这里种着银香梅树篱，但是长得不繁盛，才被黄杨树篱替代。大多数植物都覆盖着护根物，门扉上方覆盖着橘色瓦片。陶罐里还种着橄榄树，亦增添了地中海情调，点缀着从果园入口延伸过来的平台。

这处隐藏起来的秘密花园的设计灵感来源于一块土耳其地毯。它有着传统的四重设计，在花园（或者说地毯）中心有一座抬高的喷泉，坐落在摩洛哥式的大理石碗里。冒泡喷泉和柔和的流水声为这处伊斯兰花园增添了宁静的气氛，也显得更加真实。白色的大理石碗放置在贴着马赛克瓷砖的八角形底座上，下方又有更大的八角形底座。坚硬的八角形底座周围有四处对称分布的花圃，与流经植物的潺潺水声一起形成了完美的搭配。

起初只有一处摩尔式拱门（也被叫作洞眼拱门或马蹄形拱门），位于其中一座短墙，如今在花园远处又增加了一处，在它的下面可以放置一把座椅。另外，漆有阿拉伯图案的木门和一只刻着阿拉伯书法的陶盆都十分引人注目。

地毯花园参加切尔西花展时，只有短短六天的展出时间，而海格洛夫的地毯花园有着长期规划，在一年中的很多个月里都能带来愉悦。更换种植植物延长了花园的生命，一些脆弱的植物被更加抗寒的品种代替（石榴树长势不旺盛，柽柳长得又太大）。布局也进行了调整，可以容纳更多的访客，比如，观景台被抬高了，这样就能从上方看到这块"地毯"，路也被拓宽了。

地毯花园为海格洛夫的整体设计提供了一种完全不同的维度。它的存在突出了一点，即这里的花园有多种多样的风格。它们的设计者到处旅行，有着广泛的兴趣，同样也有着对花园和园艺真正的热忱。把切尔西花展中的花园带回海格洛夫意味着有更多的人可以欣赏它，可以看到它的发展和生长。

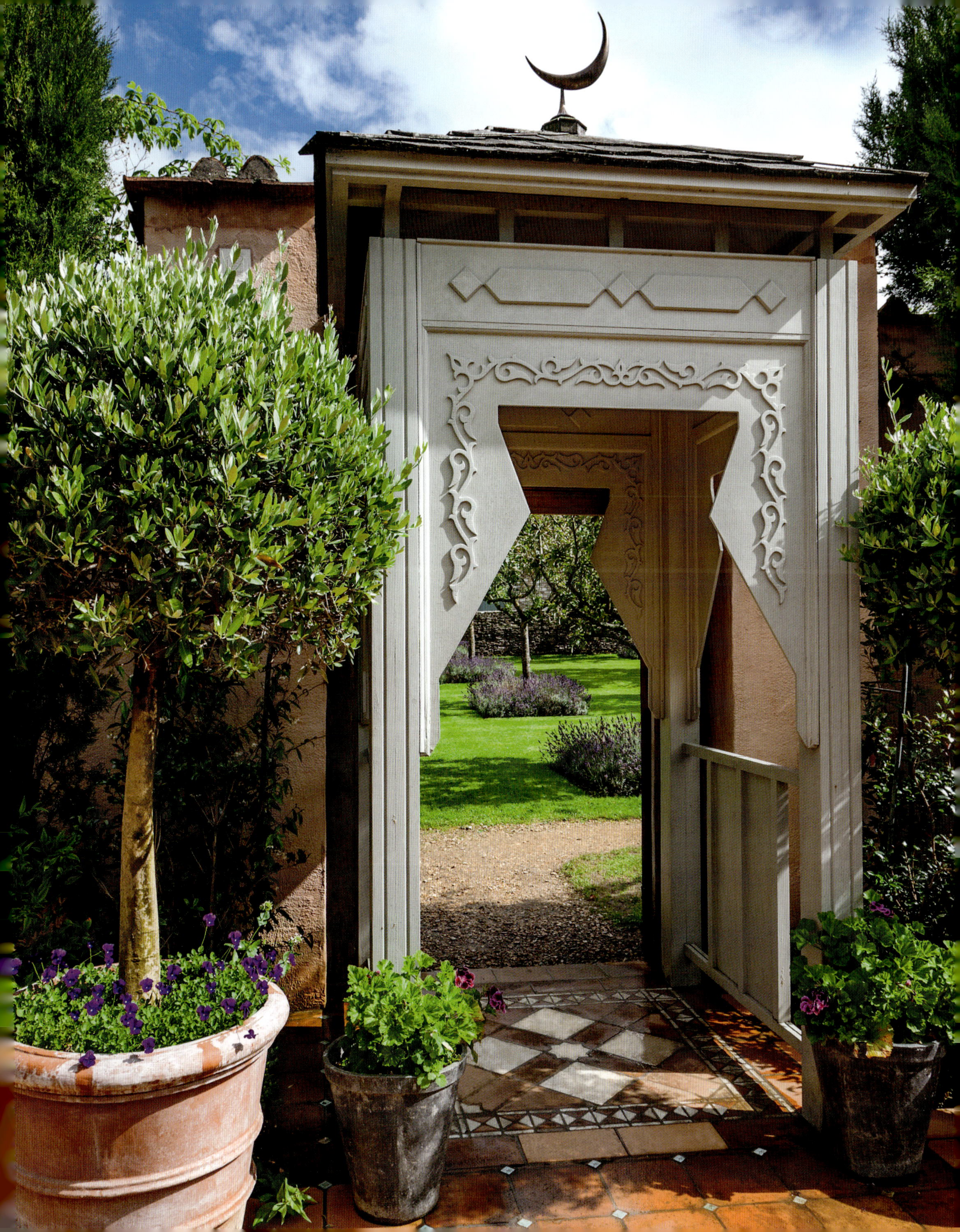

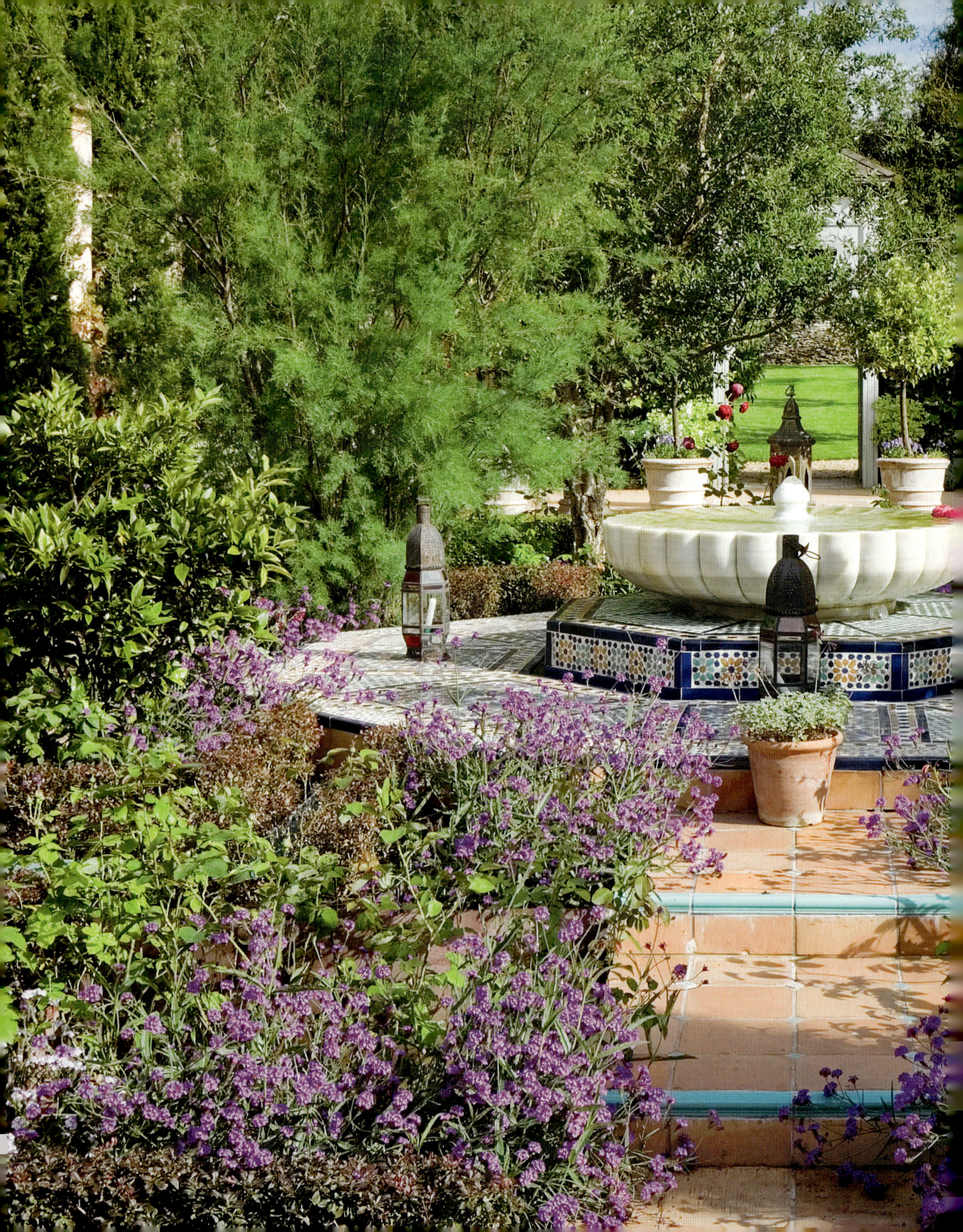

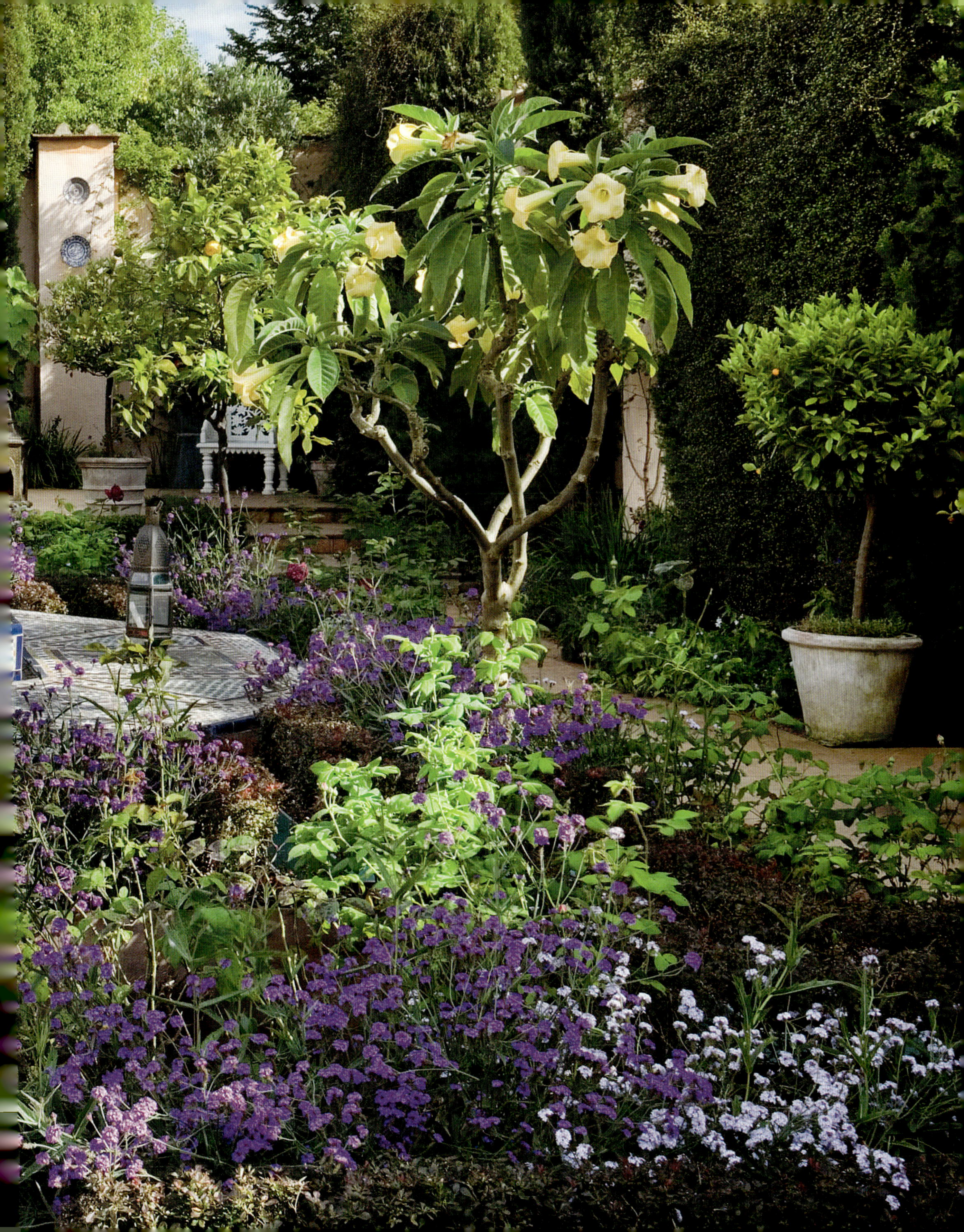

绿地

房子周围的绿地是说服殿下买下海格洛夫的因素之一。牧场上更有年代悠久的古树，从各个方向望去都是壮丽的风景。清晨，这些古老的树木在带着露珠的草上投下长长的影子；在炎热的白天，牛群便聚集古树下乘凉。

八月，这些树木之前翠绿的叶子通常已经变成了深绿色，在晴朗的蓝天衬托下更显得幽深。古树树冠宽阔，被牛和羊啃食好几百年；家禽也喜欢在树下乘凉。常常可以看到毛皮光滑的牛在吃草，包括阿伯丁·安格斯，一种黑色的、矮壮的食用牛，还有身型更秀气的棕色和白色埃尔夏，即长着橘色或者棕色斑纹的苏格兰乳牛。

在被叫作马场的最小的牧场上，还可以看见四只健壮的公牛，低着头在草地上吃草。在雨水丰沛的夏季，主要是七八月间，树会长出淡绿色的新叶，被称作收获节生长（收获节是凯尔特人在八月的一个节日）。收获节生长一般随着树龄的增长而减弱，因此老栎树和白蜡树的继生枝要少得多。

林场被分作独立的牧场——坦纳公园、中部公园或马场，这就意味着可以轮流使用牧场，放牧可以更有效率，让牧场得到休养生息。其中一些牧场用篱笆围了起来，是查尔斯王子亲自种上的，另一些则是用墙围上。

这些树木的间隔有40米左右，有巨大的栎树，包括夏栎（英国栎树）和西班牙栎。西班牙栎是土耳其栎树和欧洲栓皮栎（软木栎树）的杂交品种，它的特点在于树叶可以过冬不落。偶尔还有长着独特皱褶树皮的甜栗树。这些皱褶沿着树干的纵向生长，但是随着年龄的增长会长成螺旋状，使树干有着奇特的外观。

当王子第一次来到海格洛夫的时候，在中部公园有一棵巨大的古白蜡树。他和约翰·怀特都很担心，因为这棵树看上去病得不轻。约翰·怀特想到的唯一能救治的办法就是截去树枝——把所有的老枝都截至躯干处。那些不健康的长枝条会把树压垮，一刮大风，它就会倒下。虽然白蜡树经常被修剪，但是迄今为止还没有任何记录记载超过三百年树龄的树木被修剪成这样会有什么样的后果。面对这极端的建议，王子的反应是："看见这棵可怜的老树好像被剃了个光头，我得撑住。"幸运的是，外科手术很成功，这棵树活了下来。

左图：羊喜欢啃细嫩的草，但是牛却喜欢高一点、粗糙一点的植物。

右图：海格洛夫的有些树木可以追溯到一六八〇年。

在园艺学和树木的培植方面海格洛夫有着很多有趣的"第一"。王子愿意尝试和发展新的想法和技巧，并且一切都是在相关领域的专家的支持和指导下，经过深思熟虑后进行的。目前，草地上有着不同品种和不同年龄段的树木，树木的品种还在增加。大多数的新树是本土栎树，最终会成长为壮丽的牧场或绿地树木。它们是这片英式风景的组成部分，同时也是野生动物的家园。栎树种下时还是一米以下的小树，它们生长得很快，比那些种的时候比较大的树长得快，能够构建草地未来的风景。

紫色胡萝卜

SEPTEMBER
九月

> " 如往年一样，现在正是羊群回归野花草地的时候。我从来都不曾低估'金蹄子'在生物多样性体系中的价值。以前，羊会啃食树皮，草地上的树因此遭殃；现在，我希望我已经找到了解决方案：放牧什罗普郡羊，这种羊不会啃树皮。且让我们试一试……从前的九月里夜晚更为寒冷，更多霜冻，而白天则更为晴朗，如今气候变化加剧，使积累的经验都失去了意义。"

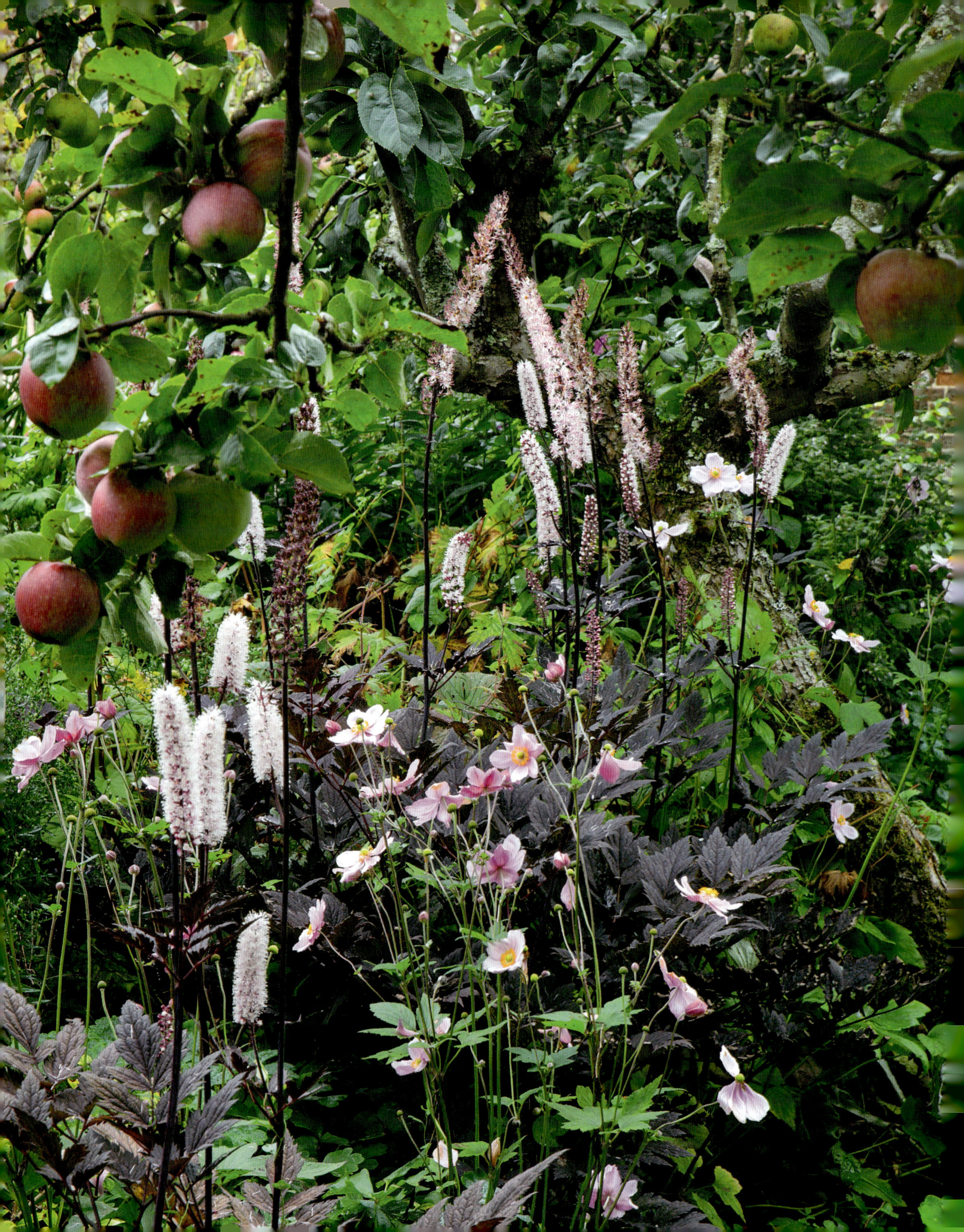

厨房花园

当夏天渐渐远去，周边风景的色调变得柔和，花园的生长变得更为从容。啃食青草的羊群令这片草地显得更富有生气；厨房花园果实累累，愈发丰饶，高高的架子上挂满了一串串的香豌豆、豆子、小胡瓜和美国南瓜，它们在夏日最后的艳阳中迅速生长、成熟。九月，坐在平台花园里，目光所及依然是动人的美景；在这里，你被一盆盆叶子葱翠、色彩绚丽的花朵围着。农舍花园的颜色层次也有了提升，它们看上去更浓烈，在角度偏低、不那么强烈的阳光照射下，不再泛着白光。空气中有一种"淡淡的急迫感"，人们要充分利用这段时间收割和归拢，为即将到来的冬季做好准备。

厨房花园里到处都是成熟的水果和蔬菜。小胡瓜长势迅猛，黄色的花朵转眼间变成了果实——注意要在它们很小的时候就摘下来，这样便能一直采摘。洋葱已经成熟，在露水润湿之前，轻轻地把它们从土里挖出，放在太阳下面晒干以防止腐烂。把最好的洋葱择选出来，储藏在室内，以备过冬用。

在一天结束的时候检查一下苗圃是让人不知疲倦的工作，望着作物沐浴在傍晚的夕阳下，看看哪一些长得好，哪一些长得慢。每一年的情形都不同，会有新的成功和新的失败。毫无疑问，这个厨房花园在漫长的年月里总会令园丁颇有心得。

左图：'紫叶'美类叶升麻（*Actaea racemosa* 'Atropurpurea'），或叫黑升麻，和粉色的杂种秋牡丹混合种植。

下图：景天（草本）和后面的'布雷辛厄姆'紫松果菊（*Echinacea purpurea* 'Bressingham Hybrids'）很协调。

次页图：这个季节，苹果树上挂满了正在长熟的果实。

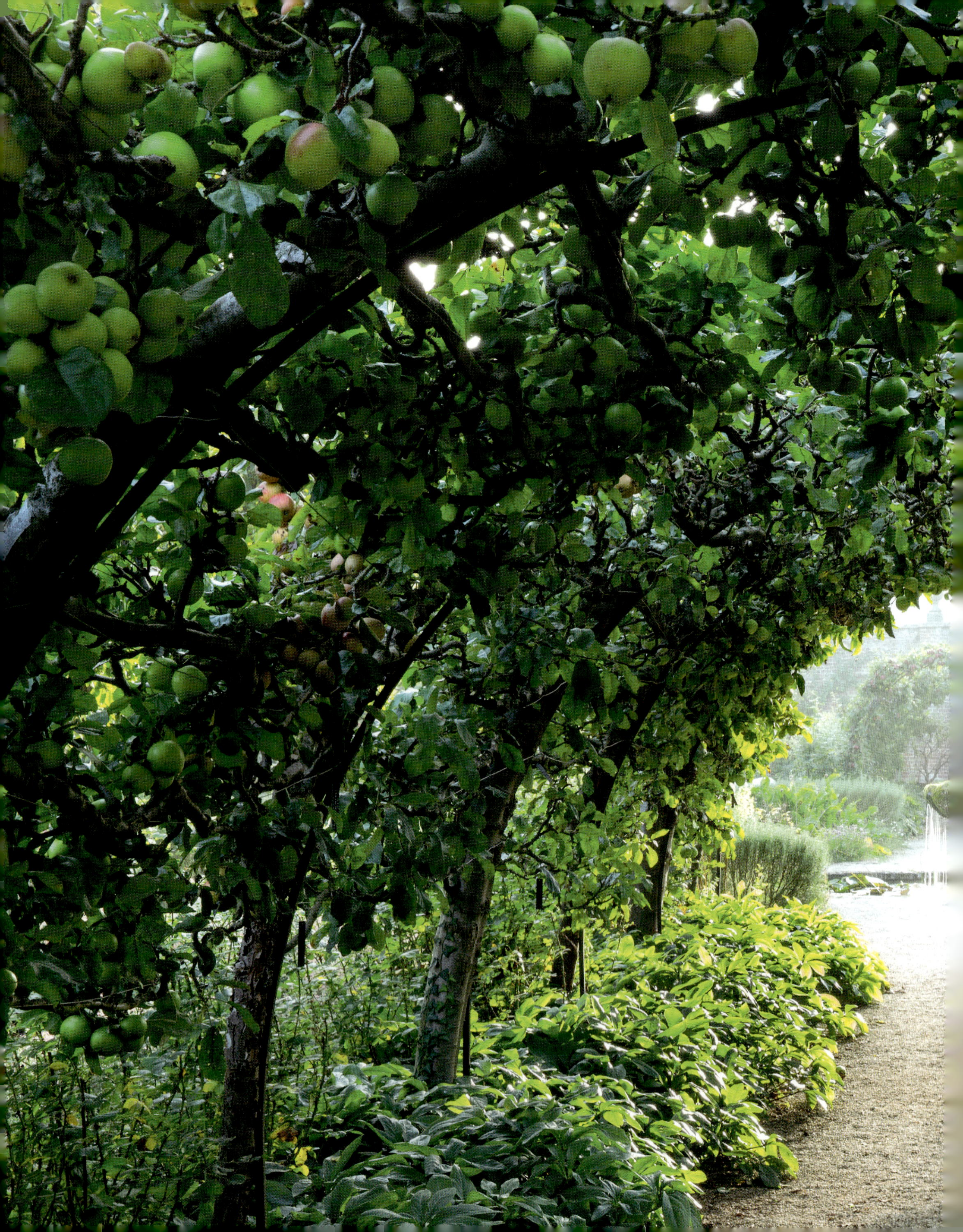

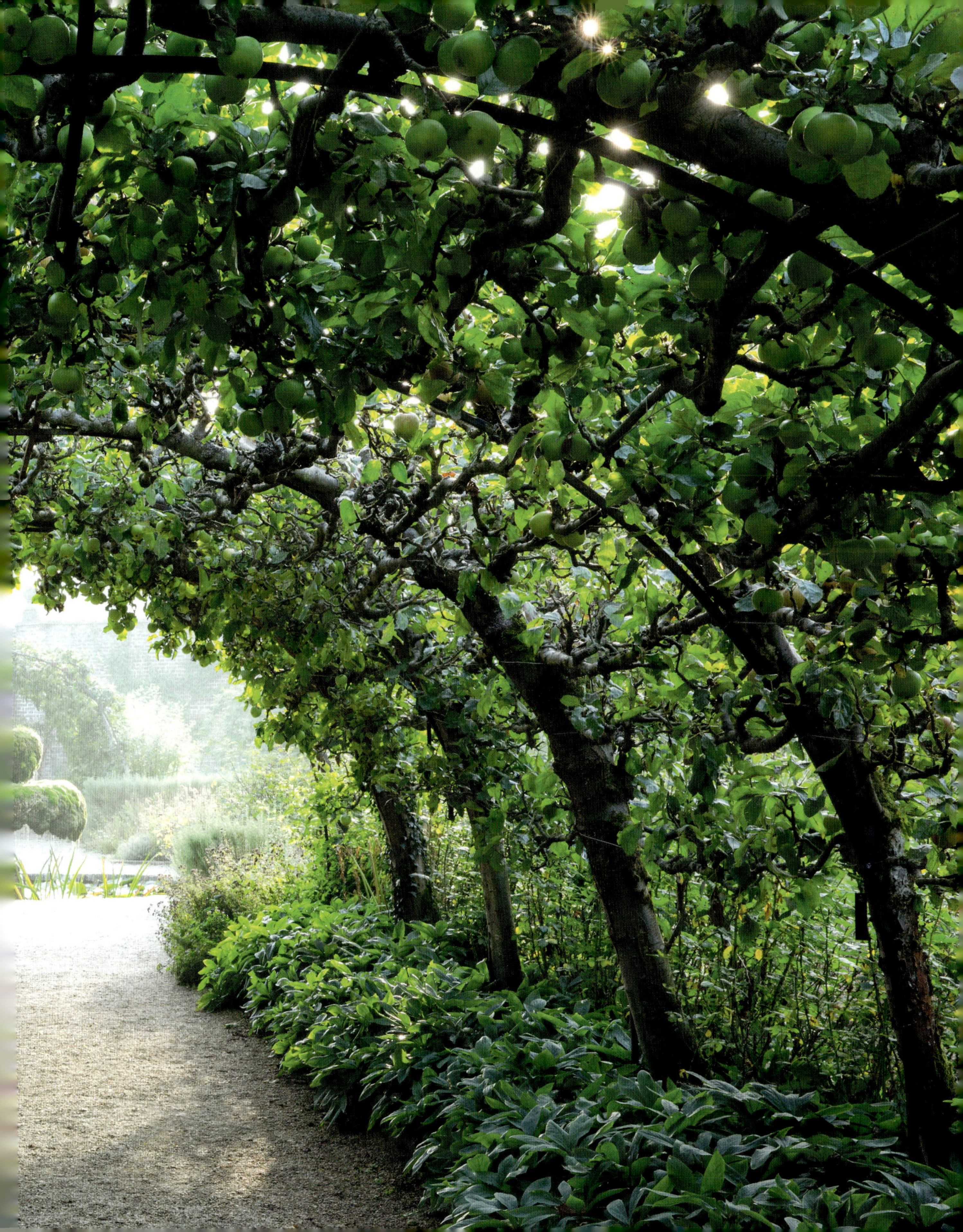

上图：黄杨树篱爆发了枯萎病，于是用常绿的香科属树篱代替了黄杨树篱。这些树篱在开花之后才会进行修剪，因为蜜蜂喜欢它的花蜜。

右图：九月，'发现'有机苹果成熟，可以采摘下来，送上餐桌，送到商店、仓库或者厨房。

园丁们对于夏末的乏味经常感到绝望，厨房花园现在却充满着乐趣，正如它在春天时一样。其中最耀眼的要数位于中心位置、围绕着水池的一圈金蜂海棠。当秋天悄悄来临，这些树上结满深金黄色的海棠果，与深绿色叶子形成强烈的对比，可以持续好几周。不久后，这些叶子在掉落之前会变成黄油般的颜色。这种树木既富有装饰性，又具有价值：秋天的太阳照耀着叶子的背面，发出的光泽就像圣诞树上挂着的装饰品；春天开出的白花可以产生大量花粉，对为其他苹果树传粉非常有益。

在王子的建议下，树枝互相连接，修整成王冠的造型。修整的工作在秋天进行，把整个夏天生长出的柔软枝条修整成型，这样到了冬天便有优美的造型可以欣赏。

这是此时呈现的壮丽景色之一。墙上挂满金色的梨子，黄色、绿色的青梅以及红宝石色的李子，它们把附墙生长的粗壮枝条突显了出来。二〇〇三年，一些年份较长、生病的树木被移走，补种了新的。在北墙上补种了一棵欧洲酸樱桃树，西墙和南墙上是几棵较早时种的梨树，在南面还种了四棵无花果树。其中一棵梨树需要恢复活力，因此把它修剪到离地面一英尺的高度，让它重新长枝。这棵植株扎根稳固，让它长成一片树墙的时间比把它挖出、另种一棵的时间要短得多。

在厨房花园的入口，红浆果树得到修整，造型富有艺术性，就像在朝北的墙上挂着一把扇子，在这片阴凉的位置上看上去效果惊人（醋栗也是一样）。

香草花园集中在水池边上的环形花圃，在这

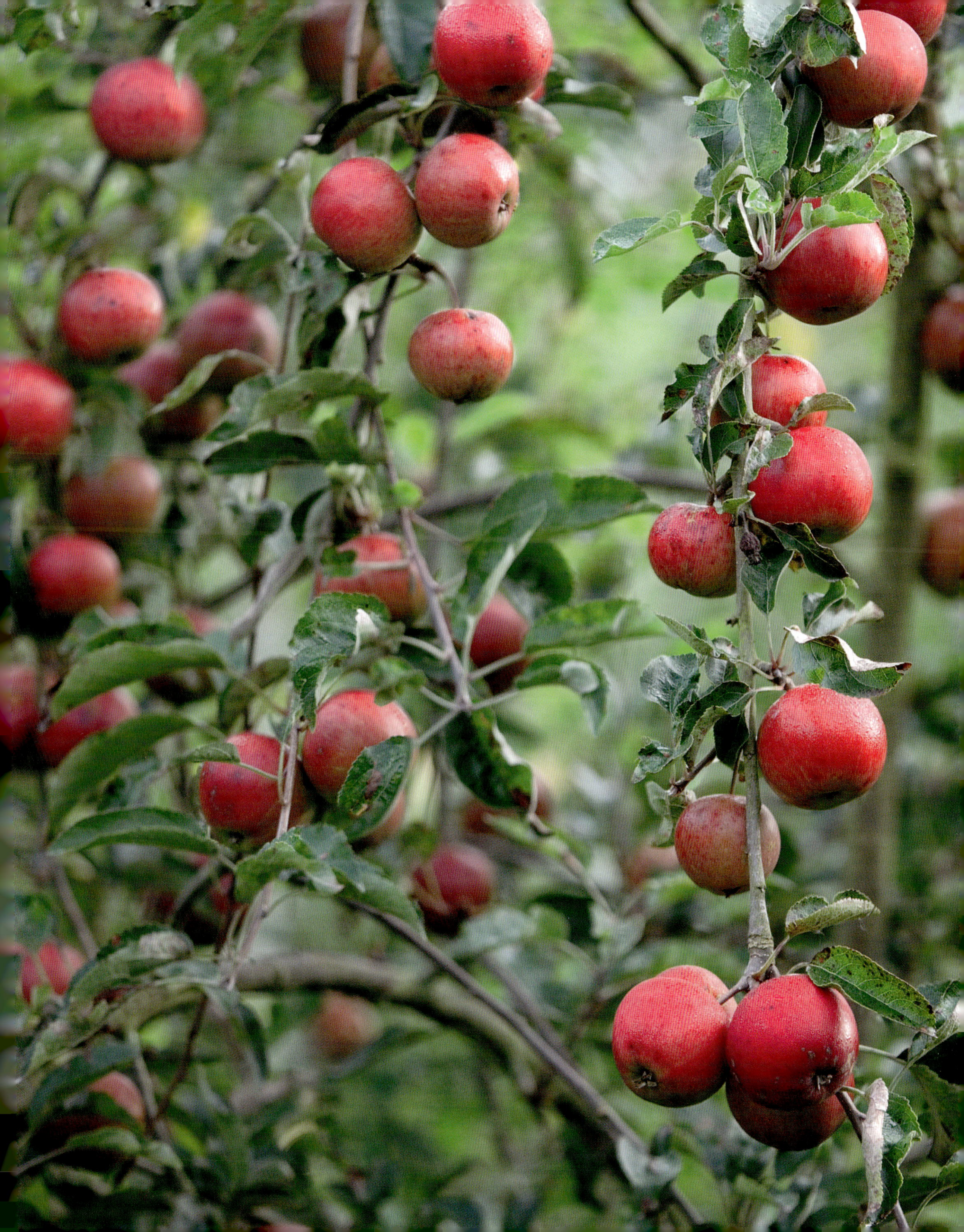

个时候，它仍然看上去整齐而又生趣盎然。香草的收集最初是来自英国女性协会苏塞克斯分部的馈赠。这些花圃在二〇一〇年进行了翻新，因为里面长满了山葵，现已把它们移种到花盆里。香气浓郁、用途广泛的轮叶橙香木（*Aloysia citrodora*）是优质的热浸剂，也被种在花盆中，因为它有点纤弱，就像柠檬草一样。这样当霜冻降临时，可以迅速把它移到有遮挡的地方。

种植多汁、香气浓郁的新鲜香草的技巧是不断地采摘，免得它们变得懈怠、长得过长，因此海格洛夫的厨师可以随意使用，制作沙拉、调味酱和佐料。除了常见的品种（如迷迭香、鼠尾草和百里香），另有超过三十种香草生长在这里。有这么多种类可以选择，厨师可以尽情地发挥创造力。

此时的花圃也有着自己的焦点。'绿星星'唐菖蒲（*Gladiolus* 'Green Star'）依然翠绿，在其他呈现秋季色调的植物衬托下更加瞩目。它不会像其他绿色唐菖蒲一样衰退成黄色。双色凤梨百合（*Eucomis bicolor*），开着淡绿色星星状花朵，是另一种新鲜的补充物；它和'黄叶'西洋山梅花很搭调。蓝色的紫菀、红宝石色的景天和粉色的银莲花，它们以绚丽的色彩装点了秋季的花园。

想观赏花园中最怡人的景色，需穿过紧靠南墙的带叶子边饰的凉亭，可以望见混和花圃。这个低调的建筑由栎树木建造，呈半圆形。它有着微微弯曲的横梁，优雅的木头柱子，上面挂着甜香的忍冬和'阿尔芭'五叶木通（*Akebia quinata* 'Alba'）。这种半常绿的、富有活力的攀缘植物在春天开出奶白色的花朵，稍后便结出形状古怪、呈巧克力紫的果子。

左图：在夏季的末尾，蔷薇藤架看上去有股浪漫的狂热劲，直到来年二月它们才会变得柔顺。

上图：因为冬天不再使用覆盖物，意大利喷泉上的苔藓每年都不断增加，为厨房花园增添了生机之感。

右图：这种睡莲是送给王子的礼物，它可以遮住水面，抑制藻类的生长。

草地

一年中的这个时候，草地已经割过，草显出疲态，呈枯黄色，再次颜色变深、爆发活力一般需要几周的时间。新草一开始看上去相当稀薄，因此在显得特别稀少的地方会补种草籽，或种其他植物，为草地增势。每一年，草地上的花朵各自占据的比例都会有变化，今年势头最旺的花朵很可能在来年表现不佳。这种贯穿季节和年份的动态的变化是培植草地令人兴奋的地方。

越来越多的园艺爱好者希望改善乡村野生动物不断消失的情况。积极投身环境保护的人，如查尔斯王子，以亲身实践证明了让花园的一部分变得更贴近自然可以获得怎样的效果。现在许多其他园艺爱好者也在做类似的尝试，希望对环境更加友好。

一些园艺爱好者也想在他们的花园中打造草地，但很快就会失去兴趣。德布斯·古迪纳夫建议那些泄气的园艺爱好者可以在一平方米大小的土地到大片的土地之间选择。如果你仅仅是想试着打造一片野生的草地，那就可以从小块土地入手。她进一步建议："可能就是几个平方米大小。种子很贵，所以要看你想怎么做，把你的精力投入到较为集中的土地。观察它并且欣赏它是怎样成长的，从土地上收集种子，然后用收集到的种子去增加土地的影响力和规模。"

这个时候，从九月到十月，是打造一块新草地的理想时间，草被割得很干净，可以翻松或者耙土，最好是在雨季来临之前。海格洛夫跟其他任何一个花园一样，精心选择混合的种子，以适应各种条件。德布斯建议如果草皮挨得很近而且长势旺盛，混合种子最好包括小鼻花植物，这种植物会抑制草的生长。

早秋也是植入补充植物的最好时间，因为它们能在春天可能的干旱来临之前扎根生长。德布斯也建议种植喇叭水仙（*Narcissus pseudonarcissus*），随意地点缀草地，使草地"度过三月和四月蓬乱的时期"，本土水仙完美的花朵与草地可以相映成趣。

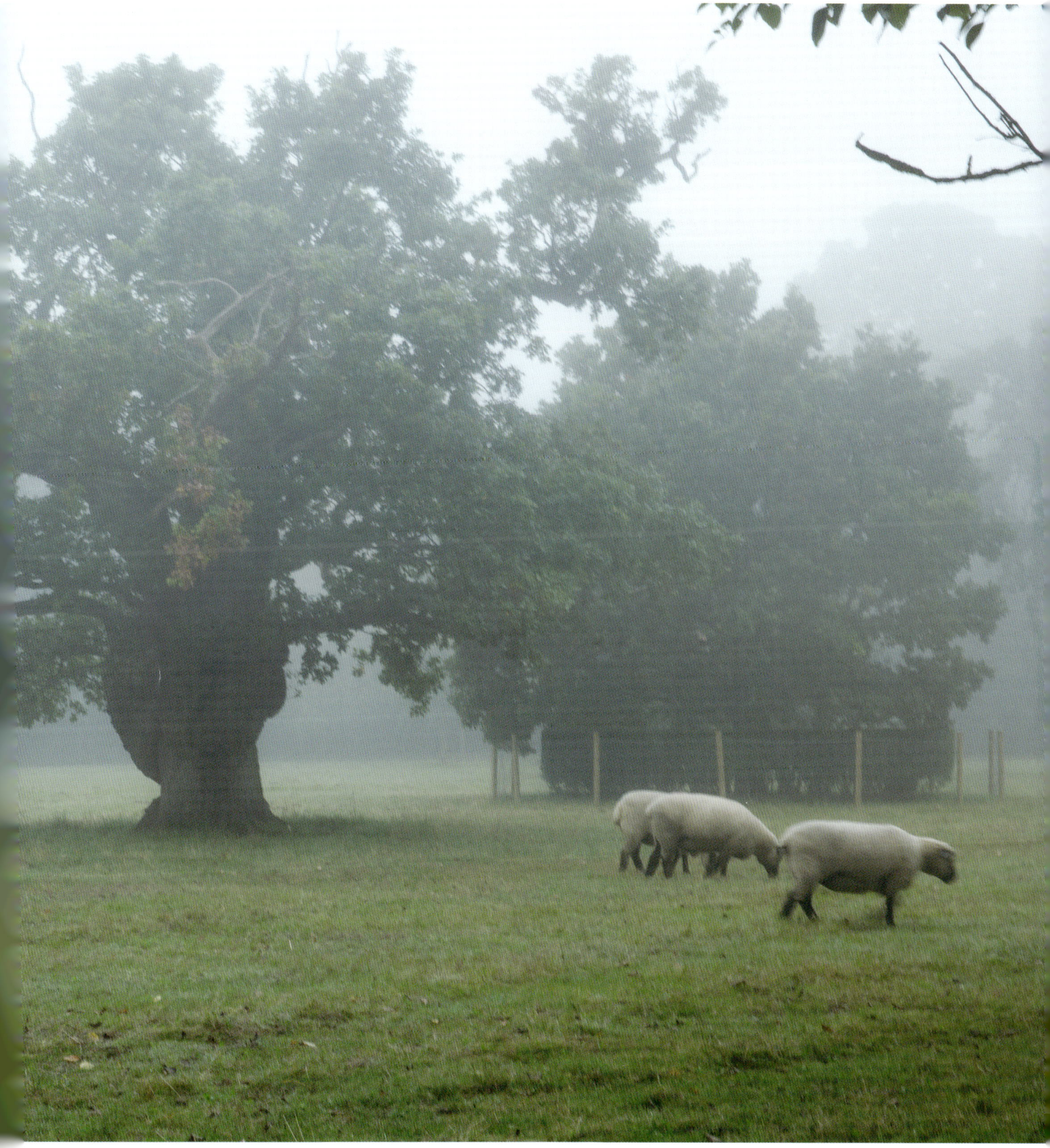

平台花园

秋意越来越浓，植物夏日旺盛的长势已经放缓。此时低矮的阳光亦有着自己的魔力，可以使颜色更加绚烂，叶子和花朵显得更有质感。小酌一杯或进行户外午餐都是不错的选择，周围有香气浓郁的迷迭香、薰衣草和鼠尾草灌木，它们干净的叶子会变成舒适的枕头。杏黄色的'无名的裘德'蔷薇散发着香气，还有珊瑚粉色的'磁石'丰花月季，亦香气扑鼻。橄榄树已长成灰绿色的树冠，慢慢地吸收着夏末的阳光。

平台花园正是好时节——花盆里的花朵颜色缤纷，它们受到精心的照料，会定期施肥、浇水，定期查看。百里香路金色紫杉外侧，彼此编织紧密的鹅耳枥叶子开始发黄，这与花盆里绽放的缤纷色彩形成强烈的对比。

平台和水池的设计由索尔兹伯里夫人和查尔斯王子协作完成。主要考虑是可以在较为温暖的月份里，把凳子摆放在户外。设计过程于一九八四年在建筑师戴维·布利塞特的帮助下进行。

八角形的水池对野生动物有着巨大的吸引力，它们被吸引到离窗户很近的地方，这样就可以定期地观察它们。流水的设计具有低调、简单和宁静的特点，与周围景色融为一体。

磨石的设计由雕刻家威廉·派伊和王子协作完成。水池底部的鹅卵石是王子在屡次旅行中收集起来的，有些许的不同，展现着岩石各种鲜明的地质特色。水池内部有一段柳条编织的斜坡（用海格洛夫自己种植的杨柳枝编织），大约有60厘米长，这样就方便蝾螈、小青蛙和其他动物爬上水池。

在水池完工后的一段时间里，查尔斯王子很担心它的水位：他深信水池有个裂缝，因为水面下降得太快。后来有一天，他才发现园丁们用水池里的水浇花盆。秘密被揭穿了！

一开始平台铺路石选用的是多塞特郡切瑟尔海滩上的鹅卵石。在二十世纪八十年代，像这样的天然材料常常被收集起来，运到需要用到的地方。王子却改变了主意，他决定使用来自距离更近的布里斯托/南威尔士地区的彭南特石头。这是一种更耐用的沙石（经常用来铺路和盖屋顶），被铺成不规则的方格图案，用完整的方形铺路石铺在中间，边上点缀着一圈方形的薄石，这种铺法在很多地方已经使用了几个世纪，在海格洛夫却打造出天然随意的效果。又有三条环形的小方石路围绕水池铺设，四只陶罐花盆勾勒出水池的轮廓，以确保只有小鸟等小动物才能进出这个地方。

因为采用了不规则的方格图案，铺路石便不会显得过于板正，而且有数不清的植物在这里生长，使坚硬的石头看上去更加柔和。一年四季，

下图：丽花唐菖蒲，是半耐寒鳞茎类植物，可以在无霜冻情况下越冬。

右图：美丽的唐菖蒲种在拱形藤篮里，它可以在齐眼高度盛开。此处石头构成的硬朗风景和八角形水池里柔和的水声形成对比。

一系列的植物出现在这里。二月，雪白的雪花莲逐渐凋谢，一团团紫色的番红花盛开，把坚硬的灰色石块路变成一条绵延不绝的紫线。报春花在四月点缀着裂缝和结点处，柔毛羽衣草在五月繁盛，随后经过园丁们快速的修剪，会再开一次。黄金菊和牛至也扮演着重要角色，它们在被踩碎的时候会释放出微妙的香气。很多园艺爱好者都喜欢铺路石间的植物，在平台西面却好像是铺路石藏在植物中间一样。

平台上的花盆是设计中的重要元素，这是一个奇妙的机会，可以种植新的植物，打造不同的效果，正因为如此，每两年安排种植的植物鲜有相同。有一些年份，郁金香在四月被插在花盆里，那正是茵芋和景观黄杨被移走的时候，在整个冬季就有美景可以欣赏。郁金香之后，可能会种喜水的木曼陀罗，它们开不同寻常的喇叭状花朵。这些被称作"天使的喇叭"，因为整个夏天它们都开着硕大的、下垂的喇叭状花朵，形成一个个齐整的圆圈。假如你在它们下面睡着的话，显然会让你在睡梦中产生幻觉。经过仔细挑选的天竺葵在五月霜冻过了之后才会从温室里拿出来，也是这里的最爱。'伦勃朗'天竺葵花朵华丽，在深紫色中心外包着一圈淡紫色边缘；'比特侯爵夫人'天竺葵，一位几乎全黑、边缘上有点紫的美人，这些品种都是最佳位置的常规竞选者。

其他种植在此处的植物或是因气味芳香，或是因整年都有漂亮的颜色，或是仅仅因为它们受人偏爱。橄榄树下的方型小花圃里种的都是地中海类型的植物，它们铺满了路面，把任何直线的痕迹都掩盖了起来。'紫芽'药用鼠尾草（*Salvia officinalis* 'Purpurascens'）是一种深黑、紫叶的鼠尾草；还有狭叶蜡菊（*Helichrysum italicum*），它们反复出现，填满这些重要的位置，与橄榄树叶子搭配协调。

有了新凉亭，王子在遇到阵雨时便不用再停止写作。

农舍花园

　　农舍花园并不普通，园内许多植物在夏初便展现了缤纷色彩。到了初秋时节，这里却显得更加神奇，柔和的光线为多年生和一年生植物晚开的花朵罩上了光晕，愈发赏心悦目。

　　印第安豆树，即'黄叶'紫葳楸（*Catalpa bignonioides* 'Aurea'），是埃尔顿·约翰爵士在王子五十岁生日的时候送给他的，经常在一年中的这个时候结出豆荚来。这是一棵越来越受欢迎的树，因为它容易存活，生长得快，在七月左右开出一串串硕大的白色花朵，大到会把叶子遮盖起来。它并非来自印度，也不结真正的豆子。事实上，它首次被发现是在美洲，植物学家第一次看见它是在美洲原住民部落的田地上，由此得名。豆荚看上去确实像豆子，可以长到超过一英尺长，它的心型叶子会在第一次霜冻后掉落，不会经历明显的颜色变化。

　　除了色彩精心搭配的扶墙花圃，其他表演者此时也开始登台了。比如福禄考属植物，'明目'天蓝绣球（*Phlox paniculata* 'Bright Eyes'）就是其中一种。第一拨花谢后，去除顶花，并且适当施肥，它就能开出第二拨花来。紫松果菊（*Echinacea purpurea*）仍然开着玫紫色花朵，中心呈独特的橘棕色纽扣状；开粉紫色花朵的'薇拉·詹姆森'景天（*Sedum* 'Vera Jameson'）和它的蓝灰色叶子很搭调；'达特姆尔'大叶醉鱼草（*Buddleja davidii* 'Dartmoor'）的圆锥花序上开着紫红色花朵，香气扑鼻，引来饥饿的蝴蝶，它们享受着花朵周围温暖的小气候。四照花现在已经结了草莓般的红色果子，而它本身依然有看点，随着天气转凉，叶子开始显现深红色。'紫晕'黄栌（*Cotinus coggygria* 'Notcutt'）亦令人印象深刻，它的花序慢慢改变了颜色，这个时候常常是深粉红

165

色的，看上去就像叶子周围笼罩了一层薄雾。

构筑空间感的纯绿色植物与秋天的火红色调非常协调，从而打造出一个引人注目的场所。圆形石头凳子边上种有爱尔兰刺柏，笔直树干与地面上的植物形成对比。这个花园里还种着爱尔兰紫杉，有同样的效果。不常见的'圆叶'日本女贞（*Ligustrum japonicum* 'Rotundifolium'），长着光滑的、几乎像山茶花一样的小叶子，显得此树具有建筑的美感。

新建的夏日小屋被证明非常成功，可以遮挡夏末各种各样的阵雨。两棵枯萎的栎树被移走，送到一个马车棚，在那里它们由庄园团队弗雷德·因德、史蒂夫·斯坦斯和保罗·达克特造了这个建筑，在二〇一三年三月海格洛夫开放的时候才刚刚完成。推迟完成的原因是那年的春天是有温度记录以来最冷的春天。很多本应开花的植物都没有开。"我真希望客人不会失望。"查尔斯王子在他为冬天发生的变化作概述的时候曾非常担心。访客可能比以往少，但是很多来过的客人认为它比从前看上去好多了。

这座简朴的凉亭由查尔斯王子和马克·霍尔协作完成。马克是王子的建筑学院（前身是王子建筑共同体基金会）的学生，建筑学院是一个旨在传承建筑和设计传统的公益组织，致力于使相关的个人和团体处在设计的核心位置。

凉亭屋顶的边缘微微起伏，就好像经历了时间的考验。起支撑作用的巨大树干立在碎石层上，凉亭尖顶装饰着栎木雕刻的栎树果，还有一幅雕刻的装饰画嵌在后墙上。整个建筑低矮而紧凑，更体现了农舍花园的氛围。

一年中的这个时候，这个凉亭派上了用场，查尔斯王子经常在这里工作。以前在多雨的夏天，垫子、凳子、桌子和纸张需要不停地搬进搬出，而现在，一片宽阔的芳香植物中间掩藏着这造型简朴的凉亭，可以在需要的时候为王子遮挡风雨。

上图：一大丛非常容易养活的'珊瑚羽'小果博落回（*Macleaya macrocarpa* 'Kelways Coral Plume'）在最显著的位置，衬托着印度门的风景。

右页上图：一簇簇拉凯长阶花（*Hebe rakaiensis*）守卫着农舍花园小径的角落，后面有更多转瞬即逝的植物。

右图：两种极美的一年生植物：'柠檬树'兰氏烟草（*Nicotiana langsdorffii* 'Lemon Tree'）和妩媚动人的萼距花（*Cuphea viscosissima*）交错生长。

最右图：'奇异'大头紫苑（*Aster frikartii* 'Wunder von Stafa'）花期长，对霉病有很好的抵抗力，还有'私语混合'翼叶烟草（*Nicotiana alata* 'Whisper Mix'）和萼距花。

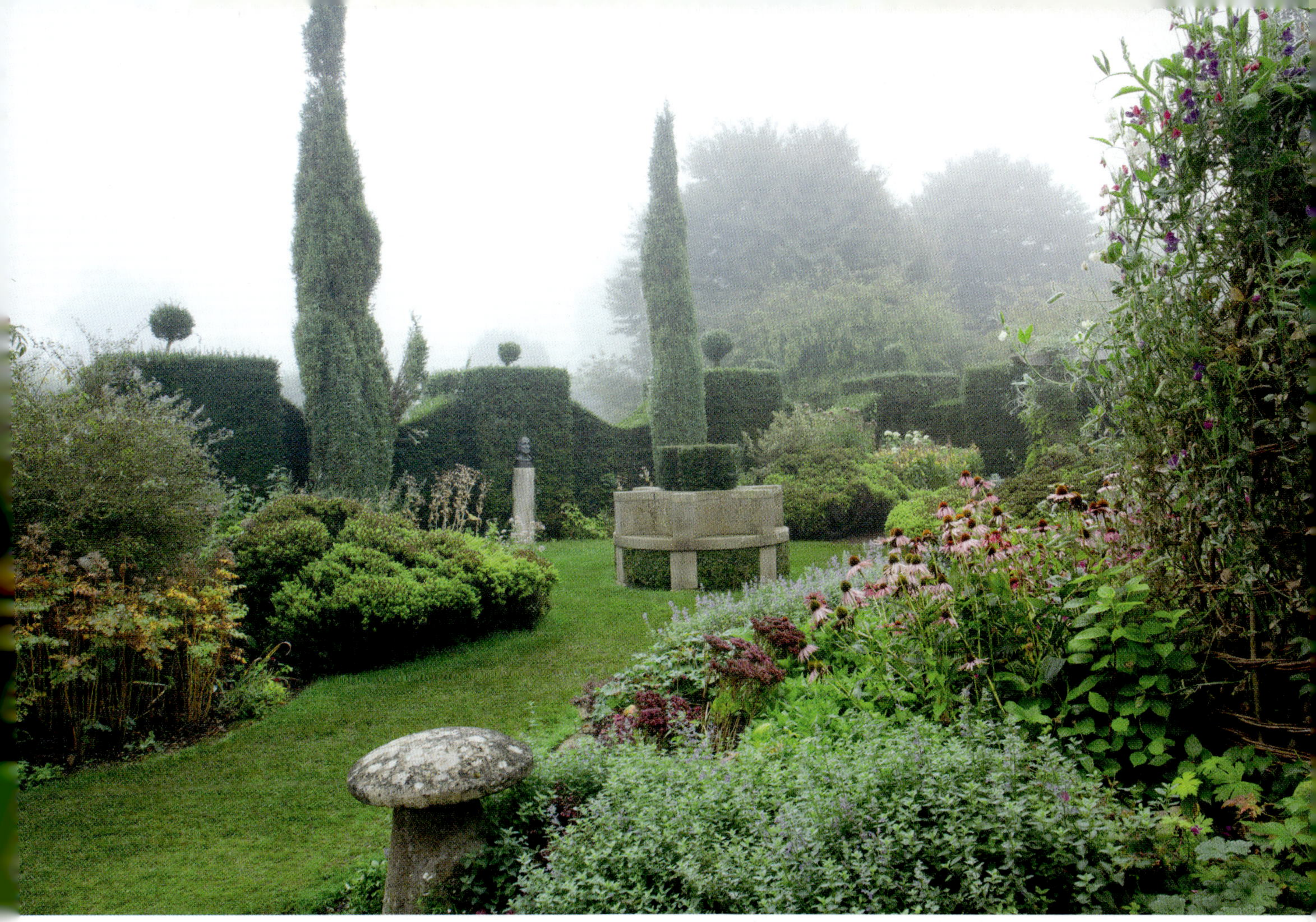

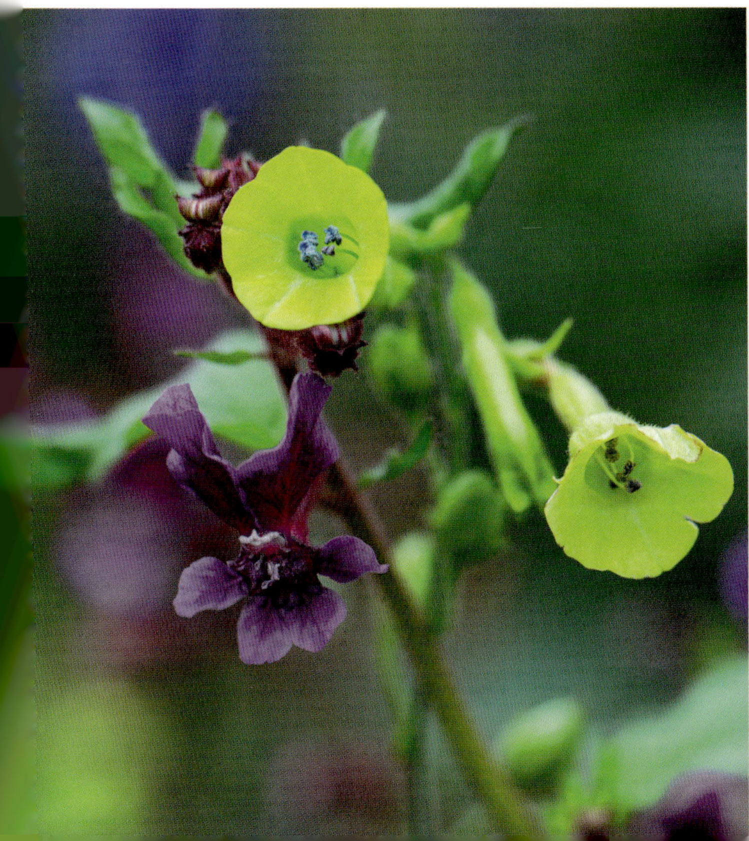

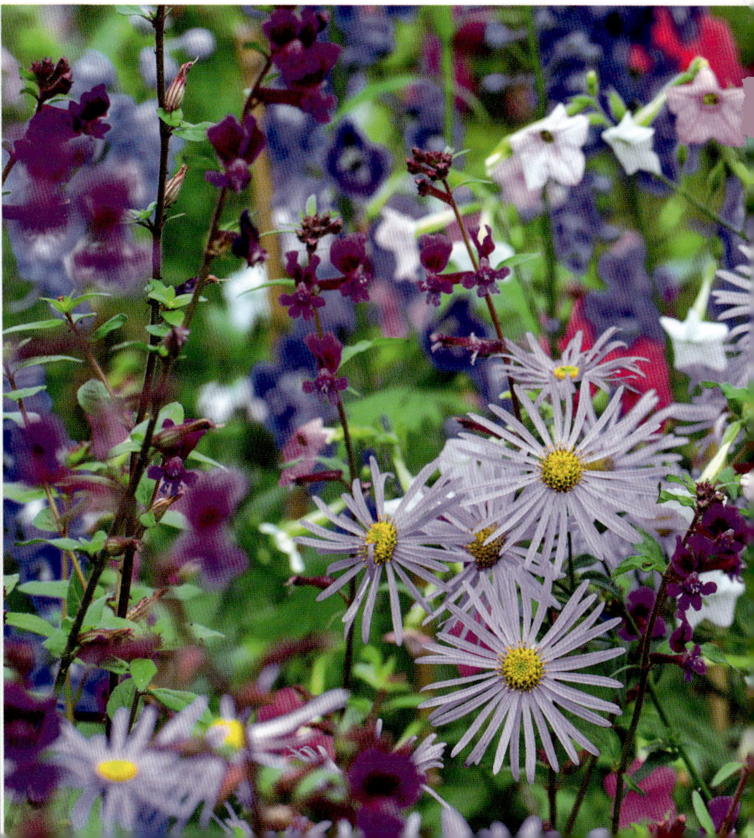

西洋梨

OCTOBER
十月

> " 十月是厨房花园和苹果园收获的季节。但愿有一些梨，鲜美多汁的梨，如果我们幸运的话，而不是口感糙如棉絮或吸墨纸的。期待中第一批收获的有抱子甘蓝，意味着冬天我们可以享用这种美味的蔬菜，另外还有胡萝卜、韭葱、卷心菜和土豆。这是一个感谢自然和人类之间永恒的伙伴关系的月份，我们向自然索取良多，应该对自然予以同等的回报，否则的话，未来它将不再能够养育我们。这是一个微妙且应得到尊敬的平衡，但是在过度开发利用的潮流下，这种平衡已经被遗忘殆尽。"

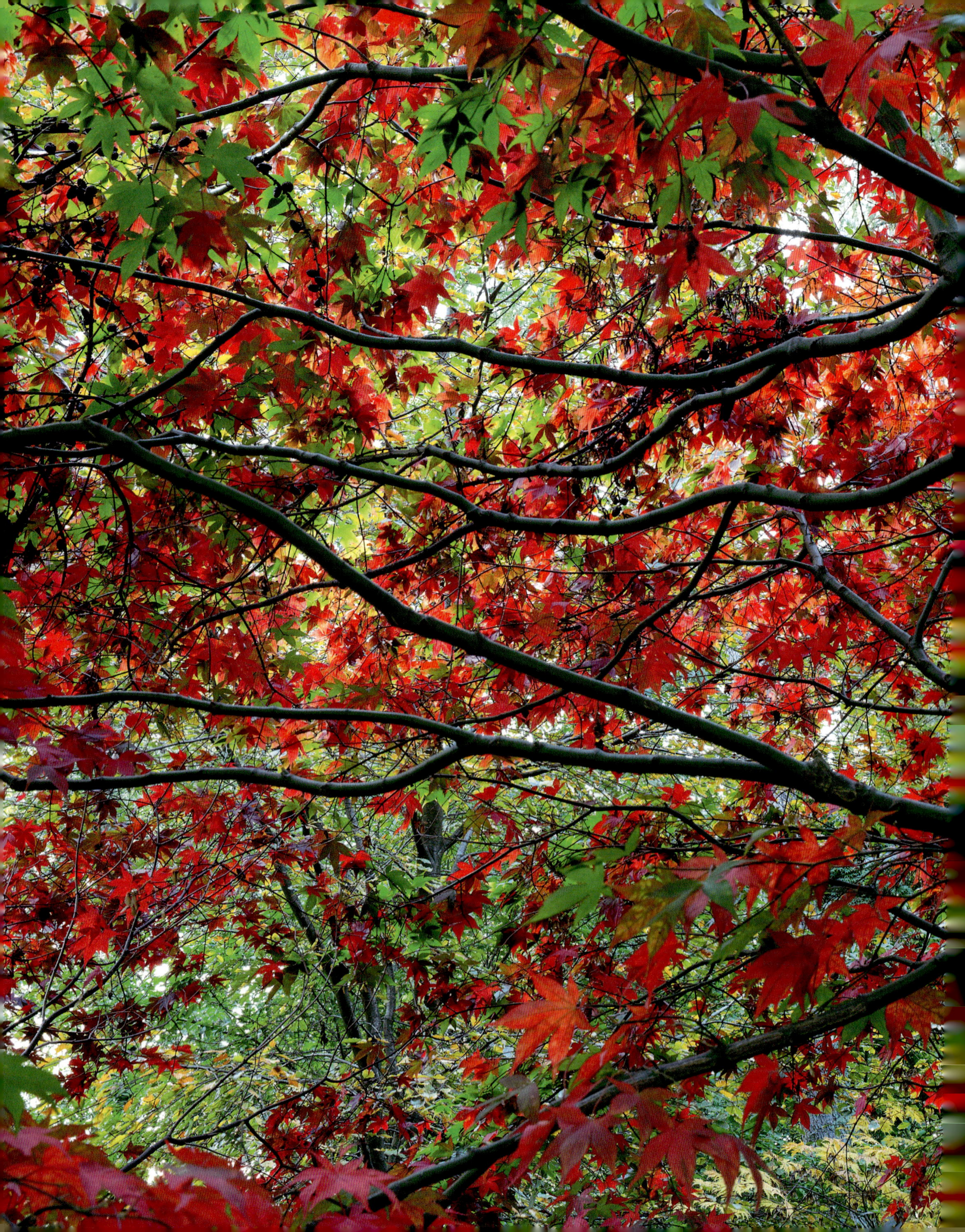

可以感觉到花园的步伐正在放缓。围绕着房子的草地又变成绿色的了，营造出一种宁静的氛围。百里香路两旁的植物经过一个夏天的生长，紧密地缠绕在一起，编织成了一条致密而流动的地毯。从夏季过渡到秋季，花园到处可见金秋的色彩，非常壮观，其中数植物园里的羽扇槭和大山樱（*Prunus sargentii*）的火红令人印象最深。树桩花园则依然幽静，玉簪花和蕨类苍翠的绿色为这个看上去有点野性的花园增添了安宁的感觉。夏天已远，但是演出还在继续。

上图：秋天迎来了'埃弗勒斯特'海棠果树闪亮的红色果子。

左图：这种羽扇槭是过去三十年间种植在植物园中的诸多特殊品种中的一种。

右图：一棵火棘（*Pyracantha*）攀爬在平台花园的墙上，长满鸟类喜欢的红色浆果，味苦。

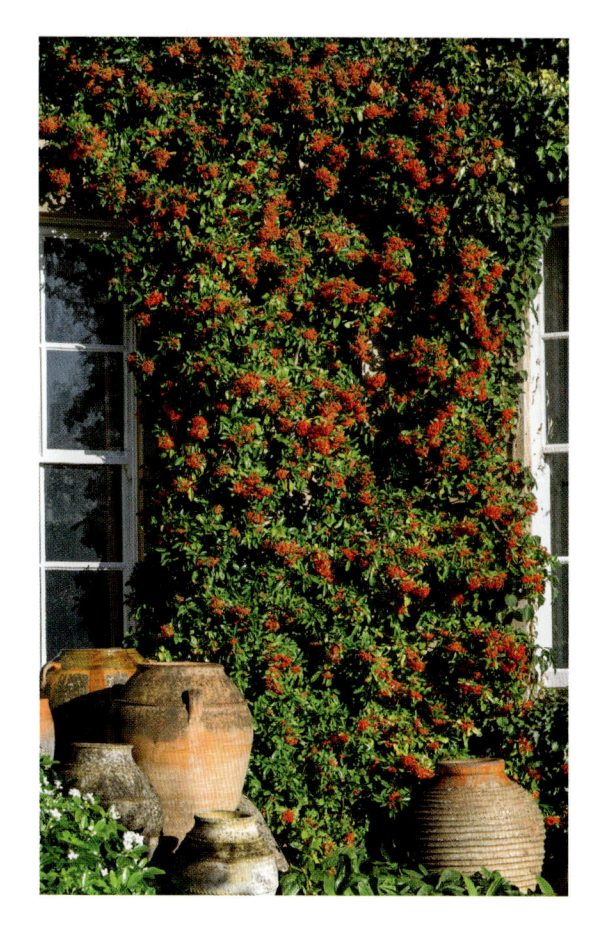

百里香路

点缀在花园中的金色紫杉这时候变成了金黄色，它们还是夏天毛茸茸的样子，年终修剪会让它们很快变回浓烈的绿色。在它们上方，枝条编织在一起的鹅耳枥辉映着金色紫杉，连绵的枝条勾勒出这条步道的形状，令你的目光不禁望向远处的椴树大道。此时椴树的叶子变成了黄绿色，长长的枝条在秋天柔和的微风中摆动。

十月起了淡淡的雾，把百里香路衬托得愈发美。它们不再是盛开时紫色、粉色和红色的混合，由各种百里香叶子组成的波浪起伏的姿态看上去非常动人。

当植物开完花之后，会立刻对其进行修剪。这是让植物恢复精神的办法。到了十月，它们就会显得精神抖擞。培育这条由不同种类的百里香组成的小路极具挑战，尤其是要防止兔子的入侵。兔子和野鸡会对百里香造成很大的破坏，假如你住在乡下的话，暂时竖起围墙和护网可以保护百里香，这非常有效。

一开始种植百里香的时候，沉重的土壤里混合了沙子和砾石，以分担重量。但是几年后，可能是由于频繁踩踏的关系，路面有所下沉。另一个问题是两边的草坪被有意培育成"割过的绿地"，到处生长着自我播种的香草和人工播种的青草，它们也不断渗透到百里香路上。长在"草坪"范围内，它们是美丽的；但是一旦长到百里香路上，它们就变成了烦人的杂草。

这些百里香草由詹卡·麦克维卡提供，那时他在布里斯托经营着一片香草苗圃。二〇〇一年的某一天，詹卡开车送来了十五种不同种类的百里香苗，共四千棵。其中包括了爬地的品种，如铺地香（*Thymus serpyllum*），垂直的品种，如'芳香亚种'（柑橘香味的百里香），会聚集或者微微抬起的品种，如'伯特伦·安德松'百里香。最末这个品种株高很短，可以踩在上面，就像匍匐的品种一样，而垂直的品种就只能绕着它们走了。当时是以 6～10 棵同样的品种为一组种在一起。

一旦植物迅速生长起来，偶尔在里头放牧是有好处的。除了每一年用剪刀进行的修剪，每两年至六年作为一个周期，需要往里面增加替代的植株，这取决于百里香的品种和排水系统。插条在七月扦插好，会在几个星期之内生根，接着就可以种在盆里，等待下一个秋天或者春天种植。

二〇〇八年，当德布斯·古迪纳夫成为总园艺师的时候，由于抑制野草生长的垫子堵住了排水系统，很多百里香都死了。德布斯克服困难，把这些区域都清除干净并清理了下面的土壤，再重新种下所有的植物。

努力终究得到了回报。你可以坐在百里香丛中，呼吸它们的芳香，欣赏花园的美景。在秋天新鲜的空气中观察颜色的变化，这让人心旷神怡。

百里香路有 95 米长，十分惊人。不幸的是，草坪上的野草总在上面自播繁殖。

173

树桩花园

在海格洛夫的各处花园，一年中这个时候最引人注目的变化来自叶子的颜色——这在树桩花园表现得最明显。这里有精心选择的槭树、唐棣和连香树（*Cercidiphyllum magnificum*），色彩美丽得令人赞叹。种植的连香树是一种小型品种，叶子在秋天变成了璀璨的黄色，而且落叶有烧焦的太妃糖味。

树桩花园，因标志性的建筑、引人注目的植物和宁静的氛围，多年来一直是王子最喜爱的地方。为了纪念诗人特德·休斯，这里竖起了一座纪念碑。它坐落在低矮的土丘上，土丘上覆盖着堆叠在一起的树桩。这个建筑本身是一棵绿栎树，外表有"类似蠕虫爬迹的装饰"（看上去像遭到了虫蛀）。这种装饰手法一般用在石头上，但如果把它用在绿栎树上，呈现的效果也很好，与周围

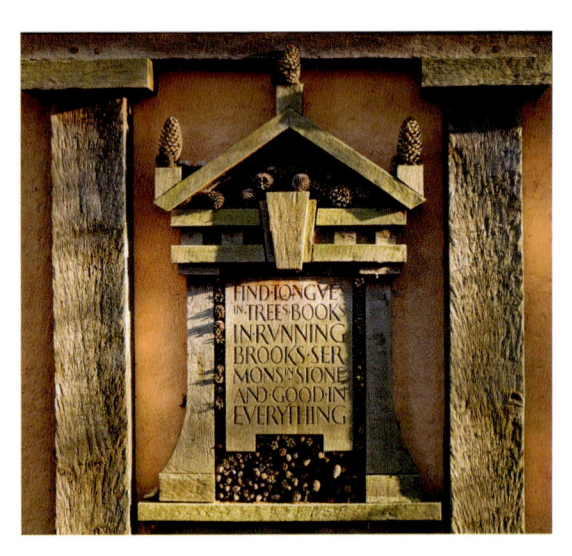

上图：在其中一座神庙里刻着莎士比亚的话："树木能言语，溪流是书本，石头会讲道，万物尽美好。"

右图：两座细节雕琢精致的神庙面对面坐落在长满青草的林中空地上。

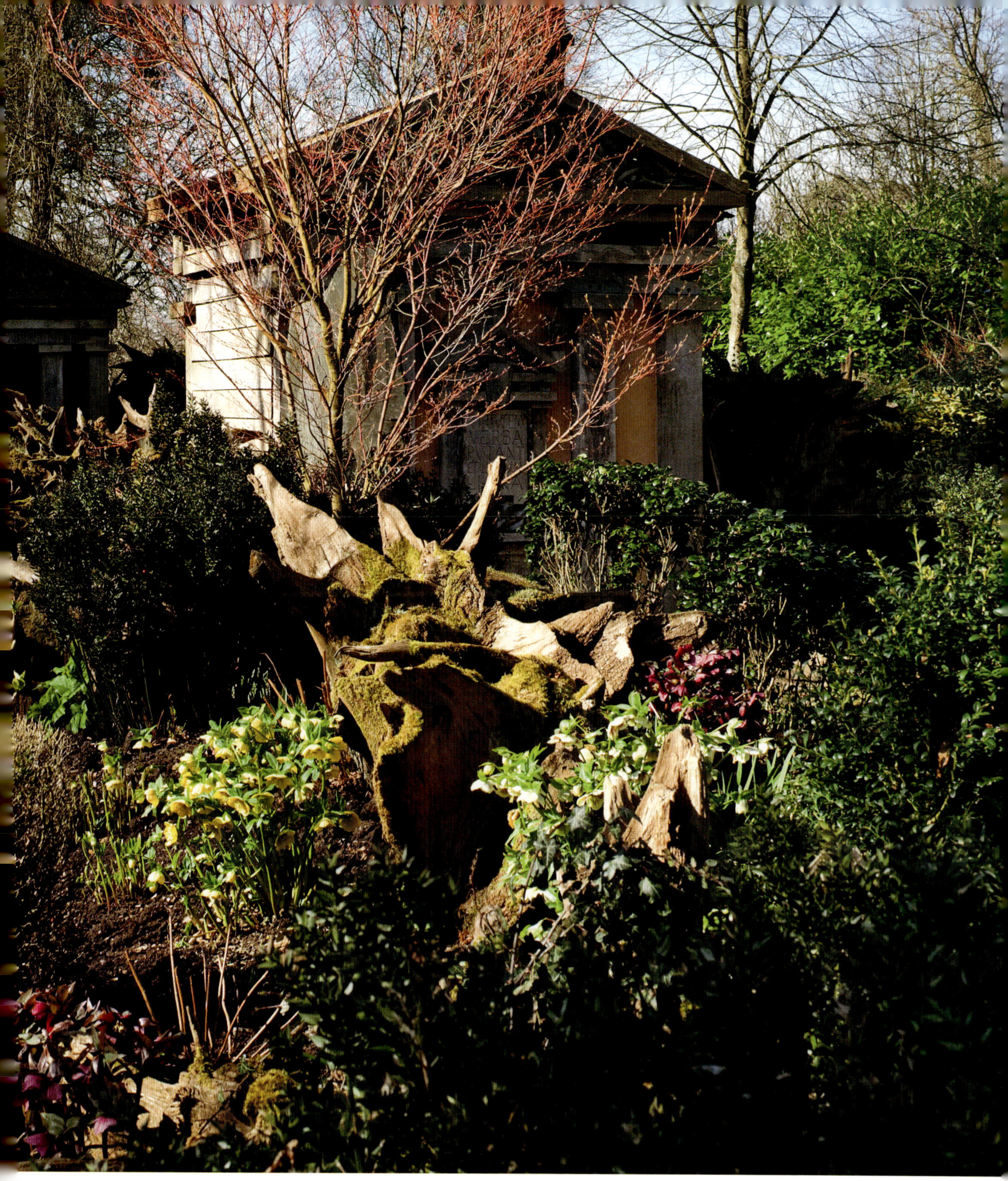

纯朴的感觉相搭调。碑尖顶四周各有一个大栎果。周围有三把长椅，也是绿栎树木材质制作，有着相同的装饰。

查尔斯王子深爱自己的外祖母，当她在二〇〇二年去世的时候，他决定把纪念碑献给她，把特德·休斯的铜像移到一座神庙里。纪念碑上换成了王太后的雕像，雕像上她戴着最喜欢的园艺帽。王太后热衷于园艺，这对王子也产生了巨大的影响。他尊重她在柏克馆（从前是她的住所，现由查尔斯王子继承）的经营，保留了其花园的大部分样貌，只添填了树篱并且适时修剪灌木。

王太后的纪念碑对其他两座神庙是一种补充，这三座建筑均具有创意，并且都是由绿栎树木建造。覆盖着绿植的起伏小丘将这三座建筑联系在一起。一大片玉簪、蕨类和其他低层植物点缀其间，偶尔可见橘红色的唐棣和羽扇槭。

在两座神庙之间、老栎树的下面是一座杰出的雕塑《森林女神：静谧精灵》，由著名的英国雕刻家戴维·温创作。它是王子在一九九一年为最初的林地花园委托制作，用罗索·奥尔比科大理

石雕刻而成，质感上乘——将手指顺着她的背部划过，能摸到她的脊椎。

　　随后又添加了最后的润色和装饰：班纳曼夫妇设计的两只栎树凳，凳子上点缀着威尔士亲王的羽毛徽章。访客有了可以歇脚的地方，其中一只凳子上面还有小矮妖靠背，是一位爱尔兰朋友送给王子的礼物，它叫作"红人"。这位朋友写道："如果那个长着红胡子的矮人出现在花园里，你们可以摸摸他的左脸乞求好运并且告诉他我们是怎么评价他的。"

左图： 献给王太后的纪念碑，由绿栎树为材质制成，装饰以蠕虫爬迹。

上图： 森林女神雕像，用罗索·奥尔比科大理石雕刻而成，坐落在两座神庙之间的老栎树下面。

右图： 桫椤和长满苔藓的树桩为树桩花园增添了神秘的氛围，跟大多数访客过去看到的花园都不一样。

177

植物园

　　植物园就是为了能在秋天大放异彩而设计的，事实亦的确如此。从一九九〇年起，每年都会种植景观树，园子的面积不断拓宽，树木越长越高，这个空间里的戏剧性和色彩也随之增加。植物园里的声音、气味和光线随着季节的变化而剧烈变化，现在，一切都在准备迎接冬天，四周变得更加宁静。

　　乔木和灌木的长势不再那么迅猛，林地地面上的青草和香草被秋天的露水打湿，看上去有点睡意蒙眬。白天越来越短，野生动物也少见了，但是乌鸦和画眉的叫声还回荡在空中。蜜蜂还在忙碌，忙着在常春藤花中采蜜，老一点的常春藤上已经开出大片的花朵。这些宝贵的花朵在一年中的这个时候是花蜜和花粉的重要来源，不仅对蜜蜂，而且对黄蜂、蝴蝶都很重要。

　　槭树的叶子在秋天全力施展它们的魅力，它们三五一群，十分引人注目。'大叶'鸡爪槭（Acer palmatum 'Osakazuki'）变成了浓烈的猩红色，'乌头叶'羽扇槭（A. japonicum 'Aconitifolium'）和塞波德槭（A. sieboldianum）被燃烧似的橘红色和火红的色晕照亮，经过密集修剪，'葡萄叶'羽扇槭浓密的叶子从苹果绿变成鲜艳的樱桃红。点缀在林子里的波斯铁木姿态奇特，叶子呈橘色，显得别有特色。

　　在二十世纪九十年代，这里曾经种着很多榛树，后来大部分榛树被移走，给更奇异的植物腾出空间。随着植物园的不断发展，低层植物从粗草、多年生山靛和其他自然植物向鳞茎植物和奇异的灌木转变，拓展了植物的种类和颜色的层次。

　　十月是美妙的，可以稍稍驻足，欣赏花园的精彩，但这也是一年中的繁忙季节。夏天，王子喜欢开始规划来年的种植；海格洛夫的花园永远都在经历"扭转"。查尔斯王子曾解释道："我总是对色彩的搭配、形状和物品有新的想法。"他会评估花圃和植物的表现，旅行途中的风景和某些艺术品可能给了他灵感，又或者某件礼物启发了他；接着他会考虑如何把它摆放在最佳的位置，就像画一幅幅图画一样。

　　来年的种植都会在秋天和冬天布局，十月和十一月就是这样的时刻。比如，决定哪些树应该

左图：'大叶'鸡爪槭的特写。在这个阴凉的地方，这种令人惊叹的色彩会持续几个星期。

上图：'大叶'鸡爪槭是渲染秋天斑斓的色彩中最出色的树之一。

砍伐或疏剪。如果某个区域树木过于拥挤，光线不能满足靠近地面的外来植物生长的话，那些生长得最慢、最瘦弱的树木将会被选择性地疏剪。为了确保充足的光线的照射，较大树木的树冠现在就得抬高。上述工作会在冬季开展，那时树叶已经掉光，需要疏剪的树木都会提早打上标记。

此时还是种植新鳞茎植物的时候，额外的灌木种植计划也会拟定，确保来年有更美的风景和满足各种用途的展览。

德布斯还密切关注着攀爬在大树上的常春藤。常春藤常常被认为是植物园的一个相当有益的补充：在这个时候，当周围其他花朵不多的时候，它的花朵是野生动物的花粉和花蜜的主要来源；成熟的常春藤又具有灌木的特征，使它成为蜘蛛、甲壳虫、小鸟甚至小型哺乳动物的理想家园。然而刮大风时，披着常春藤的树木往往率先倒下，因为它给树木增加了额外的负担，这是树木所不能承受的。处理的对策是注意观察，当常春藤看上去过于茂密时，就要被移走。

从选择他最喜欢的乔木和灌木到监督对它们的管理，王子在超过三十年的时间里，打造了这个小小的乌托邦，他的工作卓有成效。给乔木和灌木的矮枝塑形由他自己完成，他的长柄修枝剪很趁手，方便他用艺术家的眼光来为它塑形。

下图：王子选择种植在春天和秋天都能展现绚烂色彩的植物。羽扇槭在这里生长得好，因为这里有肥沃的森林土壤和少量的树荫。

背面图：中间长草的道路通往《敖德萨的女儿》雕像，雕像被一条由圆石（由威尔士板岩打造）和栎树木做成的长凳部分包围着。

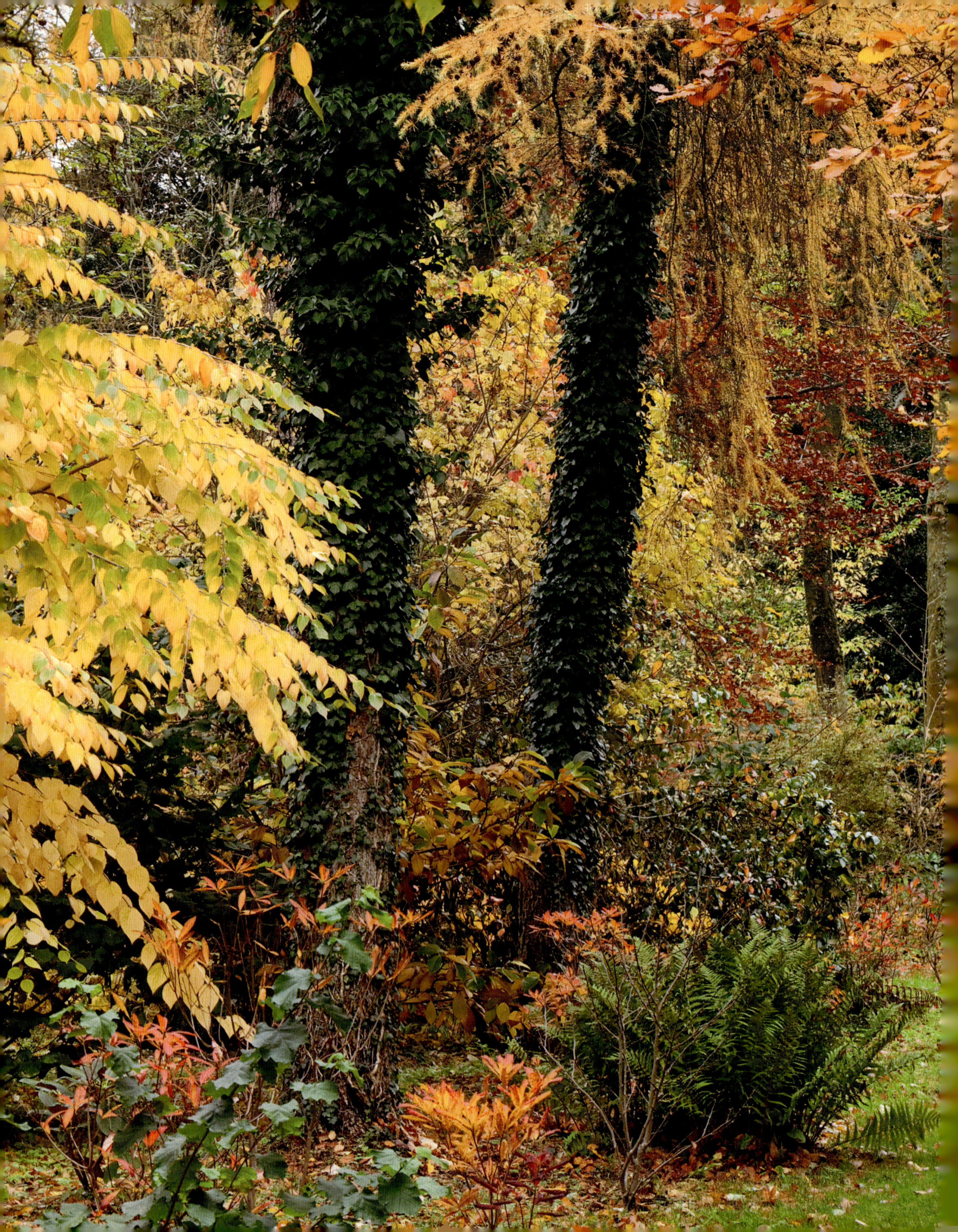

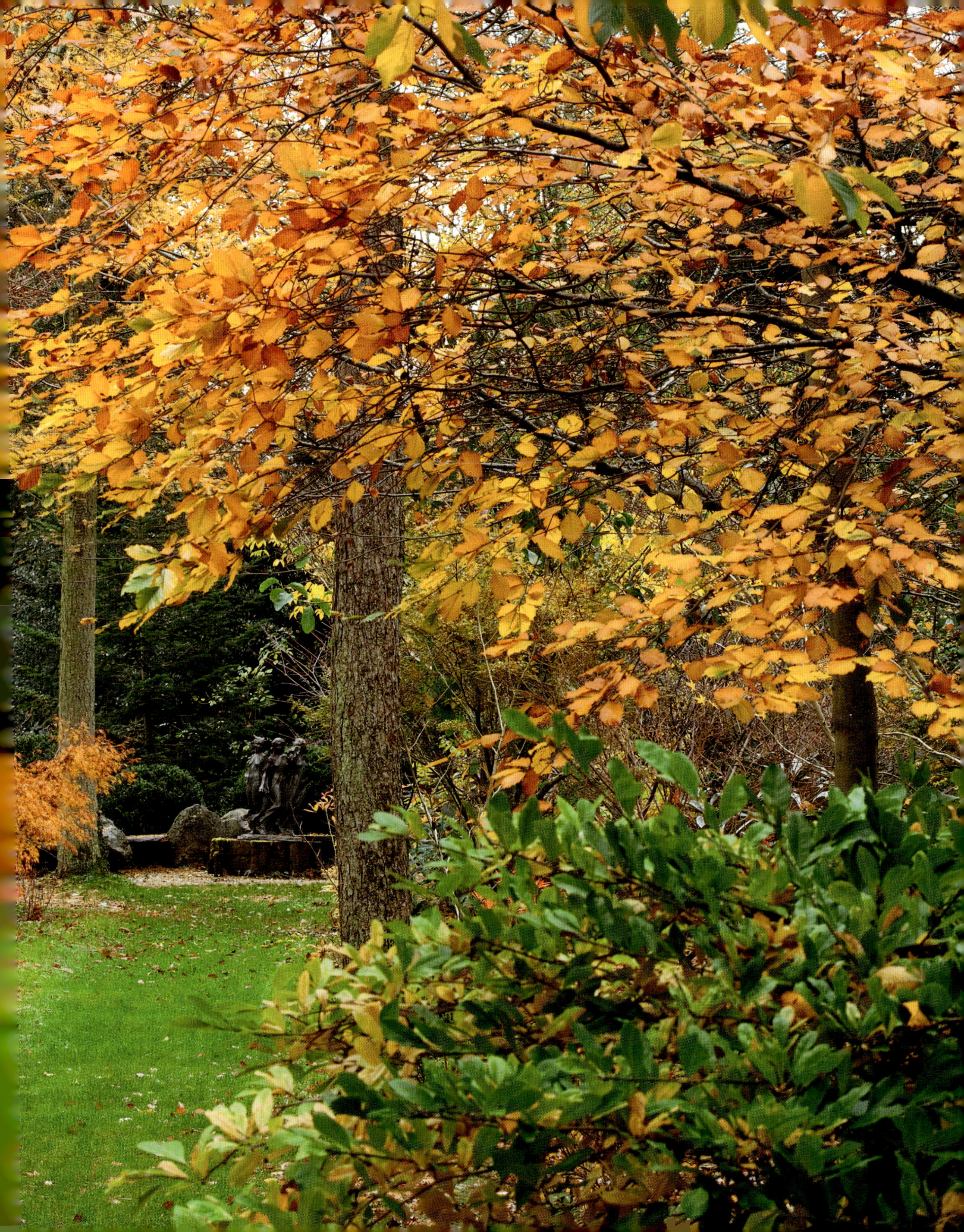

"草坪"

被初秋的薄霜打湿的草坪更显得静谧。花园中的草地往往被认为是"通风的地方",因为和结构复杂的花园相比,草地简单而齐整,容易打理。

草地上种着姿态优美的乔木和修剪过的灌木;灌木为冬天的草地增添了情致和轮廓感,而很多落叶乔木的叶子变成了黄色、红棕色和红色,在深色树篱的衬托下显得非常突出。在秋天的早晨,从窗户望过去,经常可以看到修剪灌木上垂下的蜘蛛网上布满露珠。

直到二〇〇七年十二月,草坪上的主角还是黎巴嫩雪松,王子犹豫不决,最终才决定把这棵生病的树给砍掉。它被檐状菌侵袭了,接着,正如可能发生的那样,又染上了蜜环菌。后来施以蘑菇堆肥,因为大家认为这里面有着绿色木霉,一种可以抗击蜜环菌的细菌。

一九八八年,在离原来的老雪松有段距离的地方,一棵黎巴嫩雪松在众人的期望中种了下去,现在它生长得很好。雪松在很短的时间内就能达到高度的峰值,不出七十五年,这棵树将会长得像年代久远的老树,后人可以欣赏到它。树下是利昂·克里尔一本设计书的青铜雕刻作品。书呈打开状态,展示着错综复杂的房屋布局。这是在二〇〇一年送给王子的,那时他在德国进行一个新项目。

其他树木在几年内陆续种了下去,包括修剪的紫杉灌木和一些外国品种如:臭椿(*Ailanthus altissima*)和中国鹅掌楸(*Liriodendron chinense*)。中国鹅掌楸要比普通的北美鹅掌楸优秀得多。在野外它是罕见的、容易受到威胁,但是与更为人所熟悉的鹅掌楸一样,它的叶子也变成了漂亮的奶黄色。更绚烂的秋色来自四组日本多花海棠(*Malus floribunda*),此时结出了红色和黄色的小果。

几种不同的紫杉被修剪成完美的形状,组成一系列异想天开的建筑形式,没有两个是一样的,包括立在在一排柱脚上的大花瓶、一根柱子和一把安置在灌木中间的凳子。没有一个是彻底完成

的，随着花园的成熟，它们也在趋于完美。

在草坪尽头，最靠近房子的边上，有五棵修剪灌木，围成一个松散的五点梅花形（骰子上五点的形状）。它们在秋天低低的光线中投下长长的阴影，显现各式各样吸引人眼球的形状。比较接近房子的这端比另一端的风格更保守，它有着更多的景观树木和长长的青草。这个时候，整个草地都刚割过，新的野花种子将在更天然的地块发芽，准备在下一个夏季为大家带来惊喜和愉悦。

各种形状的修剪灌木在秋日中投射下长长的影子。早几年，这块草坪是小王子们的足球场。

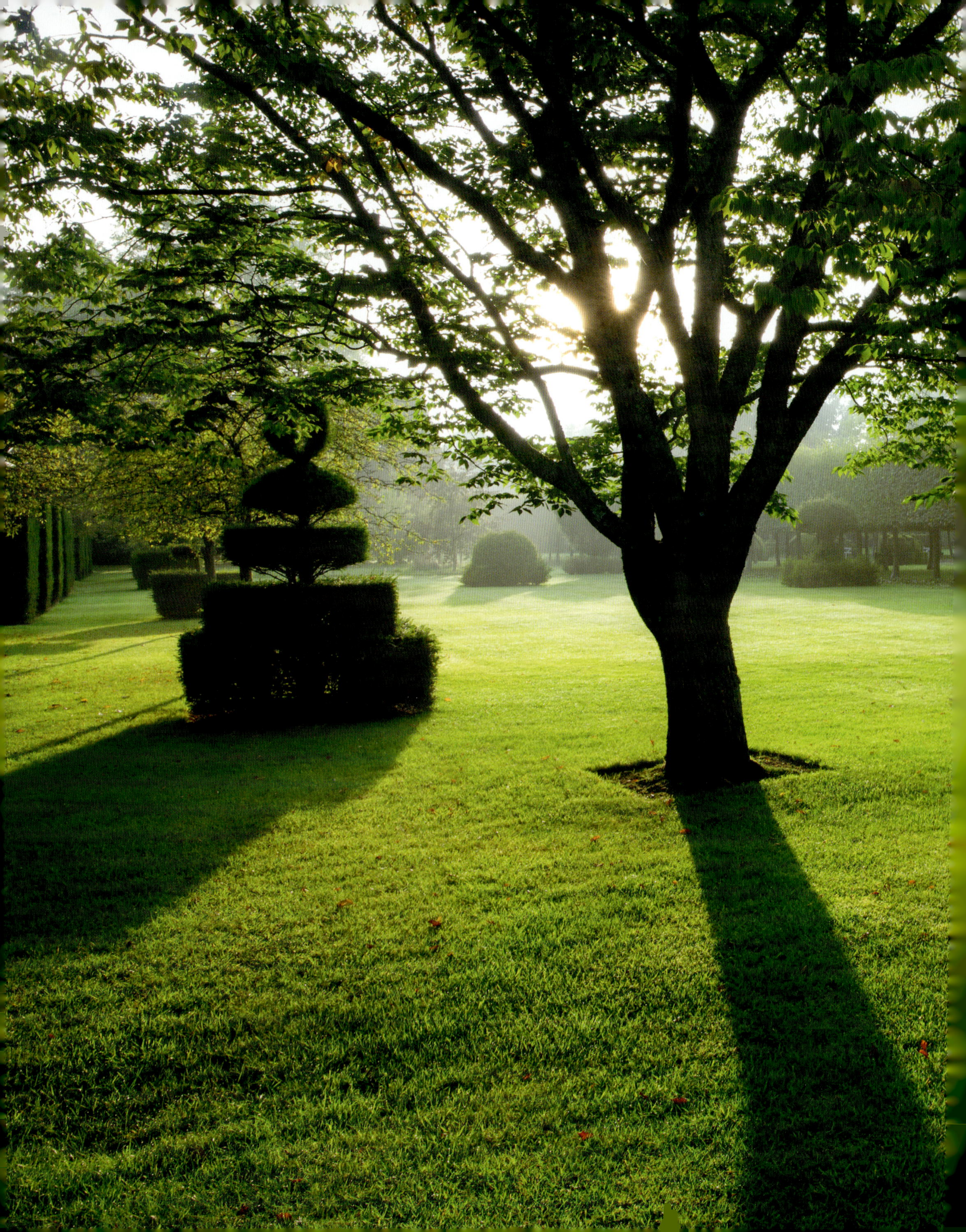

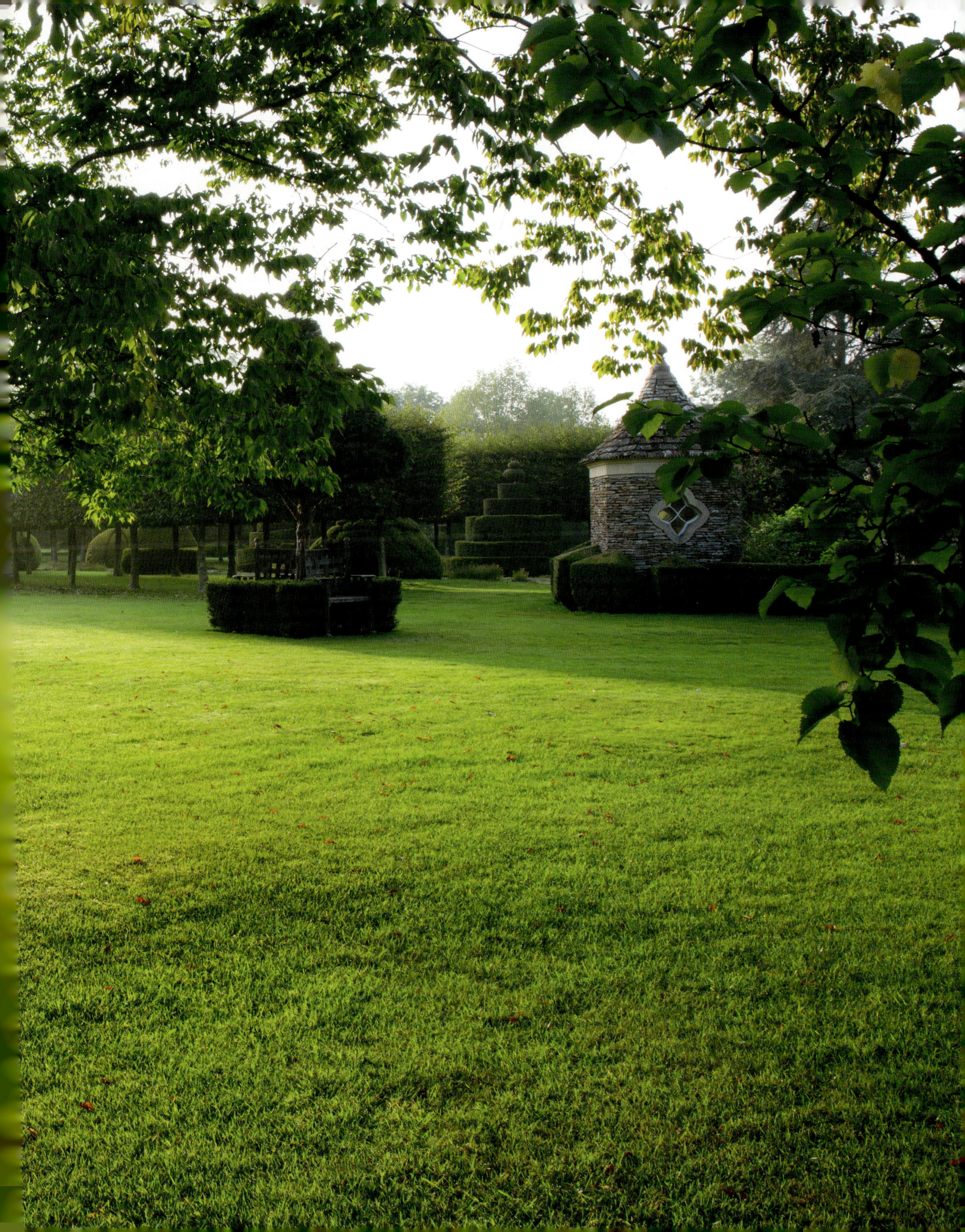

低地果园

十月，低地果园里一片丰收景象，结满各式水果：苹果、梨、榅桲、青梅，等等。经常会看见玛丽昂，她已经在海格洛夫工作二十七年了。她检查每一只水果的成熟度并装进大箱，运送到餐桌、商店、仓库或者厨房，那些水果要么装罐，要么打汁，做成果酱或者酸辣酱。

苹果窖的温度维持在 3 摄氏度，随着水果不断成熟，它的架子在后面几个月中会陆续填满。

下图和右页下图：低地果园里的苹果都是有机种植。

右页上图：海棠树是苹果优秀的传粉者，湖北海棠上结满樱桃样的小果子。

梨是王子最喜欢的水果之一，海格洛夫种有很多品种，有些已可以摘下来享用，其他的会储存或者装罐。王子不断地收集梨子的品种，许多在果园里种的新品种来自法国的德尔巴德苗圃，那里的培育项目包括口味和抗病性的筛选。

二〇〇三年，果园投放了一百只鸡，它们生长得特别好，如今数目已经翻了一番。鸡的品种多样化：白色苏塞克斯、玛瑞（灰色斑点）和一些布夫·奥尔平顿。这些鸡不仅为果园增添了乡村气息，它们下的蛋还会送到商店、周围的区域并用在菜蓝子项目上。鸡也能维护果园健康发展，啄食毛果蚜虫和其他在土壤里越冬的害虫。

那座斯洛文尼亚蜂房——斯洛文尼亚政府在王子访问该国时赠送的礼物，是果园里一处迷人而高产的资产。里面的蜂巢安置得当，比常见的独立式箱子更容易移动和照管蜜蜂，这也意味着蜂蜜可以在整个季节里收获，这在独立式蜂巢里是做不到的。随着蜜蜂数目的不断增加，这种蜂房在不久的将来可能会应用得更多。

紫铜色欧洲山毛榉
日本鸡爪槭

NOVEMBER
十一月

> 往往在十月末到十一月初,秋天的色彩最为绚丽。这个时候,我最喜欢的地方就是植物园,在斜阳的映照下,那里的红色、黄色、金色和绿色仿佛在燃烧。很久以前,在种植这些槭树时,我想实现的就是这样的效果,眼前的景色真是激动人心!当树叶纷纷掉落,突然变得光秃秃的树枝下瞬间铺了一条红黄相间的毯子,这成了季节轮转中另一个令人无法忘怀的时刻。

当凉爽的晨光触到地上的冰霜时，走在植物园里的感觉堪称奇妙。第一次寒潮来临后，树上的叶子掉得很快，这些新落下的叶子编织成了一条厚厚的、色彩缤纷的毯子，踩在上面嘎吱作响。圣所看上去更加宁静，它的赭色墙壁几乎融化在秋天的景色中。日晷花园从前到处是枝繁叶茂、生机勃勃的植物，突然变成了一个只剩下精美建筑的地方。当冬天正式来临，海格洛夫花园的观赏重点放在了深色的修剪灌木、光秃秃的木兰和从无论哪个开口望去都变得更清晰的广袤景色上。

下图：于一八九三年加建的维多利亚式门廊，覆盖着紫葛葡萄。大如餐盘的叶子在浅色的衬托下最动人。

右图：靠近树桩公园的伞菌，是约克郡的一名农场主送的礼物。旁边装点着角叶仙客来。

植物园

虽然访客已经离开了海格洛夫,叶子越落越多,十一月的植物园仍然是一个不可忽视的地方。在有霜冻的早晨,这里的温度明显比其他任何地方都要高,因为树冠能兜住暖流,槭树的叶子会保留得时间长一些,那美丽的色彩也可以展示得更久。走在步道上,穿过彩色纸屑般落下的叶子,有一种抚慰人心的感觉,空气闻起来也是那么新鲜、凛冽。

这里也有很多造型,由常绿的紫杉、黄杨和一些冬青树组成,树上结了开始变熟的莓果。长着引人注目的银白色躯干的三棵桦木种在圣所边上,这是一九九七年女王陛下送给查尔斯王子的生日礼物。

白蜡树(*Fraxinus mandschurica*)或者叫水曲柳,是一种珍贵的树木,令人费解的是,它也叫作日本栎树,树枝呈深绿色。这棵树在植物园有着特殊的地位,无论何时都会保留。

此时,如果砍下了一棵树的话,会将树干割成一定的长度,在两匹萨福克马(重型马)"公爵"和"皇帝"的帮助下移走。这两匹马现在已经退休,但是重型马仍然在使用,因为跟带轮子的重型运输工具相比,它们造成的损失更小。王子还鼓励使用马从陡峭的林地里运送木料,因为重型运输

下图:一片闪闪发光的黄色'袖锦'鸡爪槭沐浴在秋天低矮的光线中。

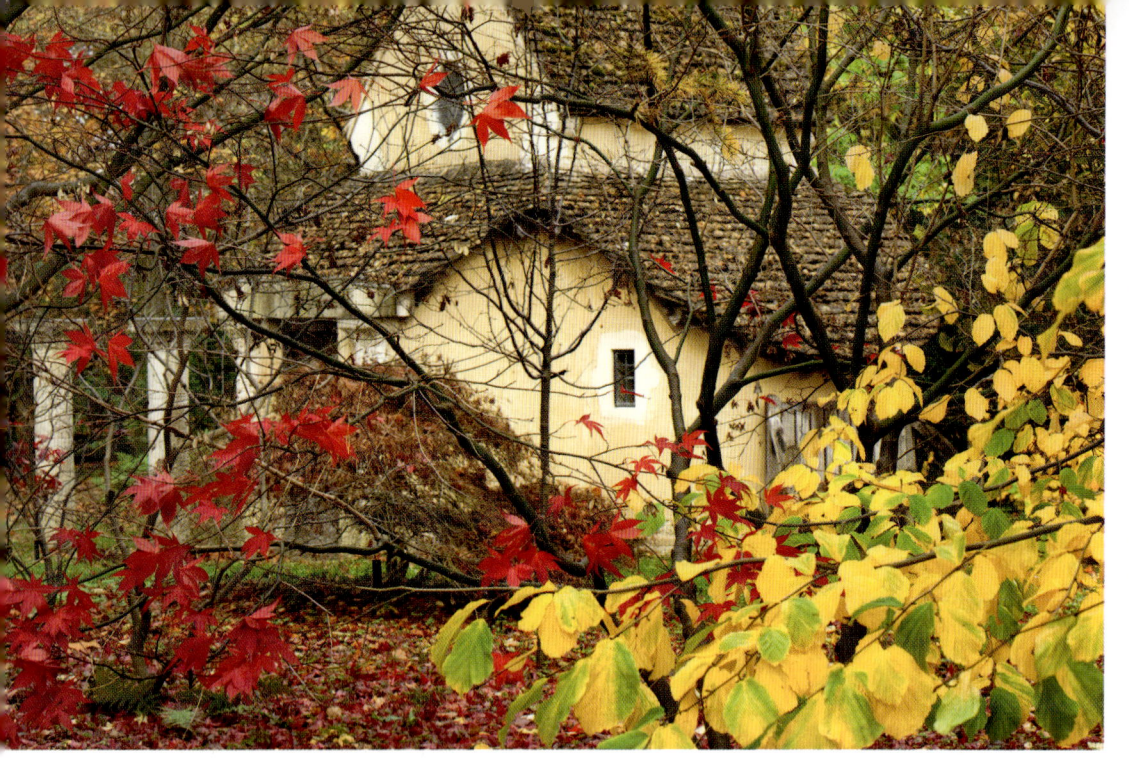

左图：圣所对王子来说是一个特殊的地方，气氛静谧。

下图：日本四照花结的果子看起来很奇特，却也可以吃，吃起来味道有点像柿子，有时候也做成果冻。

下页右图：植物园里首尾相连地种着同一种珍贵的日本色木槭。当它们成熟的时候就会为它们疏剪。

背面图：草坪上的这棵古老的栎树，是很多访客的最爱。树干上的枯木是很多动植物的珍贵栖息地。

工具也会给林地造成损坏。

很多仙客来、黄水仙、菟葵和其他的鳞茎植物将会在这个时候播种在植物园的地里。每一个秋天，一块新的土地将被清理，去除所有有害的种子，种上鳞茎或球茎。早花仙客来所占的面积颇大，一些球茎植物也会种下去，而种子自己也会传播，或是被带进来的，或是从花园的其他地方收集到的。菟葵一直被认为是很难通过干的块茎传播，却能从新鲜的种子发芽生长。当绿色的果穗成熟，就可以把它们收集起来，散播到其他地方去。

松鼠、野鸡和兔子在漫长寒冷的冬季里会把新种下的鳞茎当点心吃。多数啮齿动物都会避开黄水仙，它们知道黄水仙有毒，而其他鳞茎植物在第一个冬季就很容易被掠食。需要在新种植的区域用水果笼加以覆盖保护。当鳞茎完成第一轮生长并且在来年夏季进入休眠期后，再移走笼子。

查尔斯王子最近正在扩大灌木的种植，期望获得更广的遮阴区域，并为植物园增色。东瀛珊瑚（*Aucuba japonica*）是一种带斑点的月桂树，常绿的叶子上有着不规则的黄色斑点，已经得到大

量的种植，新品种最近在秋天也被大规模地种植。但这种植物很容易受到孟贾克鹿的攻击，这种鹿不像其他品种的鹿有固定的繁殖季节，而是整年都在繁殖，因此数量增加得飞快。它们会很快把一丛丛灌木啃个精光，而且尤其喜爱东瀛珊瑚。

陆续种植在这里的其他灌木有：山茶花、绣球花、木犀、木兰和落叶杜鹃。现在，所有新种的植物都有厚厚的护根来维持湿度并抵御任何有竞争力的植物。

在十一月一个凉爽的秋日漫步于植物园，可以看见在宽阔的步道尽头，有着蜜糖色墙体的圣所，在秋日的阳光下闪烁着光彩。这个建筑是为了纪念千禧年而建造，同时也是为了感恩上帝。它采用的是当地的原料（底土、白垩和剁碎的稻草），现在十四年过去了，它已经与周围的景色融为一体。

圣所建成以后，查尔斯王子在通向圣所的步道两侧引入了很多他最喜欢的植物。林中空地上种了大片的落叶杜鹃，紫色和红色的叶子在一波波寒潮的侵袭下落得厉害。门边是一棵'新出猩猩'鸡爪槭，叶子在掉光之前会变成橘红色，而墙边裂缝里的蕨类植物依然保持着绿色。

门上雕刻着一行字："照亮我们的黑暗，我们乞求你，哦，上帝。"建筑物外面挂满了来自中国西藏的铃铛。到了圣诞节，男仆凯文·洛马斯会在它外面挂上叶子花环，一直挂到复活节。圣所是一个适合沉思的地方，为海格洛夫这个风景怡人的花园增添了安宁的氛围。正如一位访客的评论："一到这里脑中就闪现这句话：'世上任何地方都不会比花园令人更接近上帝。'"

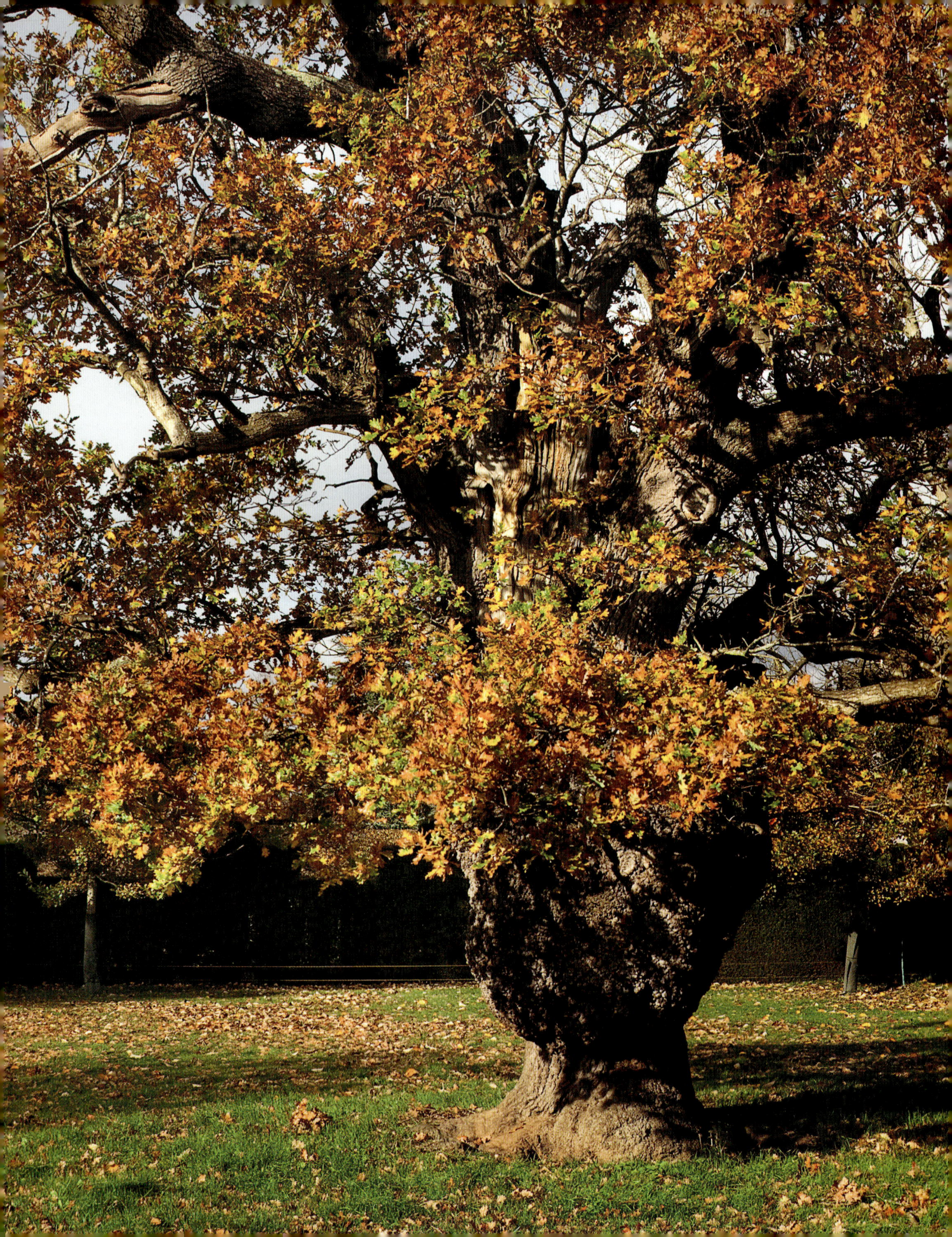

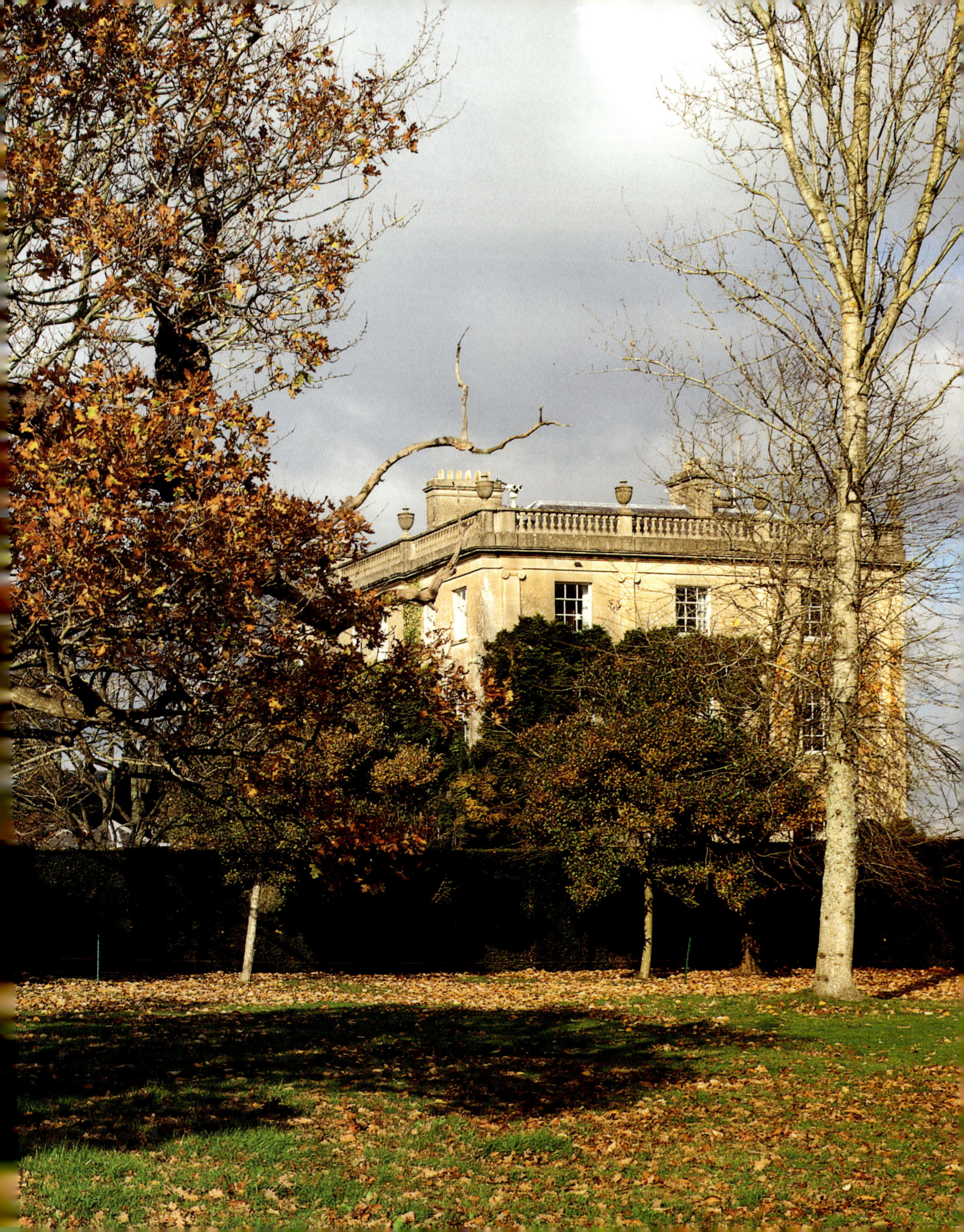

日暮花园

十一月，因为隐蔽的环境和朝南的方向，日暮花园显得尤为宁静。殿下经常喜欢坐在这里，欣赏四周安宁恬静的风景。平台边上小型黄杨护边的花圃中，巨大古老的花盆种着精心照料的月季，显得神采奕奕。

'松鸡'地被月季的枝条被小心牵引，沿着花盆的边沿垂下来，这样能使花开得更多。这些月季生长得茂盛，开满了精致的淡粉色单瓣花朵。花期也长，即使不开花的时候，修剪得当的绿色枝条上，果实亦是赏心悦目。

另一种种在这里的是'海格洛夫'，于二〇〇九年靠着房子的墙壁种植。它是漂亮的矮种攀缘蔷薇，花朵呈深石榴红色，不容易找到。这种传统风格的重瓣蔷薇可以一直开到十二月，有着像覆盆子一样微妙的芳香。'海格洛夫'由彼得·比尔斯培育，二零零九年，他把它献给了康沃尔公爵夫人卡米拉。查尔斯王子以前曾让彼得帮助寻找一棵能爬上建造在老雪松残体上的栎树亭的蔷薇，彼得便找到了这种令人赞叹的攀缘品种。

日暮花园四周起保护作用的紫杉篱笆阻隔着阳光，光线只能从"窗户"穿过，使得紫杉在对比下从两边看上去颜色都更深。树篱还可以缓冲疾风，帮助最晚开放的蔷薇抵御不好的天气，使摘顶花成了更加愉悦的工作。

日暮花园的另一个特色是那张意大利制造的石桌。最近几年，这张桌子都在户外过冬；在此之前，大家都认为它耐不住英国的天气，因为在冬季和春季我们要经历几次冻融。石头是一种天然的物质，有时候它的表现是无法预测的，并且不同的石头的耐受力也不同。然而，这张桌子度过了几个气候极端的冬天（最可怕的是二〇一一年），依然安然无恙。

离开房子最远的日暮花园的一端，通向厨房花园，鹅耳枥大道清晰可见。这条路上原来种着'约翰唐尼'海棠，是由索尔兹伯里夫人提议的。

她认为这种树种在这里最好，这样一来通向厨房花园的路两边都有可用的水果，这在很多人看来也是最好的结果海棠。秋天，它结出大大的、圆锥形的橘红色果子。到了春天，树上长满一片片白色的花朵，蜜蜂来了便不肯离去。

一九九三年，这些树看上去有点病恹恹，便联系了皇家园艺学会（女王是赞助人）和皮帕·格林伍德，那时候她是一位顾问。格林伍德诊断它们感染上了疮痂病，一种真菌疾病。在一条大道上的树木，如果有些看上去病恹恹，不仅要担心疾病会传播，还要担心视觉效果的丧失，因此决定重新种植。现在一排欣欣向荣的塔状鹅耳枥种在道路两旁。查尔斯王子曾说把这些树种在这里是因为他在牛津郊区旅行时看到的鹅耳枥令他一直记得。这些强健的树木跟草地的天然感觉非常契合。它们姿态优雅，也没有为这条步道两边的大片野花投下过多的阴影。

查尔斯王子在他的花园里扮演着非常务实的角色。他每周都听取花园总管的汇报，内容包括上周的工作以及新的目标计划，比如什么时候布局新的花圃，或者会用什么取代一棵特殊的植物？这些问题都会得到详尽的回答，他会用他惯用的红笔在每一个项目边上写下评论，同时也包括对需要紧急处理的相关事宜的提示。

海格洛夫的确是查尔斯王子的花园，他满怀热诚，辛勤劳作，已经成为一个技艺娴熟的园丁。他比任何人都了解自己的植物和它们的历史，一有什么植物生病了或者需要打理，他很快就会知道，并且能保证那些需要做的会及时做好。

左图：两只立在日晷花园入口处的瓮里种着具柄蜡菊。

上图：在收到四座献给他的仿真雕像后，王子开玩笑说这里可能应该重命名为"自我花园"。

厨房花园

十一月初，园丁们忙着收获菠菜、生菜、胡萝卜、甜菜根以及一篮一篮的苹果和梨。十一月末，一场浓厚的霜会降临，叶子一夜间会纷纷掉落。

就在天气急剧变化之前，有一项要紧的事要进行，那就是把所有易受冻害的植物收集在一处或安全地放在掩蔽物之下。最后一批土豆到现在一般也已储存好，仔细地用棕色纸袋包好并放入苹果窖。有些可能留在地里直到圣诞节，可以安稳过冬，真正严酷的天气一般要持续到一月。

红色和白色的洋葱也同样放置在苹果窖的板条箱里，但是有些食根的农作物，如胡萝卜、甜菜根和欧洲防风，会留在地里抵御霜冻。在酷寒的冬季，园丁会在它们上面撒些稻草，使它们免受极寒冻害。

芦笋的叶子展示着色彩，它那精巧叶状枝从绿色变成了美妙的奶黄色。它们吸足了营养，在冬天来临前被收割下来。

为了种植健壮的蔬菜，采用了不同的有机策略来降低病虫害。殿下多年来一直认识到"化学制品的无止境的使用是不能持续的"，他想把改善土壤放在首要位置。采取的方法是"改善土壤中的有机物质，增加腐殖质和蚯蚓，并且提高菌根活性"。

连接在一起的海棠树枝在秋天形成了一只只金色的王冠。

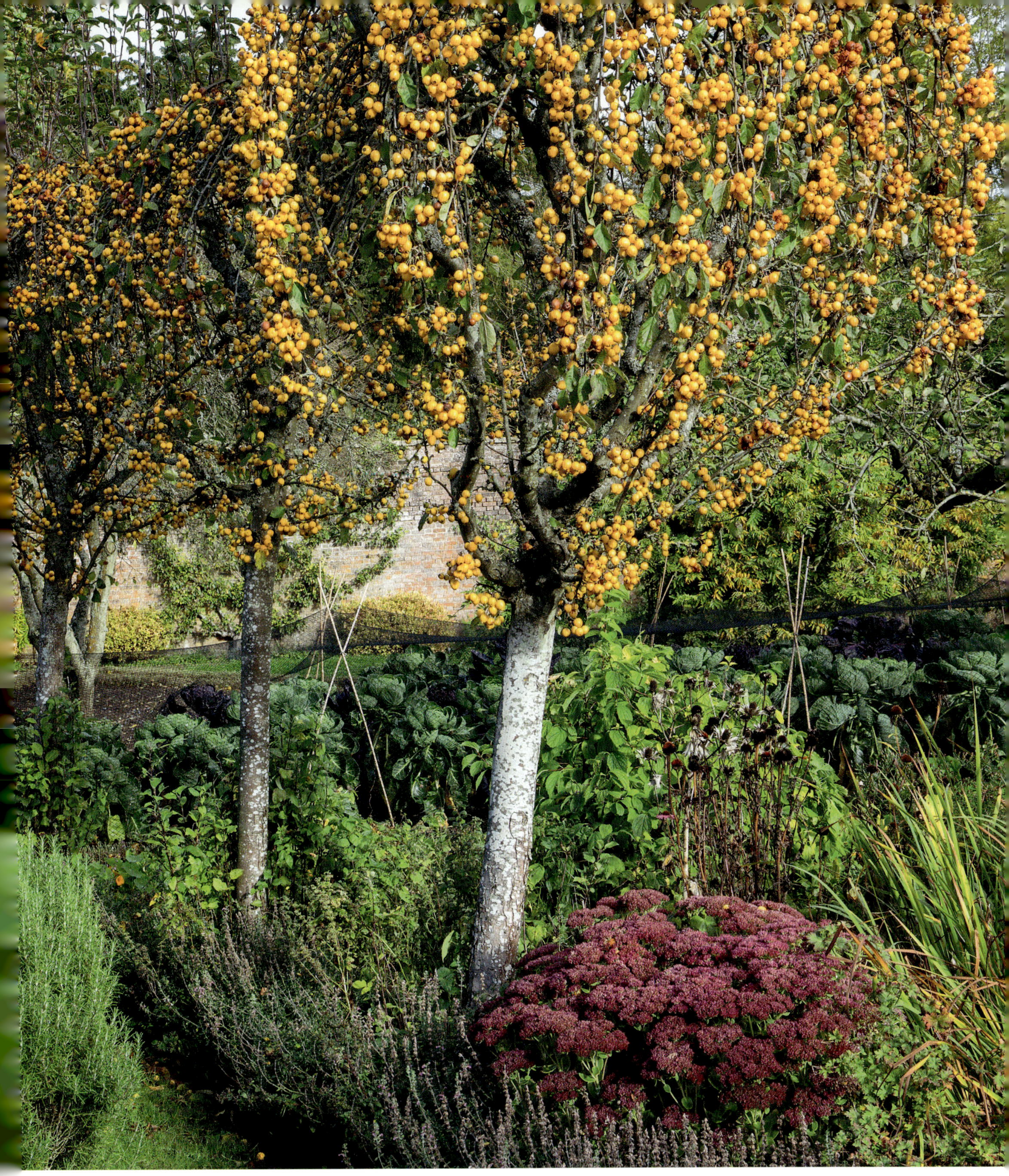

左图：使用麻绳来引导爬墙植物生长。

右图：海棠树是苔藓的家园，这是空气清新的标志，对植物本身也没有危害。

　　从一九八四年起，丹尼斯·布朗一直负责厨房花园的管理。在此之前他是一个怀有热忱并且实践成功的有机蔬菜种植者。丹尼斯认为有机种植非常简单，在人造化肥和化学用品没有出现之前，他从他父亲那里学到了有机种植的手艺。布朗的有机种植法引起热议，他愿意毫无保留地分享他的知识。

　　他的技巧包括给花盆中的植物浇聚合草水，这是在海格洛夫就地制作的。这种浓缩的液体植物养料非常有效，制作也简单。聚合草以在它厚实的、有刚毛的叶子和茎上存储高浓度的营养而著名。叶子每一年最多收割三次，常常被制成液体植物养料，也可以直接加在堆肥或者土豆、大豆和香豌豆垄沟里。

　　在一年中的这个时候，蔬菜和花朵之外的迷人元素更吸引你的注意。4棵有着3米惊人高度的、修剪有术的紫杉灌木，和地面上一排排的蔬菜形成了对比。一片墙上嵌有精美的青铜浮雕"绿人"，由雕刻家尼古拉斯·丁布尔比创作，还刻着"Genus Loci"，意思是"这里的精灵"。两个华丽的、高高的石头尖顶饰，由西蒙·维里蒂雕刻，坐落在南门的两边，是意大利朋友赠送的礼物。

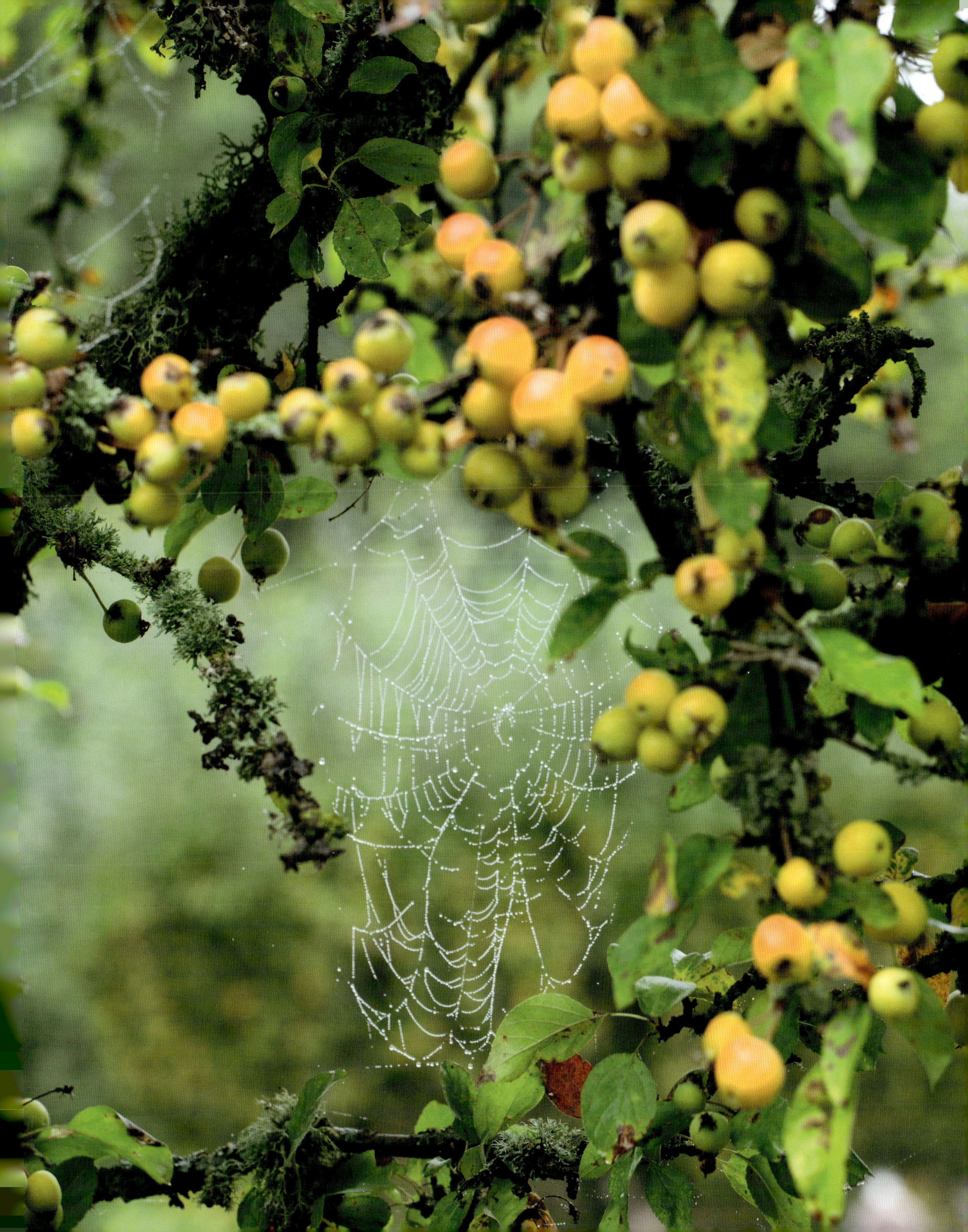

迷迭香

DECEMBER
十二月

> 花园的框架和结构在十二月时显得最为突出。因为有着园丁的技巧和实践,各处的紫杉树篱和景观树看上去都是那么利落、齐整。百里香路两边,枝条编织在一起的鹅耳枥形成井井有条的方形。霜冻把附着在树上的最后的叶子打落。初雪如糖霜般覆盖在几何形状的花园中心。鸟儿变得安静了,树木和植物进入了休眠期,生命伟大的奇迹正准备着又一次重新开始。

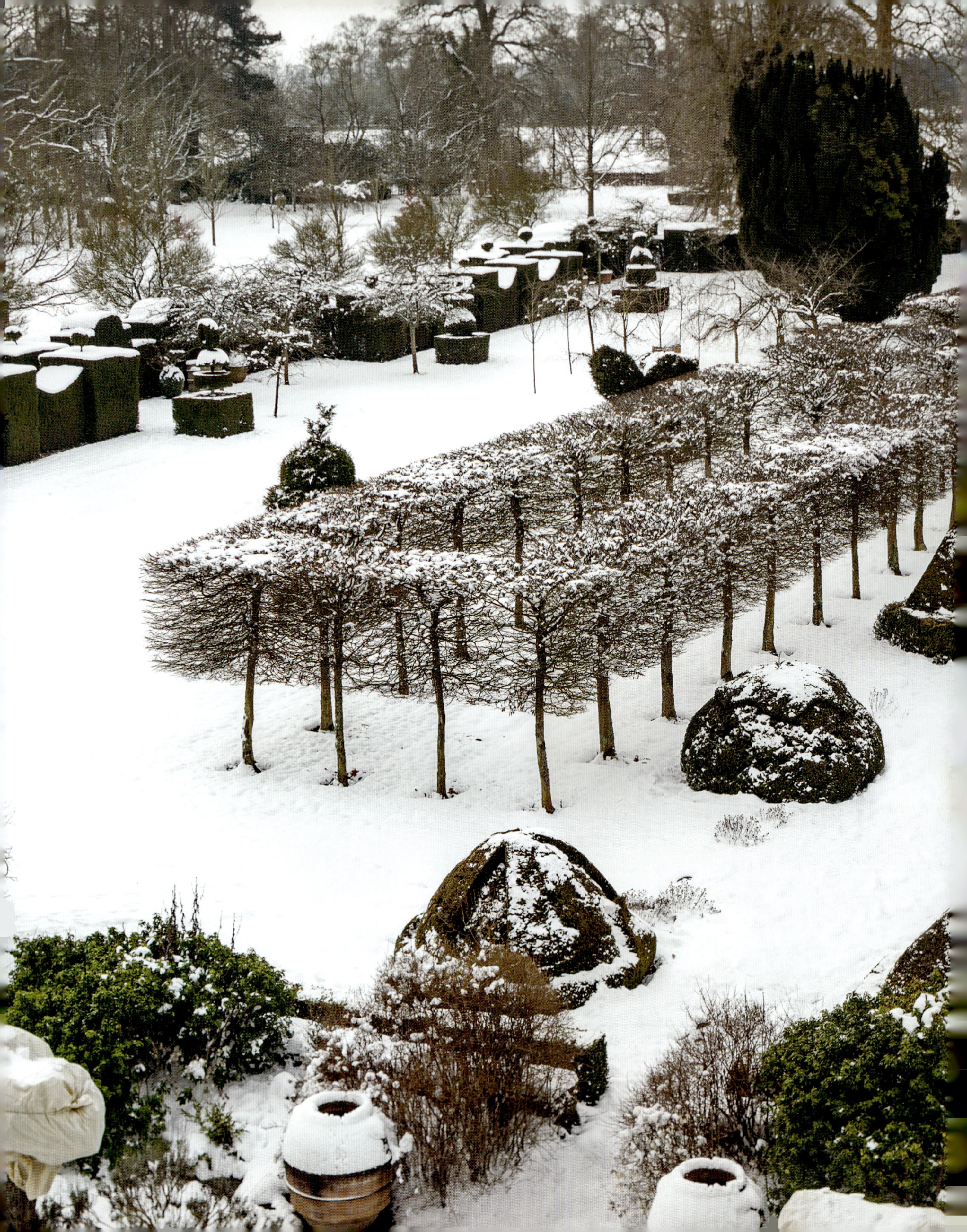

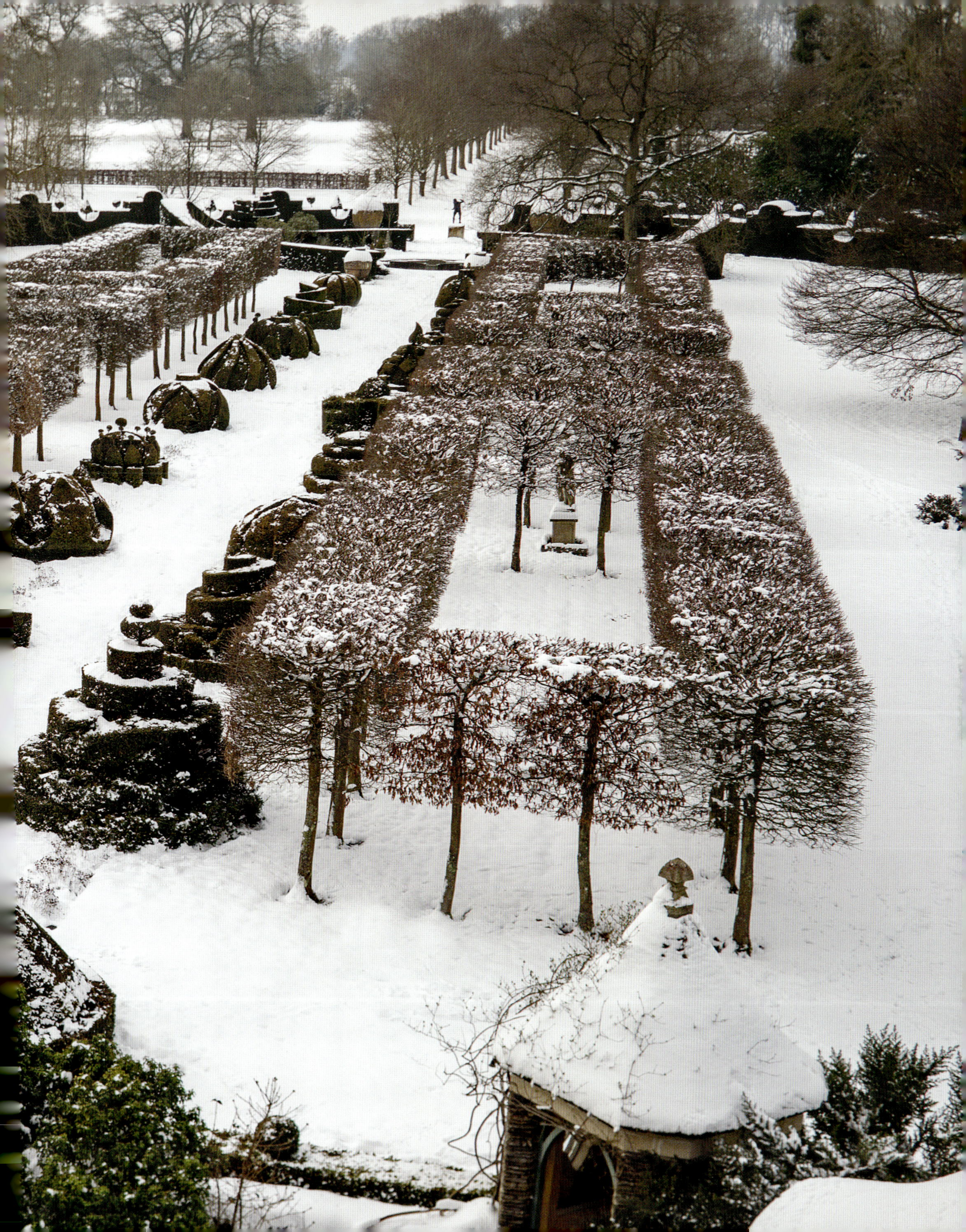

果园房

当一年接近尾声时，海格洛夫紫杉树篱的清晰线条装点着花园中许多不同的地方；现在，在光秃秃的景色中，唯有它们如此瞩目，看着比在其他季节甚至更加精神。很多客人为了圣诞节来到果园房采购，果园房房顶覆盖着厚厚的白霜或白雪，在周围科茨沃尔德风景的衬托下显得非常迷人。平台花园也穿上了冬装，主宅前面摆着种在花盆里的深色修剪造型，用以补充前景中的其他常绿树木。站在平台花园的石阶上可以一眼望向鸽房，视野辽阔，椴树裸露的枝丫衬托着鸽房这座建筑。查尔斯王子第一次来这里的时候，海格洛夫尚无花园可言，四周只是一片荒凉地，如今三十多年过去了，即使是在十二月，主宅看上去仍然温暖而充满生机。

果园房是很多宾客落脚的地方，在一个寒冷的冬日清晨，很难想象还有一个比这里更招人喜欢的地方。走近果园房（这是献给帕迪·怀特兰的），你的目光会被一排石柱支撑的低矮的科茨沃尔德石头屋顶所吸引，它们把入口遮挡住了。这座建筑却一点都不简陋，陡峭的石瓦屋顶和本地建筑材料的使用令果园房很好地融入周围乡村景色中。建筑内外构思巧妙，细节精心设计，令宾客感觉放松、惬意。

一九九八年，查理·莫里斯受查尔斯王子之邀来设计这个为来自世界各地的客人提供住宿的建筑。当时访客越来越多，他们慕名而来，参观花园的同时也想聆听有关有机种植和园艺实践的心得。莫里斯是房产检视员，对著名的古代历史建筑和最前卫的现代建筑都有丰富的经验。

果园房现在每年接待大约四万名客人，包括接待前来参加在此举办的大型活动的客人。果园房还举办过王子五十岁和六十岁的生日晚会。

选择最佳的位置——既要接近主宅，也要有一条可直达花园的近路——是优先考虑的事情。因为果园房是从主（后）车道抵达，宾客首先可以看到前方新培育的特兰西瓦尼亚草地。旁边地里的树篱已经过修剪，常常有牛在这里和旁边的牧场吃草。因此决定在这里建造新的建筑，这样宾客在进入花园之前能穿过那个封闭的果园。宾客常常会从印度门进入这里，它是为了在入口和花园之间搭建一个重要的连接点而建造的。

果园房在很多方面都受由十九世纪下半叶的英国工艺美术运动启发：有很多木漕（上有铜镶边），装饰和特色是建筑的组成部分，而非仅仅是附属物，最好的例子就是门厅里那令人印象深刻的壁炉。果园房最著名的特征之一是前门外那一排宽阔的石柱。柱子不仅仅是为了支起一片户外空间，更可以缓冲南面强烈的阳光。昏暗的房间常常比明亮的更有气氛，适当减弱光线的强度对于营造闲适、随和的氛围非常重要。这些石柱（尽管稍稍有所不同）一直延伸到建筑内部，将内部与外部空间融为一体。

建筑物外面的空间与建筑内部同样重要，均被充分利用。宽阔的大门方便温暖的平台花园花园接待宾客，花园的背面一直通向洗马车处。这里有两个凉亭，顶部用漂亮的栎树板制成，这是查尔斯王子参加切尔西花展时的部分设计。上面刻有威廉·布莱克的诗句，"从一粒沙中见世界"。

附近是海格洛夫商店，里面售卖的植物与花园里种的一样，在访客数量达到高峰时会在石板路上展示出来。冬天，商店也卖与节日相关的礼物，伴着果园房温暖怡人的氛围，使人不禁愈发期待节日的到来。

前页图：树篱和修剪灌木在冬日的寂静下处于最好的状态，尤其是从平台花园望去，可以望见令人叹为观止的朝西景色。

左图：在房子边上的果园房，为了接待来海格洛夫花园的众多访客而建造。

右图：在果园房外的空地上的凉亭是一九九八年参加切尔西花展时设计。

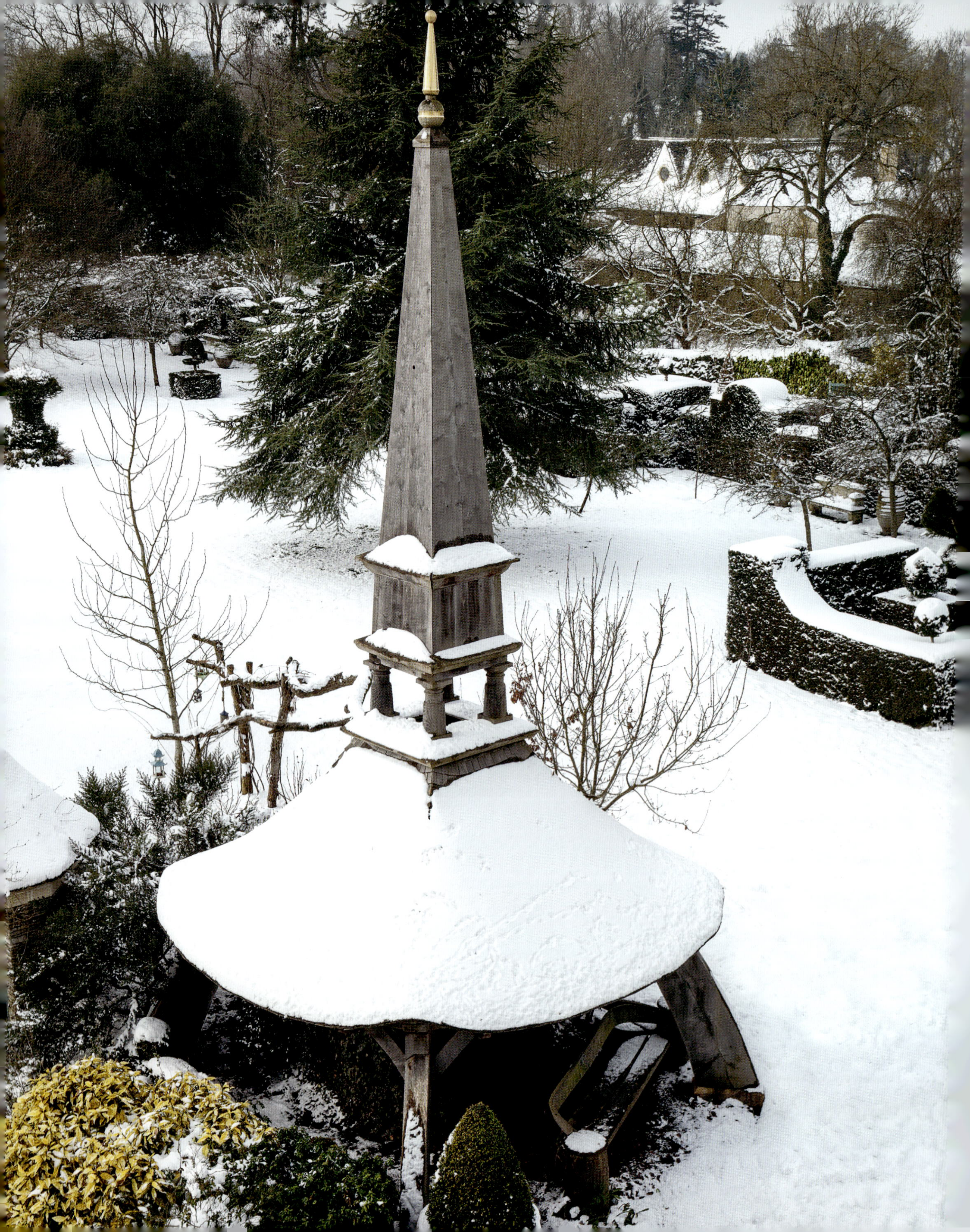

平台花园

平台花园是海格洛夫里备受瞩目的地方，十二月，那里的风景深受许多冬季来访的客人的喜爱。在空气凛冽的清晨，霜雪覆盖下的灌木树篱、鹅耳枥和其他造型树木美得令人惊叹。这里的景色会随着小时、月份和年份的变化而变化，亦随着光线、天气、植物和氛围的变化而变化。英格兰也因此成为在打造花园方面最令人激动（和具有挑战性）的地方，尤其是在像海格洛夫这样宏伟的地方。

平台花园两个外角上放有两座石亭。在建造它们之前，两只由查特斯沃思工匠做的哥特式椅子放在角落里（现在被放在了亭子里头），查尔斯王子曾经坐在上面写他的发言稿。一九八七年，"受到多塞特郡克兰伯恩庄园里的石亭的启发（虽然他们的要大很多）"，王子决定请建筑师威利·伯特伦为平台花园的外角设计两个胡椒瓶式的建筑。正如威利说的，这两个建筑意欲"强调这座迷人花园的界线"。在那个时候，紫杉树篱越发茂盛（现在有 1.5 米高）并且开始把从前的那个公园分隔成一系列奇妙的户外空间。殿下觉得专心写作的时候背对草坪坐着没有安全感，便建造了这两座微型建筑"当作外套"。

坐在这个尺寸精巧的"蜂巢"的屋檐下，可以欣赏草坪上的造型灌木。后墙上嵌有具有高度装饰性、色彩艳丽的花砖，以墨西哥橘的叶子为原型，由查尔斯王子设计、建筑师克里斯托弗·亚历山大制作。它们结构细腻、釉彩丰富，上面有红色、蓝色、绿色和棕色。窗台上有着特殊的纪念品、瓷质竹子、叶子形摆设和蜡烛。正是这些小细节，使得海格洛夫给人一种可以融入其中的感觉，而不像其他具有如此宏伟规模的花园那样有距离感。这是一处私人的领地，是一个主人引以为豪的地方。

左图和下图： 你可以看到镀金的尖顶饰高踞在10米高的方尖石碑上，这是为了纪念被砍伐的古老的黎巴嫩雪松而建造的。

到处都能看到树篱，它们把海格洛夫的风格各异的小花园连成一体。

树篱

　　海格洛夫的每一处风景都有着紫杉树篱的衬托。尽管英国富有特色花园比比皆是，但是像海格洛夫这样将树篱运用得如此广泛的并不多见。从围绕房子西面和南面开始，维护得当的深绿色树篱的长度超过半公里，形成了一系列对比鲜明的空间。

　　看着花园逐渐成型是一件让人着迷的事情，查尔斯王子花三十余年打造的海格洛夫更是如此。当王子首次在一九八二年种植树篱的时候，试图用藤条和绳子来分隔空间布局，当时谁都无法想象这些有机种植的树篱日后会形成的绝好效果。即使是在那个冬天，种下了茂密的灌木植物并且开始确定日晷花园、平台花园、主草坪和农舍花园的边界，也很难预见树篱会在日后扮演那么出彩的角色。

　　种树篱的主要考虑是为了提高私密性。王子刚搬进来的时候，媒体记者的长焦镜头可以望见房子和花园的一部分，这会打扰到他和家人、朋友正常的生活。劳伦斯·约翰斯顿在格洛斯特郡的海德考特庄园（始建于一九〇三年）的花园有着齐整的树篱和强烈的轴线景观，在过去乃至现在对许多新手园艺爱好者具有强烈的影响，包括查尔斯王子。在花园各处，树篱被用作定义不同的空间、打造衬托主体植物的背景、聚焦景观以及营造更亲切的氛围。

　　它们的形状有紫杉球、壁龛、桥墩、鸟儿、拱形、方尖塔，打造出令人惊叹、生趣盎然的视觉效果，即使是在其他植物都已经凋零的冬天。冬日暖阳照耀着它们，树篱的轮廓边缘金光四溢。最重要的是，树篱把所有风格各异的空间都连在了一起，赋予了一种整体感。

　　当树篱长到 1.5 米至 1.8 米高的时候，查尔斯

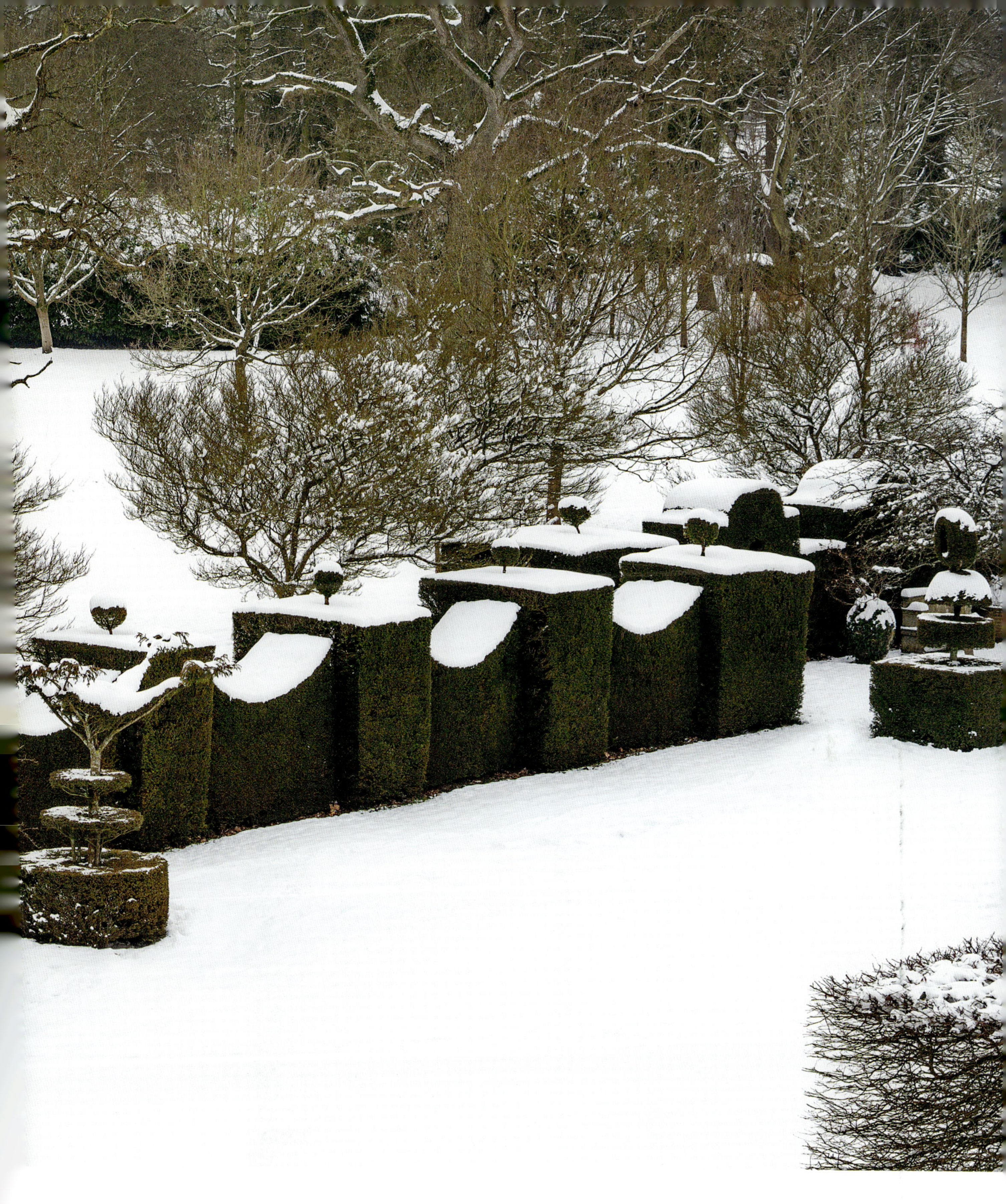

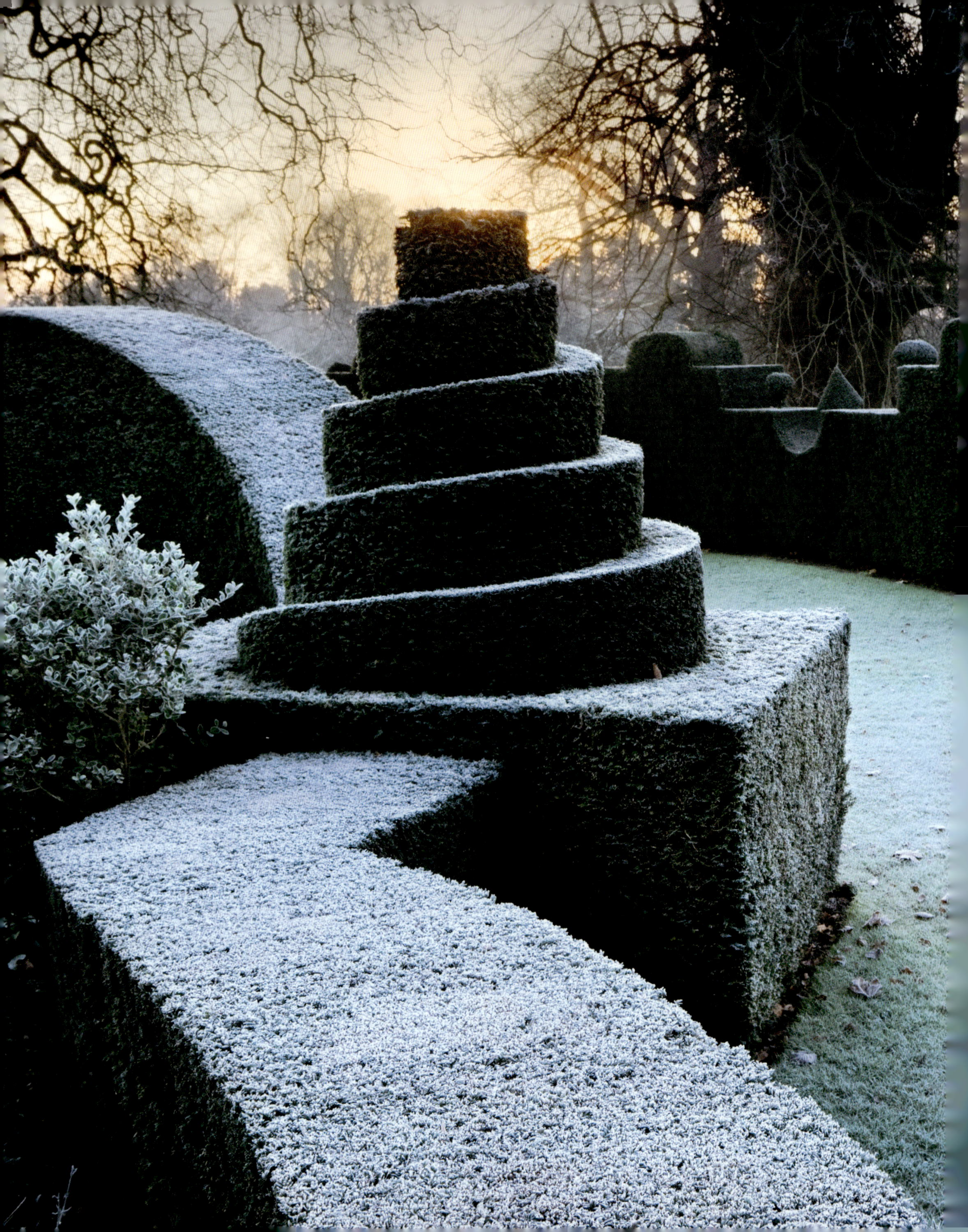

左图和下图：紫杉树篱约有半公里长，会在八月至十一月间修剪，这样才会在冬季展现出利落的线条。

王子就想在树篱上修剪出类似窗户的凹空。他请来请罗伊·斯特朗，希望听取斯特朗的意见。罗伊来勘察了树篱之后，画了几张草图，提出优化树篱造型的意见。他在不同的草图里展示了不同的处理方法，但是他非常担心树篱有点偏离轴线，这样的话从有些视角看去可能就会不整齐。户外空间经常会出现这样的情况，你想要完美的正方形、长方形或者其他几何图形，事实上都会有所偏离。罗伊·斯特朗爵士的设计充分考虑了这一点，利落地解决了这个难题。

殿下注意到安保人员绕过所有的树篱步行需要花很长时间，因为他们日常巡逻的路径变得长多了。因此他决定在至关重要的地方造出捷径，在新的空隙处加入设计亮眼的门。

在助手维尔夫的帮助下，斯特朗爵士接受了树篱的第一次修剪任务。这个助手帮助他在自己的花园中修剪过灌木和树篱。在接下来的三年中，他们始终做着修剪树篱的工作，来得早，走得晚。树篱定形后，海格洛夫的园丁团队便接过了这个任务。要在八月和十一月使用合适的工具修剪，这样树篱在整个冬天都会显得轮廓清晰。

斯特朗爵士于二〇一二年回来审视树篱，这时他那一九八八年画的铅笔草图（王子还保存着这些草图）已经变成了造型完美、活生生的树篱。"我真的感到非常骄傲。"他说。

主宅

　　主宅那面连接日晷花园的墙壁上的攀缘植物此时已经掉了大部分的叶子，紫藤上的叶子最终会落光，园丁要剪除它大部分上一年生长的枝叶，只剩下主干部分。长在前面花圃里的大花茉莉，是一种枝叶繁茂、芳香四溢的攀缘植物，在气候温和的冬天能保持常绿。常绿月桂荚蒾簇拥在墙边，粉红色的小花蕾会绽放成白色花朵，花期从十二月可以一直持续到翌年四月。它们非常耐寒，无论天气多么寒冷，都能保持挺拔。

　　其它的灌木包括一棵巨大的墨西哥橘、卫矛和美洲茶，它们簇拥着建筑的底部，令竖直的墙和石板路的过渡处变得柔和起来，使房子即使在冬月里也能融入花园的景色。墙角有只巨大的木桶，用来盛放日常排出的灰水，灌木可以遮掩这只木桶。到了夏天，这些较为干净的生活污水会用来灌满容器、浇翠雀花。常绿灌木对于昆虫、小鸟、小型哺乳动物来说是重要的栖息地，它们喜欢这些树木提供的额外的保护和温暖。

　　主宅西面朝向平台花园，这是大多数客人来到海格洛夫时都会看到的景观。很少有人会错过

欣赏华丽的百里香路和睡莲池花园。十二月，此处的景色依然令人赞叹，主宅与花园融为一体。

主宅外墙是暖色调的方琢石砌成，上面覆盖着杂色常春藤，它只能爬到二楼的高度。每年限制常春藤攀爬的高度可以让它保持年青状态，同时可以保护石墙免受极端温度的破坏。它那厚厚的四季常绿的叶子也为小鸟和昆虫提供了美妙的栖息地。右边有一棵巨大的广玉兰树，现在刚刚长过第三层楼的窗户。这个巨人（长着闪烁光泽、常绿的大叶）的生长可以说非常自由。这种大型的墙边灌木种在同样占地面积巨大的房屋边再好不过，两者可以最大程度地互相补充、互相衬托。

一年又接近尾声，花园生生不息，不断趋于成熟，来年当会展现又一轮蓬勃的生机。不论天气如何，工作都在继续。在一个反映专注的园丁的视野和热忱的花园中，新的一年又有着新的希望、新的计划和新的景观。

左图：每一年，花园都有新变化，它的景色变得愈发令人赞叹。

上图：百里香路与几个月之前相比迥然不同，那时候百里香毯子上飞满嗡嗡的蜜蜂，树篱在夏季变成一片金黄。

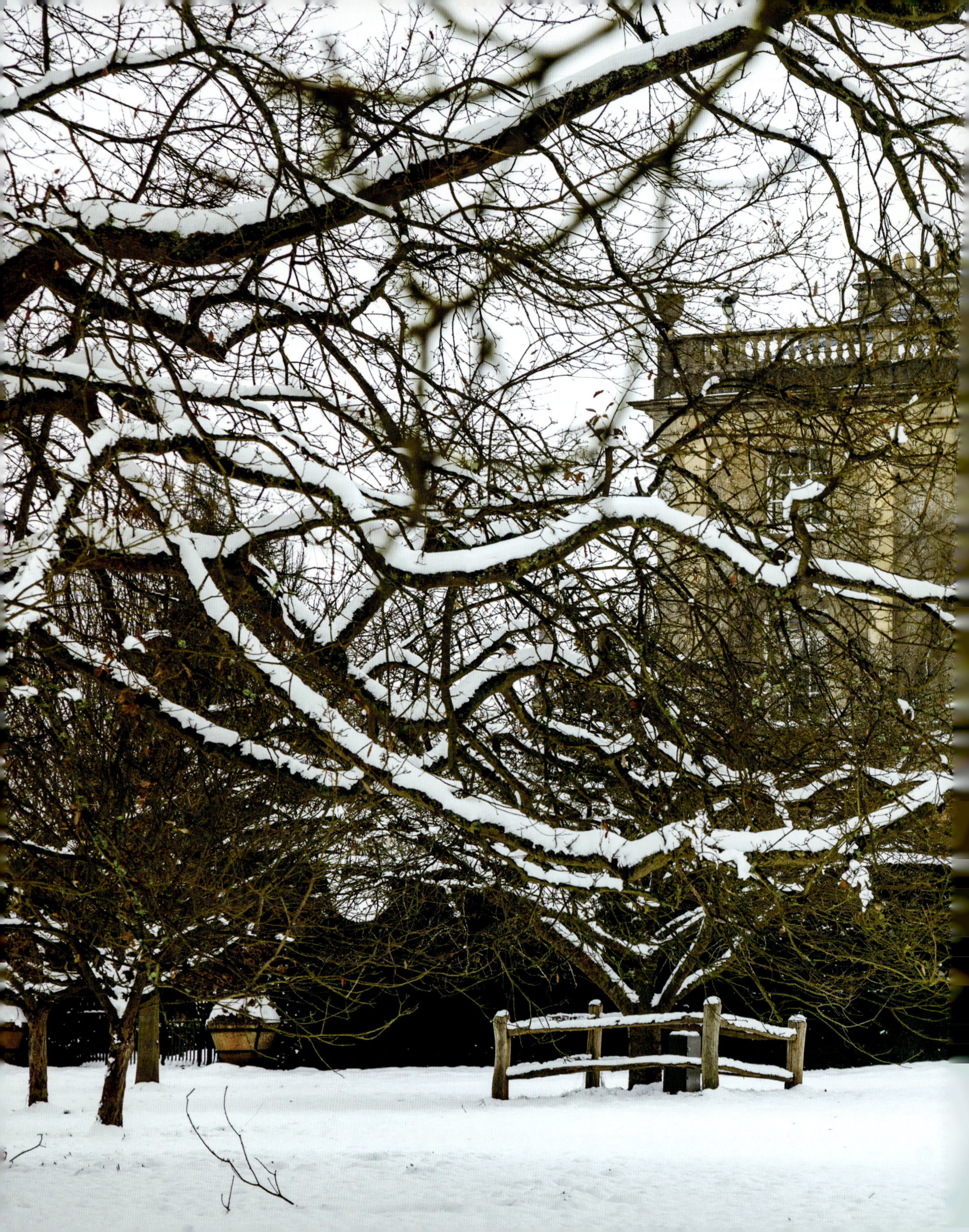

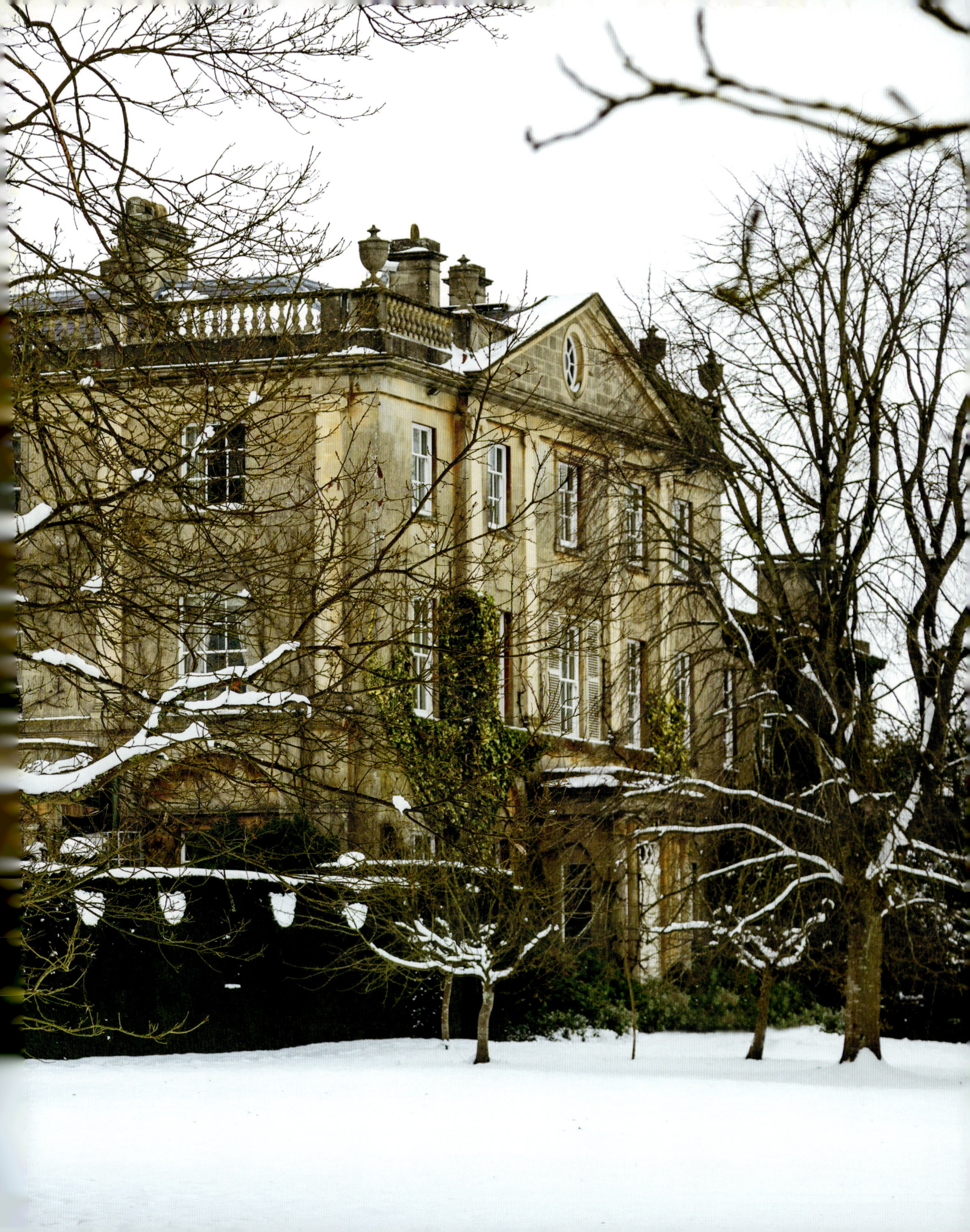

植 物 名 录

FRONT OF HOUSE

Brachyglottis (syn. *Senecio*) 'Sunshine' — Evergreen Shrub
Hedera colchica 'Paddy's Pride' — Evergreen Climber
Parthenocissus tricuspidata 'Robusta' — Deciduous Climber
Quercus ilex — Evergreen Tree
Rosa 'Felicia' — Deciduous Shrub
Rosa 'Mermaid' — Deciduous Climber
Viburnum davidii — Evergreen Shrub
Vitis coignetiae — Deciduous Climber

SUNDIAL GARDEN

BEDS

Allium 'Mount Everest' — Bulb
Allium 'Purple Sensation' — Bulb
Aquilegia 'Blue Star' — Herbaceous Perennial
Aster × 'Wunder von Stäfa' — Herbaceous Perennial
Camassia leichtlinii 'Caerulea' — Bulb
Campanula 'Prichard's Variety' — Herbaceous Perennial
Clematis 'Elsa Späth' — Deciduous Climber
Clematis 'Ernest Markham' — Deciduous Climber
Cosmos mixed red, white and pink — Annual
Cuphea viscosissima — Annual
Dahlia 'Bishop of Canterbury' — Half-hardy Perennial
Dahlia 'Fascination' — Half-hardy Perennial
Dahlia 'Thomas A Edison' — Half-hardy Perennial
Dahlia 'Wink' — Half-hardy Perennial
Delphinium 'Amadeus' — Herbaceous Perennial
Delphinium 'Cassius' — Herbaceous Perennial
Delphinium 'Clifford Lass' — Herbaceous Perennial
Delphinium 'Cymbeline' — Herbaceous Perennial
Delphinium 'Faust' — Herbaceous Perennial
Delphinium 'Loch Leven' — Herbaceous Perennial
Delphinium King Arthur Group — Herbaceous Perennial
Fritillaria imperialis 'Maxima Lutea' — Bulb
Geranium clarkei 'Kashmir Pink' — Herbaceous Perennial
Geranium clarkei 'Kashmir Purple' — Herbaceous Perennial
Geranium clarkei 'Kashmir White' — Herbaceous Perennial
Gladiolus 'Plum Tart' — Bulb
Hydrangea 'Annabelle' — Deciduous Shrub
Iris 'Blue Rhythm' — Herbaceous Perennial
Iris 'Hello Darkness' — Herbaceous Perennial
Lathyrus odoratus single colour varieties — Annual
Lavatera 'Loveliness' — Annual
Lilium 'Friso' — Bulb
Lilium 'Miss Feya' — Bulb
Lilium martagon — Bulb
Lupinus 'Polar Princess' — Herbaceous Perennial
Magnolia stellata 'Royal Star' — Deciduous Shrub
Nicotiana 'F1 Whisper' — Annual
Philadephus coronarius 'Aureus' — Deciduous Shrub
Phlox paniculata 'Album' — Herbaceous Perennial
Phlox paniculata 'Border Gem' — Herbaceous Perennial
Primula pulverulenta — Herbaceous Perennial
Rosa Grouse (in large pots) — Deciduous Shrub
Rosa 'Louise Odier' — Deciduous Shrub
Salvia 'Indigo Spires' — Half-hardy Perennial
Salvia involucrata 'Bethelii' — Half-hardy Perennial
Veronica 'Blauer Sommer' — Herbaceous Perennial

BORDER

Choisya × *dewitteana* 'Aztec Pearl' — Evergreen Shrub
Cosmos peucedanifolius 'Flamingo' — Herbaceous Perennial
Iris unguicularis — Evergreen Perennial
Jasminum officinale f. *affine* — Deciduous Climber
Lilium 'Robina' — Bulb
Lonicera periclymenum 'Graham Thomas' — Deciduous Climber

Nerine bowdenii — Bulb
Rosa 'Highgrove' — Deciduous Climber
Salvia officinalis 'Tricolor' — Evergreen Shrub
Teucrium chamaedrys — Evergreen Shrub
Viburnum × *bodnantense* 'Dawn' — Deciduous Shrub
Wisteria sinensis — Deciduous Climber
Wisteria sinensis 'Alba' — Deciduous Climber

TERRACE GARDEN

Alchemilla mollis — Herbaceous Perennial
Aucuba japonica 'Crotonifolia' — Evergreen shrub
Buxus sempervirens 'Variegata' — Evergreen shrub
Chionodoxa sardensis — Bulb
Choisya ternata — Evergreen Shrub
Cistus ladanifer — Evergreen shrub
Clematis 'Abundance' — Deciduous Climber
Clematis Blue Angel — Deciduous Climber
Clematis 'Jackmannii Superba' — Deciduous Climber
Clematis 'Kermesina' — Deciduous Climber
Digitalis 'Strawberry Crush' — Herbaceous Perennial
Hebe albicans — Evergreen shrub
Hedera helix 'Goldheart' — Evergreen Climber
Helichrysum italicum — Evergreen shrub
Leucojum vernum var. *carpathicum* — Bulb
Magnolia grandiflora — Evergreen Tree
Mianthemum racemosum — Herbaceous Perennial
Olea europaea — Evergreen Tree
Philadelphus coronarius 'Aureus' — Deciduous shrub
Phlomis fruiticosa — Evergreen shrub
Primula denticulata — Herbaceous Perennial
Primula elatior — Herbaceous Perennial
Pushkinia scilloides — Bulb
Rosa 'Blairii Number Two' — Deciduous Climber
Rosa 'Jude the Obscure' — Deciduous Climber
Rosa 'Sander's White Rambler' — Deciduous shrub
Rosmarinus officinalis — Evergreen shrub
Salvia officinalis 'Purpurea' — Evergreen shrub
Santolina chamaecyparissus — Evergreen shrub
Scilla siberica — Bulb
Syringa × *henryi* — Deciduous shrub
Viburnum × *carlcephalum* — Deciduous shrub

ACID BED

Arisaema candidissimum — Bulb
Corydalis cheilanthifolia — Herbaceous Perennial
Gallium odorata — Herbaceous Perennial
Lilium lancifolium 'Splendens' — Bulb
Lilium speciosum var *rubrum* — Bulb
Magnolia 'Galaxy' — Deciduous Tree
Magnolia 'Heaven Scent' — Deciduous Tree
Polemonium pauciflorum — Herbaceous Perennial
Rhododendron 'Blue Pool' — Evergreen Shrub
Rhododendron 'Blue Tit' — Evergreen Shrub
Rhododendron 'Scarlet Wonder' — Evergreen Shrub

COTTAGE GARDEN

OLD COTTAGE GARDEN

Aquilegia 'Yellow Star' — Herbaceous Perennial
Buddleia davidii 'Dartmoor' — Deciduous Shrub
Campanula glomerata 'Superba' — Herbaceous Perennial
Campanula lactiflora 'Prichard's Variety' — Herbaceous Perennial
Campanula punctata 'Rubriflora' — Herbaceous Perennial
Ceanothus 'Puget Blue' — Evergreen Shrub
Cornus 'Gloria Birkett' — Deciduous Shrub
Cornus alba 'Elegantissima' — Deciduous Shrub

Cotinus coggygria 'Royal Purple'	Deciduous Shrub
Delphinium 'Cassius'	Herbaceous Perennial
Delphinium 'Faust'	Herbaceous Perennial
Deutzia × *elegantissima*	Deciduous Shrub
Echinacea purpurea Bressingham hybrids	Herbaceous Perennial
Eryngium × *tripartitum*	Herbaceous Perennial
Geranium 'Ann Folkard'	Herbaceous Perennial
Geranium × *magnificum* 'Rosemoor'	Herbaceous Perennial
Heuchera 'Leuchtkäfer'	Perennial
Hydrangea 'Annabelle'	Deciduous Shrub
Ilex aquifolium 'Ferox Argentea'	Evergreen Shrub
Ilex × *altaclerensis* 'Golden King'	Evergreen Tree
Iris 'Sable'	Perennial
Juniperus scopulorum 'Skyrocket'	Evergreen Tree
Lonicera × *purpusii* 'Winter Beauty'	Deciduous Shrub
Lythrum virgatum 'Dropmore Purple'	Herbaceous Perennial
Nepeta racemosa 'Walker's Low'	Herbaceous Perennial
Phlox paniculata 'Bright Eyes'	Herbaceous Perennial
Salvia nemorosa 'Lubecca'	Herbaceous Perennial
Sedum 'Vera Jameson'	Herbaceous Perennial
Staphylea pinnata	Deciduous Tree
Taxus baccata 'Fastigiata'	Evergreen Tree

NEW COTTAGE GARDEN

Acer palmatum cultivars	Deciduous Tree
Acer pensylvanicum	Deciduous Tree
Actinidia deliciosa 'Hayward'	Deciduous Climber
Angelica archangelica	Biennial
Brunnera macrophylla	Herbaceous Perennial
Cephalaria gigantea	Herbaceous Perennial
Chimonanthus praecox	Deciduous Shrub
Choisya × *dewitteana*	Evergreen Shrub
Choisya ternata Sundance	Evergreen Shrub
Hydrangea quercifolia	Deciduous Shrub
Ligularia The Rocket	Herbaceous Perennial
Ligustrum japonicum 'Rotundifolium'	Evergreen Shrub
Liriodendron tulipifera 'Aureomarginatum'	Deciduous Tree
Lysimachia ciliata 'Firecracker'	Herbaceous Perennial
Lysimachia punctata	Herbaceous Perennial
Maclaya cordata	Herbaceous Perennial
Magnolia × *loebneri* 'Leonard Messel'	Deciduous Tree
Morus nigra	Deciduous Tree
Philadelphus 'Belle Etoile'	Deciduous Shrub
Philadelphus 'Silberregen'	Deciduous Shrub
Philadelphus 'Snow Velvet'	Deciduous Shrub
Phlomis russeliana	Herbaceous Perennial
Sambucus 'Black Beauty'	Deciduous Shrub
Thalictrum delavayi 'White Cloud'	Herbaceous Perennial
Viburnum × *globosum* 'Jermyns Globe'	Evergreen Shrub
Viburnum × *hillieri*	Evergreen Shrub
Zantedeschia aethiopica	Herbaceous Perennial

OAK PAVILION BED

Ceanothus 'Puget Blue'	Evergreen Shrub
Hosta 'Patriot'	Herbaceous Perennial
Hosta 'Sum and Substance'	Herbaceous Perennial
Magnolia stellata 'Rosea'	Deciduous Shrub
Narcissus minor 'Pumilis'	Bulb
Philadelphus coronarius	Evergreen Shrub
Philadelphus × *virginalis* 'Minnesota Snowflake'	Deciduous Shrub
Rosa 'Highgrove'	Deciduous Climber
Rosa 'Home Sweet Home'	Deciduous Climber
Wisteria floribunda 'Macrobotrys'	Deciduous Climber

PERGOLA

Clematis Avant-garde	Deciduous Climber
Clematis 'Comtesse de Bouchard'	Deciduous Climber
Clematis 'Madame Julia Correvon'	Deciduous Climber
Clematis 'Perle d'Azur'	Deciduous Climber
Clematis 'M. Koster'	Deciduous Climber
Clematis 'Polish Spirit'	Deciduous Climber
Clematis Sugar Candy	Deciduous Climber
Rosa 'Bantry Bay'	Deciduous Climber
Rosa 'Ethel'	Deciduous Climber
Rosa 'François Juranville'	Deciduous Climber
Rosa 'Minnehaha'	Deciduous Climber
Rosa 'Shot Silk'	Deciduous Climber
Rosa Sir Paul Smith	Deciduous Climber
Rosa 'Veilchenblau'	Deciduous Climber
Rosa 'Wedding day'	Deciduous Climber
Rosa mulliganii	Deciduous Climber
Wisteria floribunda 'Macrobotrys'	Deciduous Climber
Wisteria sinensis	Deciduous Climber

MEDITERRANEAN GARDEN

Asphodeline lutea	Herbaceous Perennial
Campanula hofmanii	Herbaceous Perennial
Cistus × *argenteus* 'Peggy Sammons'	Evergreen Shrub
Cistus × *argenteus* 'Silver Pink'	Evergreen Shrub
Cistus creticus	Evergreen Shrub
Cistus ladanifer	Evergreen Shrub
Cistus monspeliensis	Evergreen Shrub
Crinum × *powellii*	Hardy Bulb
Geranium psilostemon	Herbaceous Perennial
Indigofera amblyantha	Deciduous Shrub
Indigofera gerardiana	Deciduous Shrub
Koelreuteria paniculata	Deciduous Tree
Lamium maculatum Pink Chablis	Perennial Groundcover
Lavatera × *clementii* 'Burgundy Wine'	Deciduous Shrub
Lavendula angustifolia 'Munstead'	Evergreen Shrub
Lychnis coronaria	Biennial
Malus trilobata	Deciduous Tree
Muscari armeniacum 'Early Giant'	Hardy Bulb
Nepeta racemosa 'Walkers Low'	Herbaceous Perennial
Perovskia 'Blue Spire'	Deciduous Shrub
Philadelphus maculatus 'Mexican Jewel'	Deciduous Shrub
Philadelphus 'Starbright'	Deciduous Shrub
Polemonium caeruleum	Herbaceous Perennial
Stachys byzantina (syn. *lanata*)	Perennial Groundcover
Teucrium × *lucidrys*	Evergreen Shrub

INDIAN GATE, POTS AND YELLOW BORDER

Acer platanoides Princeton Gold	Deciduous Tree
Aquilegia chrysantha 'Yellow Queen'	Herbaceous perennial
Catalpa bignonioides 'Aurea'	Deciduous Tree
Clematis Reflections	Deciduous Climber
Clematis Wisley	Deciduous Climber
Clematis 'Elizabeth'	Deciduous Climber
Corydalis 'Canary Feathers'	Herbaceous perennial
Digitalis grandiflora	Herbaceous perennial
Doronicum caucasicum 'Magnificum'	Herbaceous perennial
Epimedium × *versicolor* 'Sulphureum'	Herbaceous perennial
Fraxinus ornus	Deciduous Tree
Leptinella squalida	Perennial Ground cover
Lilium leichtlinii	Bulb
Mahonia 'Winter Sun'	Evergreen Shrub
Narcissus 'Trena'	Bulb
Narcissus 'Warbler'	Bulb
Parrotia persica	Deciduous Tree
Rosa 'Cécile Brűnner'	Deciduous Climber
Rosa 'Jude the Obscure'	Deciduous Climber
Selaginella lepidophylla	Perennial Ground cover
Soleirolia soleirolii	Perennial Ground cover

BUTTRESS GARDEN

Pink and Yellow in March/April bed

Aquilegia 'Rose Queen'	Herbaceous Perennial
Bergenia 'Overture'	Evergreen Perennial
Camellia × *williamsii* 'Debbie'	Evergreen Shrub

Crataegus laecigata 'Paul's Scarlet'	Deciduous Tree
Daphne odora 'Aureomarginata'	Evergreen Shrub
Forsythia 'Golden Nugget'	Deciduous Shrub
Forsythia × *intermedia* 'Lynwood Variety'	Deciduous Shrub
Narcissus 'Hawera'	Bulb
Primula bulleyana	Evergreen Perennial
Primula japonica 'Miller's Crimson'	Herbaceous Perennial
Ribes sanguineum 'King Edward VII'	Deciduous Shrub
Ribes sanguineum 'Pulborough Scarlet'	Deciduous Shrub
Viburnum carlcephalum	Evergreen Shrub

Yellow and Blue in June bed

Agapanthus 'Navy Blue'	Herbaceous Perennial
Aquilegia 'Blue Star'	Herbaceous Perennial
Buddleja × *weyeriana* 'Moonlight'	Deciduous Shrub
Buddleja davidii 'Blue Horizon'	Deciduous Shrub
Campanula persicifolia 'Telham Beauty'	Herbaceous Perennial
Ceanothus 'Puget Blue'	Evergreen Shrub
Cornus alba 'Aurea'	Deciduous Shrub
Cytisus scoparius 'Golden Cascade'	Deciduous Shrub
Cytisus × *praecox* 'Allgold'	Deciduous Shrub
Delphinium Bluebird Group	Herbaceous Perennial
Delphinium King Arthur Group	Herbaceous Perennial
Digitalis grandiflora 'Carillon'	Herbaceous Perennial
Euphorbia characias subsp. *wulfenii* 'Lambrook Gold'	Herbaceous Perennial
Iris pseudoacorus 'Variegata'	Herbaceous Perennial
Lupinus 'Chandelier'	Herbaceous Perennial
Lupinus 'The Governor'	Herbaceous Perennial
Philadelphus coronarius 'Aurea'	Deciduous Shrub
Spartium junceum	Deciduous Shrub

Red, Pink and Purple in September/October bed

Anemone × *hybrida* 'Honorine Jobert'	Herbaceous Perennial
Anemone × *hybrida* 'Königin Charlotte'	Herbaceous Perennial
Aster × *frikartii* 'Mönch'	Herbaceous Perennial
Buddleja 'Miss Ruby'	Deciduous Shrub
Clerodendron bungei	Deciduous Shrub
Euonymus alatus	Deciduous Shrub
Fuchsia 'Mrs Popple'	Deciduous Shrub
Fuchsia magellanica 'Angel's Teardrop'	Deciduous Shrub
Hydrangea macrophylla 'Geoffrey Chadbund'	Deciduous Shrub
Hydrangea macrophylla 'King George'	Deciduous Shrub
Lobelia × *speciosa* 'Hadspen Purple'	Herbaceous Perennial

LAUREL TUNNEL

Blechnum chilense	Evergreen Fern.
Daphne odora 'Aureomarginata'	Evergreen Shrub
Daphne × *transatlantica* Eternal Fragrance	Evergreen Shrub
Digitalis grandiflora 'Carillon'	Herbaceous Perennial
Digitalis purpurea	Biennial
Digitalis 'Strawberry Crush'	Herbaceous Perennial
Dryopteris affinis	Semi-Evergreen Fern
Dryopteris affinis 'Stableri'	Semi-Evergreen Fern
Dryopteris atrata	Semi-Evergreen Fern
Dryopteris dilatata 'Crispa Whiteside'	Semi-Evergreen Fern
Dryopteris filix-mas	Deciduous Fern
Dryopteris filix-mas 'Cristata Martindale'	Deciduous Fern
Dryopteris wallichiana	Deciduous Fern
Liriodendron tulipifera	Deciduous Tree
Maianthemum racemosum	Herbaceous Perennial
Pachysandra terminalis 'Green Carpet'	Evergreen Shrub
Polygonatum × *hybridum*	Herbaceous Perennial

ORCHARD

Apple 'Devonshire Buckland'	Deciduous Tree
Apple 'Duchess's Favourite'	Deciduous Tree
Apple 'First and Last'	Deciduous Tree
Apple 'Lamb Abbey Pearmain'	Deciduous Tree
Apple 'London Pearmain'	Deciduous Tree
Apple 'Rivers Nonsuch'	Deciduous Tree

Muscari 'Early Giant'	Hardy Bulb
Nepeta × *faassenii*	Herbaceous Perennial

CARPET GARDEN

Astrantia 'Hadspen Blood'	Herbaceous Perennial
Clematis Vesuvius	Deciduous climber
Clematis Petit Faucon	Deciduous climber
Clematis Rosemoor	Deciduous climber
Clematis 'Ville de Lyon'	Deciduous climber
Cupressus sempervirens 'Stricta'	Evergreen Tree
Eupatorium rugosum 'Chocolate'	Herbaceous Perennial
Geranium Rozanne (syn. 'Jolly Bee')	Herbaceous Perennial
Lathyrus sativus var. *azureus*	Annual
Lobelia × *speciosa* 'Vedrariensis'	Herbaceous Perennial
Olea europaea	Evergreen Tree
Pelargonium 'Purple Unique'	Half hardy perennials
Rosa 'Alfred Colomb'	Deciduous Shrub
Rosa Bonica	Deciduous Shrub
Rosa 'Duchesse de Montebello'	Deciduous Shrub
Rosa 'Europeana'	Deciduous Shrub
Rosa 'Roundelay'	Deciduous Climber
Rosa 'Sander's White Rambler'	Deciduous Climber
Rosa 'Souvenir du Docteur Jamain'	Deciduous Climber
Rosa 'The Garland'	Deciduous Climber
Rosa gallica var. *officinalis*	Deciduous Shrub
Salvia candelabra	Evergreen shrub
Silene fimbriata	Herbaceous Perennial
Trachelospermum jasminoides	Evergreen Climber
Viola 'Martin'	Annual
Citrus × *microcarpa*	Evergreen Tree

LILY POOL GARDEN

Acca sellowiana (syn. *Feijoa sellowiana*)	Evergreen Shrub
Agapanthus 'Navy Blue'	Herbaceous Perennial
Allium caeruleum	Bulb
Ceanothus 'Puget Blue'	Evergreen Shrub
Geranium Rozanne (syn. 'Jolly Bee')	Herbaceous Perennial
Narcissus 'Tête-à-tête'	Bulb
Nymphaea 'Charlene Strawn'	Aquatic Perennial
Nymphaea 'Rosy Morn'	Aquatic Perennial
Nymphaea 'White Sultan'	Aquatic Perennial
Nymphaea 'Yul Ling'	Aquatic Perennial
Origanum vulgare 'Aureum'	Herbaceous Perennial
Perovskia 'Blue Spire'	Deciduous Shrub
Philadephus coronarius 'Aureus'	Deciduous Shrub
Primula denticulata	Herbaceous Perennial
Rosa Elina	Deciduous Shrub
Rosa Grosvenor House	Deciduous Shrub
Rosmarinus officinalis	Evergreen Shrub
Salvia forsskaolii	Herbaceous Perennial
Salvia patens 'Cambridge Blue'	Half-hardy Perennial
Thalictrum aquilegiifolium	Herbaceous Perennial

WILDFLOWER MEADOW

Allium hollandicum 'Purple Sensation'	Bulb
Anacamptis morio (green winged orchid)	Native perennial
Camassia quamash (quamash)	Bulb
Camassia leichtlinii Caerulea Group	Bulb
Centaurea nigra (common knapweed)	Native perennial
Dactylorhiza fuchsii (common spotted orchid)	Native perennial
Dactylorhiza praetermissa (southern marsh orchid)	Native perennial
Fritillaria meleagris (snake's head fritillary)	Bulb
Geranium pratense (meadow cranesbill)	Native perennial
Gladiolus byzantinus	Bulb
Knautia arvensis (field scabious)	Native perennial
Leontodon hispidus (rough hawksbit)	Native perennial
Leucanthemum vulgare (moon daisy)	Native perennial
Narcissus 'Camilla Duchess of Cornwall'	Bulb
Narcissus 'Ice Follies'	Bulb
Narcissus 'February Gold'	Bulb

Narcissus 'February Silver'	Bulb
Narcissus 'Jenny'	Bulb
Narcissus var *recurvus* (old pheasants eye)	Bulb
Narcissus pseudonarcissus subsp. *pseudonarcissus*	Bulb
Plantago lanceolata (ribwort plantain)	Native perennial
Primula veris (Cowslip)	Native perennial
Ranunculus acris (Meadow Buttercup)	Native perennial
Rhianthus minor (Yellow Rattle)	Native Annual
Tulipa sylvestris	Bulb

STUMPERY

Acer palmatum 'Bloodgood'	Deciduous Tree.
Acer palmatum var. *dissectum* 'Seiryū'	Deciduous Tree.
Acer palmatum 'Ōzakazuki'	Deciduous Tree.
Actaea simplex Atropurpurea Group	Herbaceous perennial
Adiantum venustum	Fern
Allium nigrum	Bulb
Anemone blanda blue-flowered	Bulb
Arisaema formosanum	Bulb
Arisaema griffithii	Bulb
Camellia 'Peach Blossom'	Evergreen Shrub
Cotinus coggygria	Deciduous Shrub
Cyclamen hederifolium	Bulb
Cyclamen pseudoibericum	Bulb
Cyclamen repandum	Bulb
Daphne bholua 'Jacqueline Postill'	Evergreen Shrub
Davidia involucrata	Deciduous Tree
Dicentra spectabilis 'Alba'	Herbaceous Perennial
Digitalis purpurea Excelsior Group	Biennial
Dryopteris affinis 'Cristata'	Fern
Dryopteris affinis 'Grandiceps Askew'	Fern
Dryopteris filix-mas 'Cristata Martindale'	Fern
Epimedium acuminatum	Evergreen Perennial
Eranthus hyemalis	Bulb
Erythronium 'Pagoda'	Bulb
Erythronium revolutum 'Knightshayes Pink'	Bulb
Euphorbia griffithii 'Fireglow'	Herbaceous Perennial
Fritillaria meleagris	Bulb
Galanthus 'S. Arnott'	Bulb
Galanthus nivalis 'Flore Pleno'	Bulb
Gunnera manicata	Herbaceous Perennial
Helleborus argutifolius	Evergreen Perennial
Helleborus × hybridus Ashwood Garden Hybrids	Evergreen Perennial
Hepatica nobilis	Herbaceous Perennial
Hosta 'Domaine de Courson'	Herbaceous Perennial
Hosta 'Empress Wu'	Herbaceous Perennial
Hosta 'Halcyon'	Herbaceous Perennial
Hosta 'Liberty'	Herbaceous Perennial
Hosta 'Prince of Wales'	Herbaceous Perennial
Hosta 'Regal Splendor'	Herbaceous Perennial
Hosta 'Sum and Substance'	Herbaceous Perennial
Hydrangea aspera Villosa Group	Deciduous Shrub
Iris chrysographes	Herbaceous Perennial
Iris foetidissima var. *citrina*	Herbaceous Perennial
Iris × robusta 'Gerald Darby'	Herbaceous Perennial
Kirengeshoma palmata	Herbaceous Perennial
Koelreuteria paniculata	Deciduous Tree.
Leucojum aestivum 'Gravetye Giant'	Bulb
Ligularia przewalkskii	Herbaceous Perennial
Lilium martagon	Bulb
Magnolia 'Athene'	Deciduous Tree.
Magnolia stellata	Deciduous Shrub
Mahonia × media 'Charity'	Evergreen Shrub
Muscari latifolium	Bulb
Narcissus 'Jack Snipe'	Bulb
Narcissus 'Misty Glen'	Bulb
Narcissus 'Petrel'	Bulb
Narcissus 'Silver Chimes'	Bulb
Paeonia rockii	Deciduous Shrub
Philadelphus coronarius	Deciduous Shrub
Prunus 'Accolade'	Deciduous Tree.

Quercus frainetto	Deciduous Tree.
Rheum palmatum 'Atrosanguineum'	Herbaceous Perennial
Rodgersia aesculifolia	Herbaceous Perennial
Ruscus aculeatus	Evergreen Shrub
Smyrnium perfoliatum	Biennial
Stachys macrantha 'Superba'	Herbaceous Perennial
Strobilanthes atropurpurea	Herbaceous Perennial
Telekia speciosa	Herbaceous Perennial
Tricyrtis formosana	Herbaceous Perennial

LOWER ORCHARD

Apple 'Discovery'	Deciduous Tree
Apple 'Herefordshire Russet'	Deciduous Tree
Crab-apple 'John Downie'	Deciduous Tree
Damson 'Merryweather'	Deciduous Tree
Damson 'Shropshire Prune'	Deciduous Tree
Malus hupehensis	Deciduous Tree
Medlar 'Nottingham'	Deciduous Tree
Pear 'Concorde'	Deciduous Tree
Pear 'Onward'	Deciduous Tree
Plum 'Marjorie's Seedling'	Deciduous Tree
Plum 'Yellow Egg'	Deciduous Tree
Quince 'Meech's Prolific'	Deciduous Tree

WINTERBOURNE GARDEN

Acer platinoides Princeton Gold	Deciduous Tree
Acradenia frankliniae	Evergreen Shrub
Blechnum chilense	Fern
Brunnera 'Looking Glass'	Herbaceous Perennial
Brunnera macrophylla 'Hadspen Cream'	Herbaceous Perennial
Cardimine quinquefolia	Herbaceous Perennial
Cardiocrinum giganteum	Bulb
Ceanothus 'Puget Blue'	Evergreen Shrub
Ceanothus 'Skylark'	Evergreen Shrub
Colchicum 'The Giant'	Bulb
Cornus 'Eddie's White Wonder'	Deciduous Shrub
Cornus 'Norman Haddon'	Deciduous Shrub
Cornus kousa 'China Girl'	Deciduous Shrub
Cornus kousa 'Satomi'	Deciduous Shrub
Cornus kousa var. *chinensis* 'Claudia'	Deciduous Shrub
Cornus kousa var. *chinensis* 'Milky Way'	Deciduous Shrub
Dahlia 'Admiral Rawlings'	Herbaceous Perennial
Dahlia imperialis	Herbaceous Perennial
Dicksonia antartica	Fern
Dicksonia fibrosa	Fern
Eryngium yuccifolium	Evergreen Perennial
Fascicularia bicolor	Evergreen Perennial
Grisellinia littoralis	Evergreen Shrub
Gunnera manicata	Herbaceous Perennial
Hoheria sexstylosa	Evergreen Tree
Hydrangea paniculata 'Brussels Lace'	Deciduous Shrub
Hydrangea paniculata 'Confetti'	Deciduous Shrub
Hydrangea paniculata 'Limelight'	Deciduous Shrub
Hydrangea paniculata Magical Fire	Deciduous Shrub
Hydrangea paniculata Sundae Fraise	Deciduous Shrub
Impatiens tinctoria subsp. *tinctoria*	Herbaceous Perennial
Lilium martagon	Bulb
Liriodendron chinense	Deciduous Tree
Lobelia × speciosa 'Vedrariensis'	Herbaceous Perennial
Musa basjoo	Herbaceous Perennial
Narcisssus 'Hawera'	Bulb
Nothofagus antarctica	Deciduous Tree
Philadelphus 'Belle Etoile'	Deciduous Shrub
Philadelphus 'Manteau d'Hermine'	Deciduous Shrub
Philadelphus 'Minnesota Snowflake'	Deciduous Shrub
Philadelphus 'Silberregen'	Deciduous Shrub
Philadelphus 'Snowbelle'	Deciduous Shrub
Philadelphus maculatus 'Mexican Jewel'	Deciduous Shrub
Podocarpus salignus	Evergreen Shrub
Primula pulverulenta	Herbaceous Perennial
Pulmonaria 'Blue Ensign'	Evergreen Perennial

Pulmonaria Opal	Evergreen Perennial
Symphytum 'All Gold'	Evergreen Perennial
Tellima grandiflora 'Purpurea'	Evergreen Perennial
Tetrapanax papyrifer	Deciduous Shrub
Trachycarpus fortunei	Evergreen Shrub
Wollemia nobilis	Evergreen Tree
Zantedeschia aethiopica	Herbaceous Perennial

SERPENTINE WALK

Allium cowanii	Bulb
Arisaema sikokianum	Bulb
Arisaema speciosum	Bulb
Galium odoratum	Herbaceous Perennial
Hosta 'Halcyon'	Herbaceous Perennial
Hymenocallis × festalis	Bulb
Ligularia 'The Rocket'	Herbaceous Perennial
Lilium martagon 'Album'	Bulb
Narcissus 'Petrel'	Bulb
Ornithogalum nutans	Bulb
Phlomis russeliana	Herbaceous Perennial
Phygelius × rectus 'Moonraker'	Evergreen Shrub
Phygelius × rectus 'Winchester Fanfare'	Evergreen Shrub
Sarcococca hookeriana var. *digyna* 'Purple Stem'	Evergreen Shrub
Sarcococca hookeriana var. *humilis*	Evergreen Shrub

ARBORETUM

Acer japonicum 'Aconitifolium'	Deciduous Tree
Acer palmatum 'Atropurpureum'	Deciduous Tree
Acer palmatum 'Bloodgood'	Deciduous Tree
Acer palmatum 'Butterfly'	Deciduous Tree
Acer palmatum 'Elegans'	Deciduous Tree
Acer palmatum 'Osakazuki'	Deciduous Tree
Acer palmatum 'Senkaki'	Deciduous Tree
Acer palmatum 'Shindeshōjō'	Deciduous Tree
Acer palmatum 'Sumi-nagashi'	Deciduous Tree
Acer shirasawanum 'Aureum'	Deciduous Tree
Anemone nemorosa	Herbaceous Perennial
Azalea (*Rhododendron*) 'Cannon's Double'	Deciduous Shrub
Azalea (*Rhododendron*) 'Fraseri'	Deciduous Shrub
Azalea (*Rhododendron*) 'Homebush'	Deciduous Shrub
Azalea (*Rhododendron*) 'Northern Hi-Lights'	Deciduous Shrub
Azalea (*Rhododendron*) *daviesii*	Deciduous Shrub
Azalea (*Rhododendron*) *luteum*	Deciduous Shrub
Betula utilis var. *jacquemontii*	Deciduous Tree
Camellia × williamsii 'Debbie'	Evergreen Shrub
Cercidiphyllum japonicum	Deciduous Tree
Cercis siliquastrum	Deciduous Tree
Cornus 'Norman Haddon'	Deciduous Shrub
Cornus 'Porlock'	Deciduous Shrub
Cornus kousa 'Milky Way'	Deciduous Shrub
Cyclamen coum	Bulb
Cyclamen hederifolium	Bulb
Eranthus hyemalis	Bulb
Erythronium revolutum 'Knightshayes Pink'	Bulb
Galanthus nivalis	Bulb
Hyacinthiodes non-scripta	Bulb
Hydrangea aspera 'Macrophylla'	Deciduous Shrub
Hydrangea aspera subsp. *sargentiana*	Deciduous Shrub
Hydrangea macrophylla 'Ayesha'	Deciduous Shrub
Hydrangea macrophylla 'Dandenong'	Deciduous Shrub
Hydrangea macrophylla 'Fasan'	Deciduous Shrub
Hydrangea macrophylla 'Hamburg'	Deciduous Shrub
Hydrangea macrophylla 'Mrs W.J. Hepburn'	Deciduous Shrub
Hydrangea macrophylla 'Soeur Thérèse'	Deciduous Shrub
Hydrangea macrophylla 'Zorro'	Deciduous Shrub
Hydrangea serrata 'Tiara'	Deciduous Shrub
Magnolia 'Elizabeth'	Deciduous Tree
Magnolia 'Eskimo'	Deciduous Tree
Magnolia 'Gold Star'	Deciduous Tree
Magnolia 'Iolanthe'	Deciduous Tree
Magnolia 'Susan'	Deciduous Tree
Magnolia 'Trelissick Alba'	Deciduous Tree
Magnolia dawsoniana	Deciduous Tree
Magnolia macrophylla	Deciduous Tree
Magnolia sinensis	Deciduous Tree
Magnolia soulangiana 'Alba Superba'	Deciduous Tree
Magnolia Black Tulip	Deciduous Tree
Magnolia 'Caerhays Surprise'	Deciduous Tree
Magnolia × procteriana	Deciduous Tree
Narcissus 'Hawera'	Bulb
Narcissus 'Thalia'	Bulb
Osmanthus serrulatus	Evergreen Shrub
Parrotia persica	Deciduous Tree
Prunus 'Accolade'	Deciduous Tree
Prunus sargentii	Deciduous Tree
Puschkinia libanotica	Bulb
Rhododendron 'E.J.P Magor'	Evergreen Shrub
Rhododendron arboreum 'Tony Schilling'	Evergreen Shrub
Rhododendron augustinii	Evergreen Shrub
Rhododendron 'Loderi Fairyland'	Evergreen Shrub
Rhododendron macabeanum	Evergreen Shrub
Rhododendron sino-falconeri	Evergreen Shrub
Rhododendron sinogrande	Evergreen Shrub
Rhododendron thompsonii	Evergreen Shrub
Scilla siberica 'Spring Beauty'	Bulb
Viburnum plicatum 'Mariesii'	Deciduous Shrub

AZALEA WALK

Actinidia kolomikta	Deciduous climber
Asplenium scolopendrium	Evergreen Fern
Asplenium scolopendrium 'Muricatum'	Evergreen Fern
Athyrium filix-femina	Deciduous Fern
Azalea (*Rhododendron*) 'Jolie Madame'	Deciduous Shrub
Azalea (*Rhododendron*) 'Nancy Waterer'	Deciduous Shrub
Azalea (*Rhododendron*) 'Northern Hi-Lights'	Deciduous Shrub
Azalea (*Rhododendron*) 'Princess Margaret of Windsor'	Deciduous Shrub
Azalea (*Rhododendron*) 'Raby'	Deciduous Shrub
Azalea (*Rhododendron*) 'Silver Slipper'	Deciduous Shrub
Azalea (*Rhododendron*) *luteum*	Deciduous Shrub
Blechnum penna-marina	Evergreen Fern
Chaenomeles speciosa 'Geisha Girl'	Deciduous Shrub
Chaenomeles speciosa 'Nivalis'	Deciduous Shrub
Chaenomeles × superba 'Cameo'	Deciduous Shrub
Chaenomeles × superba 'Jet Trail'	Deciduous Shrub
Chionodoxa sardensis	Bulb
Clematis 'Elizabeth'	Deciduous climber
Clematis 'Huldine'	Deciduous climber
Clematis Kingfisher	Deciduous climber
Clematis montana var. *rubens*	Deciduous climber
Clematis 'Mrs Cholmondeley'	Deciduous climber
Dryopteris affinis 'Cristata' *(*syn. 'The King'*)*	Semi-evergreen Fern
Dryopteris erythrosora	Semi-evergreen Fern
Dryopteris filix-mas	Deciduous Fern
Dryopteris filix-mas 'Grandiceps Wills'	Deciduous Fern
Dryopteris filix-mas 'Revolvens'	Deciduous Fern
Dryopteris wallichiana	Semi-evergreen Fern
Hedera colchica	Evergreen Climber
Hydrangea petiolaris	Deciduous climber
Parthenocissus henryana	Deciduous climber

KITCHEN GARDEN

Wall Fruit and Roses	Wall Fruit and Roses
Apricot 'Tomcot'	Deciduous Tree
Cherry 'Morello'	Deciduous Tree
Fig 'Brown Turkey'	Deciduous Tree
Gage 'Cambridge Gage'	Deciduous Tree
Gage 'Coe's Golden Drop'	Deciduous Tree
Gage 'Czar'	Deciduous Tree
Gage 'Green Gage'	Deciduous Tree
Gage 'Oullins Gage'	Deciduous Tree
Gooseberry 'Invicta'	Deciduous Shrub
Gooseberry 'Pax'	Deciduous Shrub

Pear 'Beth'	Deciduous Tree	*Aquilegia* 'Clementine Rose'	Herbaceous Perennial
Pear 'Beurré Hardy'	Deciduous Tree	*Aster cordifolius* 'Little Carlow'	Herbaceous Perennial
Pear 'Conference'	Deciduous Tree	*Aster novi-belgii* 'Blue Lagoon'	Herbaceous Perennial
Pear 'Doyenné du Comice'	Deciduous Tree	*Astrantia major* 'Buckland'	Herbaceous Perennial
Pear 'Williams' bon Chrétien'	Deciduous Tree	*Delphinium* 'Blue Dawn'	Herbaceous Perennial
Plum 'Blue Tit'	Deciduous Tree	*Delphinium* 'Chelsea Star'	Herbaceous Perennial
Plum 'Kirke's Blue'	Deciduous Tree	*Delphinium* 'White Ruffles'	Herbaceous Perennial
Plum 'Marjorie's Seedling'	Deciduous Tree	*Campanula latifolia* blue-flowered	Herbaceous Perennial
Plum 'Opal'	Deciduous Tree	*Echinacea* 'Bressingham hybrids'	Herbaceous Perennial
Plum 'Swan'	Deciduous Tree	*Geranium* Rozanne (syn. 'Jolly Bee')	Herbaceous Perennial
Redcurrant 'Red Lake'	Deciduous Shrub	*Geranium psilostemon*	Herbaceous Perennial
Rosa 'Albertine'	Deciduous Climber	*Iris* 'Caesar's Brother'	Herbaceous Perennial
Rosa 'Cécille Brünner'	Deciduous Climber	*Narcissus triandrus* 'Cheerfulness'	Bulb
		Narcissus triandrus 'Yellow Cheerfulness'	Bulb
Espalier Apple Arches		*Philadelphus corinarius* 'Aureus'	Deciduous Shrub
Apple 'Egremont Russet'	Deciduous Tree	*Phlox carolina* 'Bill Baker'	Herbaceous Perennial
Apple 'Gloster '69'	Deciduous Tree	*Phlox paniculata* 'Miss Ellie'	Herbaceous Perennial
Apple 'Grenadier'	Deciduous Tree	*Salvia nemorosa* 'Caradonna'	Herbaceous Perennial
Apple 'Lord Suffield'	Deciduous Tree	*Sedum* Herbstfreude Group	Herbaceous Perennial
Apple 'Orleans Reinette'	Deciduous Tree		
Apple 'Sturmer Pippin'	Deciduous Tree	OUTSIDE BORDERS	
		Akebia quinata 'Alba'	Semi-evergreen Climber
Full Standard Fruit Trees		*Anthemis tinctoria* 'E.C Buxton'	Herbaceous Perennial
Apple 'Ashmead's Kernel'	Deciduous Tree	*Artemesia* 'Oriental Limelight'	Evergreen Shrub
Apple 'Beauty of Bath'	Deciduous Tree	*Brachyglottis (syn. Senecio)* 'Sunshine'	Evergreen Shrub
Apple 'Discovery'	Deciduous Tree	*Chimnanthus praecox*	Deciduous Shrub
Apple 'Egremont Russet'	Deciduous Tree	*Cistus pulverulentus* 'Sunset'	Evergreen Shrub
Apple 'Epicure'	Deciduous Tree	*Cistus* × *purpureus*	Evergreen Shrub
Apple 'Greensleeves'	Deciduous Tree	*Clematis* 'Purpurea Plena'	Deciduous Climber
Apple 'Howgate Wonder'	Deciduous Tree	*Dahlia merkii*	Herbaceous Perennial
Apple 'James Grieve'	Deciduous Tree	*Dianthus* 'Devon Wizard'	Evergreen Perennial
Apple 'Lord Derby'	Deciduous Tree	*Eucommis bicolor*	Bulb
Apple 'Newton Wonder'	Deciduous Tree	*Foeniculum vulgare* 'Purpureum'	Herbaceous Perennial
Apple 'Norfolk Beauty'	Deciduous Tree	*Fragaria vesca*	Evergreen Perennial
Apple 'Orleans Reinette'	Deciduous Tree	*Geranium clarkei* 'Kashmir White'	Herbaceous Perennial
Apple 'Reverend W. Wilks'	Deciduous Tree	*Geranium* × *oxonianum* 'Claridge Druce'	Herbaceous Perennial
Apple 'Rushcock Pearmain'	Deciduous Tree	*Gladiolus nanus* 'Nathalie'	Bulb
Apple 'Spartan'	Deciduous Tree	*Gladiolus* × *colvillii*	Bulb
Damson 'Merryweather'	Deciduous Tree	*Helleborus argutifolius*	Evergreen Perennial
Pear 'Concorde'	Deciduous Tree	*Jasminum fruiticans*	Semi-evergreen Shrub
		Lilium 'African Queen'	Bulb
CENTRAL HERB BEDS		*Lilium henryi*	Bulb
Allium schoenoprasum (Chives)	Herbaceous Perennial	*Narcissus* 'W.P Milner'	Bulb
Angelica archangelica	Biennial	*Penstemon* 'Port Wine'	Herbaceous Perennial
Delphinium 'Blue Dawn'	Herbaceous Perennial	*Phlomis fruiticosa*	Evergreen Shrub
Delphinium 'Chelsea Star'	Herbaceous Perennial	*Phlomis longifolia*	Evergreen Shrub
Delphinium 'White Ruffles'	Herbaceous Perennial	*Rosmarinus officinalis*	Evergreen Shrub
Hyssopus officinalis	Evergreen Shrub	*Salvia patens* 'Guanajuato'	Herbaceous Perennial
Lavendula 'Royal Purple'	Evergreen Shrub	*Sedum spectable* 'Autumn Joy'	Herbaceous Perennial
Mentha spicata (Moroccan Mint)	Herbaceous Perennial	*Spirea japonica* 'Goldflame'	Deciduous Shrub
Mentha spicata (Spearmint)	Herbaceous Perennial		
Mentha suaveolens (Applemint)	Herbaceous Perennial	DOMES	
Mentha suaveolens (Woolly Mint)	Herbaceous Perennial	*Clematis* 'Hagley Hybrid'	Deciduous Climber
Origanum majorana	Herbaceous Perennial	*Clematis* 'John Warren'	Deciduous Climber
Rosmarinus officinalis	Evergreen Shrub	*Clematis montana* var. *grandiflora*	Deciduous Climber
Rosmarinus officinalis 'Alba'	Evergreen Shrub	*Clematis montana* var. *wilsonii*	Deciduous Climber
Salvia officinalis Broad-leaved form	Evergreen Shrub	*Clematis* 'Princess Diana'	Deciduous Climber
Thymus vulgaris 'Compactus'	Evergreen Shrub	*Clematis* 'Alba Luxurians'	Deciduous Climber
		Lonicera periclymenum 'Belgica'	Deciduous Climber
BEHIND CENTRAL HERB BEDS		*Rosa* 'Francis E. Lester'	Deciduous Climber
Malus × *zumi* 'Golden Hornet'	Deciduous Tree	*Rosa* 'Paul's Himalayan Musk'	Deciduous Climber
Rosmarinus 'Miss Jessopp's Upright'	Evergreen Shrub	*Wisteria sinensis*	Deciduous Climber
CENTRAL HERBACEOUS BORDERS		EDGING PATHS, BEDS AND BORDERS	
Actaea simplex 'Pink Spike'	Herbaceous Perennial	*Helleborus orientalis*	Evergreen Perennial
Agapanthus 'Cobolt Blue'	Herbaceous Perennial	*Rosa mundi* (syn. *R. gallica* 'Versicolor')	Deciduous shrub.
Allium christophii	Bulb	*Rosa rubiginosa*	Deciduous shrub.
Anemone × *hybrida* 'Kőnigin Charlotte'	Herbaceous Perennial	*Teucrium* × *lucidrys*	Evergreen Shrub
Aquilegia 'Blue Star'	Herbaceous Perennial		

园艺家 & 雕塑家名录

Julian and Isabel Bannerman: Trematon Castle, Saltash, Cornwall PL12 4QW

William Bertram: The Studio, Woodrising, Timsbury, Bath BA2 0EU; 01761 471100

David Blisset Ph.D, RIBA, Chartered Architect: Ashbrook, Amport, Hampshire SP11 8BE; 01264 771768

Emma Clark, Islamic Garden Design: www.emma-clark.com

Richard Craven: Jack Clee's, North Sutton, Stanton Lacey, Ludlow, Shropshire SY8 2AJ

Nick Dunn (Fruit expert) Frank P Matthews Ltd: Berrington Couret, Tenbury Wells, Worcestershire WR15; 01584 810214; www.frankpmatthews.com

Simon Fairlie, Austrian Scythes: Monkton Wyld Court, Charmouth, Bridport, Dorset DT6 6DQ; www.thescytheshop.co.uk

Stephen Florence (Furniture maker and designer): Y Gorlan, Pentre Farm, Llanfair Clydogau, SA48 8LE; 07557 519242; www.stephenflorence.com

John Hill (Planting): Sherborne Gardens, Sherborne, Glos. GL54 3DW; 01451 844522

Jekka McVicar, Jekka's Herb Farm: Rose Cottage, Shellards Lane, Alveston, Bristol BS35 3SY; 01454 418878; www.jekkasherbfarm.com

Charles Morris LVO, FRICS: The Green, Priory Road. Blythburgh, Suffolk IP19 9LR; 01502 478493

Jonathan Myles-Lea (Illustrator): The Folly, Laskett Gardens, Much Birch, Herefordshire HR2 8HZ; 00132 32831028; www.myles-lea.com

David Nash, c/o Annely Juda Fine Art: 23 Dering Street, London W1S 1AW; 02076 297578

Geoffrey Preston (Sculptor): Eagle Yard, Tudor Street, Exeter EX4 3BR; 01392 423263; www.geoffreypreston.co.uk

William Pye: 31 Bellevue Road, London SW17 7EF; 02086 82 2727; www.williampye.com

Will Sibley (Fruit expert): East Malling Trust, Bradbourne House, East Malling, Kent, ME19 6DZ

Sir Roy Strong (Topiary design): The Laskett, Much Birch, Herefordshire, HR2 8HZ

John White (Arboretum design): Redvers, Bodenham, Hereford, HR1 3HR; 01568 797222

Winterborne Zelston Fencing Ltd: Blandford Forum, Dorset, DT11 9EU; 01929 459245

鸣 谢

本书的完成有赖于许多人的帮助,首先最应该感谢的,当属邦妮·吉尼斯,她倾注了无比的耐心,付出了巨大的努力。同样要感谢的是海格洛夫的各位园丁和工作人员,尤其是总园艺师德布斯·古迪纳夫和副总园艺师约翰·里奇利,以及埃德·波洛姆、弗莱德·因德、保罗·达克特、史蒂夫·斯坦斯、丹尼斯·布朗、马里昂·考克斯和瑞贝卡·卡斯威尔,他们为了维护这一精美的花园相互协作。花园向导亦提供了具有珍贵价值的历史和建议,尤其是绍恩·霍斯金斯、乔治·巴纳德和阿曼达·霍恩比。

此外,还要感谢在设计花园的过程中给予过建议、付出了相当多的时间的诸位友人,包括莫莉·索尔兹伯里夫人、米里亚姆·罗斯柴尔德夫人、威利·伯特伦、朱利安·班纳曼和伊莎贝尔·班纳曼、戴维·布利塞特、罗伊·斯特朗爵士、查理·莫里斯、罗斯玛丽·维里、弗农·拉西尔-史密斯、加里·曼特尔、艾玛·克拉克、理查德·克拉文、尼克·邓恩、杰卡·麦克维卡、斯蒂芬·弗洛伦斯、约翰·希尔、戴维·纳什、威廉·派伊、马可·霍、威尔·西布雷和约翰·怀特。

威尔士亲王及康沃尔公爵夫人办公室的克里斯蒂娜·基里亚科,为本书的完成进行了全程管理,同时提供了珍贵的帮助和支持。

为本书的出版付出辛勤努力的诸位,包括文登菲尔德勋爵、阿曼达·哈里斯、吉利安·杨、克莱尔·亨尼西、露西·斯泰里克以及俄里翁出版集团的全体工作人员、帕特·洛玛克斯和负责海格洛夫花园运营事务的克里斯汀·普雷斯科特。

最后,邦妮·吉尼斯同样要感谢索菲亚·格拉汉姆、芭芭拉·斯多基特和凯文·吉尼斯,感谢他们的帮助、耐心和支持。

著作权合同登记号　图字 01-2019-6384

Highgrove: A Garden Celebrated
Text and photography copyright©A.G.Carrick Limited 2014
First published in Great Britain in 2014 by Weidenfeld & Nicolson, an imprint of
The Orion Publishing Group Ltd.
Published by arrangement with Orion Publishing Group via The Grayhawk Agency Ltd.
Simplified Chinese edition copyright ©2021 Shanghai 99 Readers' Culture Co.,Ltd.
All rights reserved.

图书在版编目(CIP)数据

王子的花园 ／（英）查尔斯·菲利普·亚瑟·乔治·温莎，
（英）邦妮·吉尼斯著；徐玉虹译． -- 北京：人民文学出版社，2021
ISBN 978-7-02-015574-3

Ⅰ．①王… Ⅱ．①查… ②邦… ③徐… Ⅲ．①散文集
—英国—现代 Ⅳ．① I561.65

中国版本图书馆 CIP 数据核字（2019）第 175908 号

责任编辑　卜艳冰　邰莉莉
装帧设计　钱　珺

出版发行　人民文学出版社
社　　址　北京市朝内大街166号
邮政编码　100705

印　　刷　上海利丰雅高印刷有限公司
经　　销　全国新华书店等

字　　数　95千字
开　　本　889毫米×1092毫米　1/16
印　　张　15.25
版　　次　2021年6月北京第1版
印　　次　2021年6月第1次印刷

书　　号　978-7-02-015574-3
定　　价　158.00元

如有印装质量问题，请与本社图书销售中心调换。电话：010-65233595

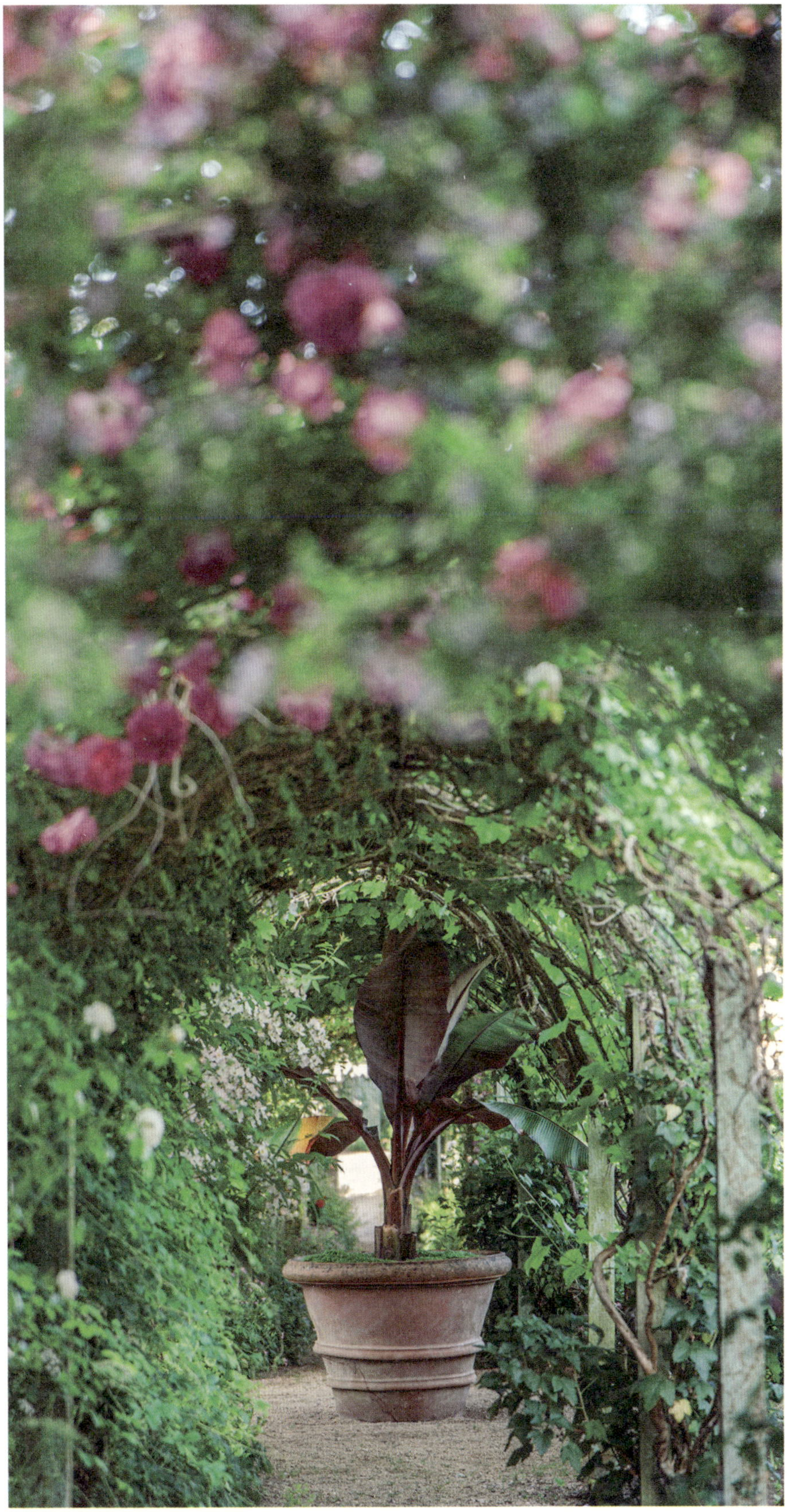

海格洛夫主宅  　　　　　　　果园房 　　　　　　　　　主宅南立面&日晷花园

1　果园房
2　花园入口
3　扶壁花园
4　月桂小路
5　博尔盖塞角斗士
6　睡莲池花园
7　椴树大道
8　鸽房
9　野花草坪
10　树桩花园的边界丛林
11　杰出纪念碑
12　礼物之墙
13　日本苔藓花园
14　树屋
15　神庙
16　树桩花园尽头
17　低地果园
18　温特伯恩花园
19　厨房花园
20　杜鹃步道
21　植物园
22　《叙德萨的女儿》
23　圣所
24　前车道
25　大道
26　主宅前方
27　日晷花园
28　平台花园
29　百里香路
30　橡树园
31　酸性植物花圃
32　蔷薇藤架
33　农舍花园
34　地毯花园

HIGHGROVE

鸽房

圣所

金柱　　　　　　　　　　厨房花园 　　　　　　　　　杰出纪念碑